# 后来的事

〔日〕夏目漱石——

著

章蓓蕾——

译

湖南文艺出版社
HUNAN LITERATURE AND ART PUBLISHING HOUSE

博集天卷
CS-BOOKY

图书在版编目（CIP）数据

后来的事 /（日）夏目漱石著；章蓓蕾译 . — 长沙：湖南文艺出版社，2018.5
ISBN 978-7-5404-8566-5

Ⅰ . ①后… Ⅱ . ①夏… ②章… Ⅲ . ①长篇小说－日本－现代 Ⅳ . ① I313.45

中国版本图书馆 CIP 数据核字（2018）第 032369 号

著作权合同登记号：图字 18-2018-023

上架建议：外国文学

HOULAI DE SHI

**后来的事**

著　　者：[日]夏目漱石
译　　者：章蓓蕾
出 版 人：曾赛丰
责任编辑：薛　健　刘诗哲
监　　制：蔡明菲　邢越超
策划编辑：李彩萍　王　维
特约编辑：李乐娟
版权支持：闫　雪
营销支持：李　群　张锦涵
版式设计：张丽娜
封面设计：尚燕平
出版发行：湖南文艺出版社
　　　　　（长沙市雨花区东二环一段 508 号　邮编：410014）
网　　址：www.hnwy.net
印　　刷：北京柏力行彩印有限公司
经　　销：新华书店
开　　本：880mm×1270mm　1/32
字　　数：186 千字
印　　张：9.5
版　　次：2018 年 5 月第 1 版
印　　次：2018 年 5 月第 1 次印刷
书　　号：ISBN 978-7-5404-8566-5
定　　价：42.00 元

若有质量问题，请致电质量监督电话：010-59096394
团购电话：010-59320018

# 译 序

## 百年后的相遇——漱石文学为何至今仍受欢迎？

2016 年是日本"国民作家"夏目漱石逝世一百周年，日本重新掀起漱石热，出版界先后发行各种有关漱石文学的论文与书籍，各地纷纷举办多项纪念活动，曾经刊载漱石小说的《朝日新闻》，也再次连载他的作品。

夏目漱石的小说问世至今逾一世纪，尽管他的写作生涯仅有短暂的十年，但几乎每部作品发表后，都立即获得热烈回响。从作品的发行量来看，这些脍炙人口的小说在作家去世后，反而比他生前更广泛受欢迎。譬如"后期三部曲"之一的《心》，战前曾被日本旧制高中（今天的大学预科）指定为学生必读经典，20 世纪 60 年代，还被收入高中语文课本。再如这次出版的"前期三部曲"：《三四郎》《后来的事》与《门》，今天仍是日本一般高中推荐的学生读物。

1

根据调查，迄今为止，与夏目漱石有关的文献、论文、评论的数量已多达数万，上市的单行本则超过一千以上。不仅如此，同类的书籍与印刷物现在仍在继续增长。可以说，阅读漱石文学在日本已是读书人必备的学识修养，同时也是一种身份的象征。

　　为什么经过一个世纪之后，漱石小说仍然广受热爱？简单地说，因为这位著名作家笔下所描绘的，是任何时代都不褪色的人性问题。只要我们身处错综复杂的人际关系当中，就得面对各种抉择，即使是跟爱情无关的决定，也不可避免地引起冲突与对立。就像《三四郎》里的三四郎、美祢子、野野宫和金边眼镜的男子构成四角关系，《后来的事》里的代助、三千代和平冈之间上演的三角恋情，或者像《门》里的宗助与阿米，一段不可告人的"过去"，使他们遭到亲友和社会的唾弃。

　　不论时代如何变迁，任何人都可能面临类似的感情抉择，或经历相同的自我矛盾，时而犹豫是否该为友情而放弃爱情，时而忧虑或因背德而被社会放逐。读者在阅读漱石小说的过程中，总是能够不断获得深思的机会。我们看到三四郎对火车上的中年男人心生轻蔑，脑中便很自然地浮起自己也曾腼腆的青春岁月；我们读到美祢子在炎夏指着深秋才能丰收的椎树质疑树上没有果实，心底便不自觉地忆起忸怩作态的花样年华；就连高等游民代助不肯上班的托词："为什么不工作？这也不能怪我。应该说是时代的错误吧。"也令现代读者发出会心一笑，并讶异漱石在一百年前就已预见21世纪的啃老族。

漱石小说能够广为传播的另一个理由，是作家的笔尖时时顾及"教育性"。漱石的作品里找不到花街柳巷的描写，也没有男欢女爱的场景，更看不到谷崎润一郎或江户川乱步等人常写的特殊性癖。漱石开始为"东京朝日"撰写连载小说之前，甚至被归类为"无恋爱主义"。即使其后发表的《后来的事》与《门》是所谓的不伦小说，但内容着重的是当事人的心理纠葛，而非肉体关系的刻画。即使在人妻三千代刻意挑逗丈夫的好友代助时，漱石也只以"诗意"两字一笔带过。

然而归根结底，漱石文学能够长久流传后世的主因，还是应该归功于作家的自我期许。研究"漱石学"的专家曾指出，夏目漱石的假想读者涵括了三种类型的人物：一是像"木曜会"成员那样的高级知识分子；二是当时的"东京朝日"订户；三是"素未谋面，看不见脸孔"的另一群人。换句话说，从下笔的那一瞬起，夏目漱石已把属于未来世界的你我列入了阅读对象，他是倾注整个生命在为后代子孙进行书写。

漱石逝世百年之后的今天，笔者有幸翻译"前期三部曲"：《三四郎》《后来的事》与《门》，内心既惶恐又庆幸。惶恐的是，故事的时代背景距今十分遥远，作家的文风过于含蓄内敛，笔者深怕翻译时疏漏了作家的真意；庆幸的是，日本研究漱石文学的人口众多，相关著作汗牛充栋，翻译过程里遇到的"疑点"，早已有人提出解答。也因此，翻译这三部作品的每一天，几乎时时刻刻都有惊喜的发现。

期待各位读者能接收到译者企图传递的惊喜，也祝愿各位能从漱石的文字当中获得启发与共鸣。

2016 年 9 月 1 日

章蓓蕾

于东京

一

　　耳边传来一阵急促的脚步声，好像有人向门外飞奔而去，也在这时，代助脑中突然掉下一双巨大的砧板木屐[1]。但是紧随脚步声逐渐远去，那双木屐又忽地一下从他脑壳里窜了出去。就在这时，代助睁开了眼睛。

　　他转眼四望，看到一朵重瓣茶花落在枕畔。昨夜躺在棉被里，他确实听到花儿滚落的声音。那时听在耳里，仿佛有人从天花板丢下橡皮球似的。或许因为当时已是深夜，四周又非常安静，他才会产生那种感觉吧。当时他连忙把右手盖在心脏上方，小心翼翼地从肋骨外侧确认血液是否流得顺畅，一面体会着那种感觉，一面不知不觉进入了梦乡。

　　现在，他呆呆地望着那朵花儿。茶花很大，几乎有婴儿的脑袋

---

1　砧板木屐：鞋底像砧板一样厚重的男性木屐。

那么大，代助凝视半响，突然又像想起什么似的躺平了身体，再度把手放在胸前查验自己的心跳。最近他总是这样躺着检查自己的胸部脉动，几乎变成一种习惯。现在他感到心搏跟平时一样，跳动得非常沉稳，代助的手继续放在胸前，想象着温暖鲜红的血潮正在鼓动下缓慢地流动。这就是生命啊！他想，我的手心现在掌握着正在奔流的生命。掌中感应到这种时针似的震动，简直就像提醒自己正在走向死亡的警钟！如果人活在世上，可以不用听这钟声……也就是说，如果这具装血的皮囊，可以不必同时装入时间，我将活得多么轻松自在。那我肯定就能体会生命的滋味吧。然而……想到这儿，代助不禁打个冷战。他是个贪生怕死的男人，简直无法想象随着血脉正常跳动的心脏，竟表现得如此寂静。代助睡觉的时候常将手放在左乳下方想象着，如果有个大铁锤，从这儿狠狠敲下去的话……尽管他现在健健康康地活着，有时也不免暗自庆幸，自己居然还有一口气，这么令人心安的事实简直像个奇迹。

他的手从胸口移开，抓起枕畔的报纸。接着，两只手从棉被里伸出来，把报纸左右摊开。左侧的版面有一幅男人杀害女人的插画，代助立刻把目光转向另一边，只见纸上印着"学潮纠纷"等几个巨大铅字。他盯着那段新闻读了一会儿。不久，或许是因为手抓累了吧，报纸"砰"地掉在棉被上。代助燃起一根烟，一面抽着一面将棉被拉开十二三厘米，伸手捡起榻榻米上的山茶花送到鼻尖。山茶花几乎遮住他的口鼻和胡须。一股浓浓的烟雾从嘴里飘出，紧紧包围着花瓣和花蕊。不一会儿，他把花儿放在白床单上，起身走向浴室。

代助在浴室里仔细地刷起牙来。嘴里这口整齐的牙齿，总是令他十分得意。刷完牙，脱掉全身衣服，代助细细地用手按摩着胸前和背后的肌肤。皮肤散发出一种细腻的光泽，像是抹了一层厚重的香油后又被擦拭干净。每当他摇动肩膀或举起手臂时，就能看到身上某些部分的脂肪微微鼓起，代助左看右看，觉得非常满足。接着他又将满头黑发分成两半，即使没有抹上发油，也那么风度翩翩、潇洒自在。他的胡子也跟发丝一样，柔软而纤细地长在唇上，看起来很有品位。代助的双手在他胖嘟嘟的颊上来回摩挲了两三回，同时打量着镜中的脸孔，那手势就跟女人搽粉时一样。老实说，代助本来就是个喜欢夸耀肉体的男人，就算叫他真的搽些粉，也没什么大不了。他特别厌恶罗汉[1]型的体格和面貌，每当他望着镜中的自己，总忍不住在心底赞叹："哎呀！还好我没长成那样。"而当他听到别人赞美自己长得英俊潇洒时，他也从没感到一丝一毫的抗拒。代助就是这样一个超越旧时代的日本人。

大约三十分钟后，代助已坐在餐桌前，边喝着热红茶边将牛油涂在烤面包上。这时，他家的书生[2]门野从客厅捧来一份报纸。报纸已折成四分之一大小。门野把报纸往坐垫旁一放，立刻大惊小怪地

---

1　罗汉：指庙里的罗汉像，看起来瘦得皮包骨。

2　书生："书生"原指明治、大正时期借宿他人家中的大学生，这些学生一面读书求学，一面以帮忙做家事、杂务等方式代付食宿费。后来也有人将家里打杂的长工称为"书生"。

嚷起来："老师，大事不好了！"

这个书生每次一看到代助，总喜欢对他说敬语，老师长，老师短，叫个没完。刚开始，代助还苦笑着制止他。"呵呵呵，可是老师呀……"书生也总是笑着应答，之后，立刻又喊起"老师"来了。代助简直拿他没办法，只好随他去了。不知不觉中，这称呼成了习惯。现在家里也只有这家伙会面不改色地随便叫他"老师"。但老实说，像代助这样的主人，书生除了喊他"老师"，也没有其他更适合的称呼了。这道理也是他在家里收留了书生之后才明白的。

"不就是学生抗议闹事？"代助满脸平静地嚼着面包。

"这不是大快人心吗？"

"你是指他们反对校长？"

"对呀！校长最后会辞职吧？"门野喜滋滋地说。

"校长辞职，对你有什么好处？"

"老师别开玩笑了。做人这么斤斤计较，谁都不会开心的。"

代助继续嚼着嘴里的面包。

"你真以为校长做错了什么才遭学生反对？说不定是因为其他利害关系才被反对呢！你知道吗？"代助说着提起铁壶，把热水倒进红茶杯中。

"那我倒是不知道。发生了什么事？老师知道吗？"

"我也不太清楚。不过我知道，现在这些人，如果对自己没好处，是不会那样闹的。告诉你吧，那完全是一种权宜之计。"

"哦？是吗？"门野脸上总算露出比较严肃的表情。代助闭上嘴，不再往下说，反正这家伙也听不懂。不管他说什么，门野也只会不着边际地答声："哦？是吗？"而他这种回答究竟是赞成还是反对，根本令人无从猜起。所以代助对他也表现得很冷漠，根本懒得理会。因为代助觉得不必给门野太多思想上的刺激。再说，这家伙也只知道整天偷懒鬼混，既不去上学，也不爱念书。代助曾多次向他建议："我说你呀，去学一门外语怎么样？"门野则总是一如既往地答声："是吗？"或者说："也对。"却从来不肯痛快地答道："那我就去学吧。"总之像他这种生性懒惰的家伙，是不会爽快应允的。而且代助也觉得，自己又不是为了培育这家伙才生到世上来，因此也就懒得管他的闲事。好在这家伙的身体跟脑袋完全不同，不但身手矫健，而且动作灵敏，代助对他这方面的表现倒是非常满意。不仅如此，就连之前已在代助家做事的女佣，最近也因为有了门野的协助，工作上省了不少力气。所以女佣跟门野两人私下交情非常好，主人不在家的时候，两人经常凑在一块儿闲聊。

　　"阿姨，老师究竟打算做什么呢？"

　　"能有他那样的水平，想干什么都能办得到。你不用替他担心。"

　　"我是不担心他啦。而是想，他应该做些什么才好。"

　　"大概是打算娶了夫人之后，再慢慢考虑自己想做什么吧。"

　　"这打算真不错呀！我也好想像老师那样过日子，整天只需读读书，听听音乐会。"

"你？"

"书就是不读也可以啦。我就想像他那样，整天悠闲度日。"

"这一切都是前世注定的，无法强求。"

"大概是吧。"不论聊些什么，两人之间的气氛大都如此。门野搬进代助家之前的两个星期，这位单身的年轻主人跟食客之间曾有过这样一段对话：

"你在哪儿上过学吗？"

"原本是有上学的，现在不去了。"

"原本在哪儿上过学？"

"上过很多学校，可是都上得挺烦的。"

"一进学校就觉得厌烦？"

"嗯，可以算是这样吧。"

"所以说，你自己并不太喜欢念书？"

"是呀，不太喜欢。更何况，最近家里的情况也不太好。"

"我家阿婆说她认识你母亲。"

"对呀。因为我们原本住得很近。"

"你母亲也……"

"家母也在干那种上不得台面的副业，不过最近不景气，好像赚不到什么钱。"

"你说赚不到什么钱，但毕竟还能跟母亲住在一块儿吧？"

"虽然住在一起，她可烦人了，我根本不跟她说话。好像不管说到什么，她都能唠叨上一大堆。"

"你哥呢？"

"家兄在邮局上班。"

"家里就只有一个哥哥？"

"还有个弟弟。这家伙在银行……不，他的工作大概比跑腿稍微好一点。"

"如此说来，只有你赋闲在家？"

"嗯，也可以这么说吧。"

"那你待在家里做些什么？"

"嗯，通常都在睡觉，不然就是出去散散步。"

"大家都出门赚钱，只有你一个人在家睡觉，心里也很苦闷吧？"

"不，这倒是没有。"

"家人之间相处得很融洽吗？"

"彼此倒是从不争吵，但是气氛很诡异。"

"令堂和令兄心里一定是盼着你快点独立生活吧。"

"或许吧。"

"你看起来好像是个乐天派，是这样吗？"

"是呀。这些我也没必要隐瞒。"

"你可真是无忧无虑呀。"

"对呀！或许这就叫作无忧无虑吧。"

"令兄今年多大年纪了？"

"这个嘛，虚岁已经二十六了吧。"

"这么说，也该讨老婆了。如果令兄成了家，你打算还像现在这样过日子吗？"

"反正还没到那时候，我也很难预料。总之，到时候应该会有办法吧。"

"没有其他亲戚了吗？"

"还有个姨妈。那家伙在海边搞海运呢。"

"你姨妈？"

"我姨妈怎么可能，嗯，是姨父在做啦。"

"那么，求他们给你个工作怎么样？海运的话，应该很需要人手吧。"

"我天生好吃懒做，他们大概会拒绝我。"

"你这样说的话，我可就为难了。不瞒你说，是你母亲拜托我家阿婆，想把你送到我这儿来。"

"是呀。我好像听母亲提起过。"

"那你自己的看法呢？"

"是，我会尽量不偷懒……"

"你喜欢到我家来吗？"

"嗯，大概吧。"

"但你要是整天只知睡觉、散步，那可不行。"

"这一点请您放心。我身体健壮得很，洗澡水什么的，都能帮忙挑来。"

"洗澡我们有自来水，不需要挑水。"

"那我就打扫吧。"就这样，门野最终按照自己提出的条件，变成了代助家的书生。

不一会儿，代助吃完早饭，又拿起烟袋开始吞云吐雾起来。门野躲在茶具柜旁边，一个人可怜兮兮地靠着梁柱蹲在地上。他打量着时机不错，便向主人问道："老师，今早您这心脏还好吧？"

他早已知道代助的毛病，就故意用逗趣的语气说话。

"今天还算好。"

"怎么老觉得明天就会出问题似的。老师要是这么在意身体……说不定，搞到最后，真的会生病哟。"

"我已经生病了。"

"哦！"门野只答了一个字，便闭上了嘴，视线转向代助的和服外套上方，眼中打量着代助肌肉丰满的肩头，还有色泽红润的脸庞。每次遇到这种时刻，代助就觉得眼前这个年轻人实在可怜。在他看来，这家伙的脑袋里装的全是牛脑。不论跟他聊些什么，门野的思绪只能跟着对方在大路走个五六十厘米，要是不小心绕进了小巷，他就会当场迷失方向，至于像理论基础之类纵向挖成的地道小径，他是一步也踏不进去的。门野这家伙的神经结构尤其粗糙，简直就像用粗麻绳组成的。代助从旁观察过他的生活状态，有时甚至怀疑他为何浪费力气活在这个世上。尽管代助心中存疑，门野却依然整天无所事事地混日子，还暗自以为自己的生活态度跟主人属于同一类型，并为此沾沾自喜。不仅如此，又因为他眼里只看到自己强壮的肉体，这种表现又给主人原本较为神经质的部分造成不小的压力。而对代助来说，他觉得与生俱来的这套神经系统，其实是自己拥有独特缜密的思考能力和敏锐的感性所必须付出的租税，也是在高等教育的彼岸才会引起的痛苦反响，更是自己身为天生贵族必须承受的一种不成文处罚。代助想，正因为我承受了这些牺牲，才能成为今天的我。不，有时他甚至觉得，这些牺牲等于人生的真谛！但门野哪懂得这些！

"门野，有没有我的信？"

"信吗？这个嘛，有的。我已经把明信片和邮件都放在书桌上了。我帮您拿来吧？"

"不了，我过去看也行。"

门野听不出主人话里的真意，只好站起身，帮主人拿来明信片和书信。明信片上的字迹十分潦草，墨水颜色很淡，只简单地写了几个字："今日两点抵达东京。当即在外投宿，特此相报。明日上午前去拜访。"正面写着里神保町的旅店名称，以及寄信人的姓名"平冈常次郎"，也跟内容一样写得非常潦草。

"已经到了？是昨天到的吧。"代助自言自语地拿起了那封信。信上字迹看来是他父亲的手笔，信里写道："我已于两三天之前归来，写信给你并无急事，只是有些事情要交代你，收信后速来一趟。"

接着又写了几行闲话，什么京都的樱花还早啦，快车里挤得要命啦之类的事情。代助露出满脸复杂的表情卷起书信，同时来回打量着信封和明信片。

"我说呀，你可以帮我打个电话吗？打到我家。"

"是，帮您打到府上。怎么说呢？"

"就说我今天有约，要在家里等一个人，走不开。明天或后天一定会回去。"

"是，要找哪位接电话呢？"

"我父亲信里说，他刚旅行回来，叫我过去一趟，有话要跟我说……也不用找我父亲，随便谁来接电话，告诉那人即可。"

"是。"

门野嘴里应着，呆头呆脑地走出门去。代助从起居室穿过客厅回到书房。房里已经收拾得干干净净，那朵凋落的茶花也不知道丢到哪儿去了。代助走到花瓶右侧的组合书架前，拿起架上那本又厚又重的相簿，站在原地打开相簿上的金锁，开始一页页地翻阅起来，翻到一半，代助的手突然停了下来。那一页里贴着一张女人的半身照，女人二十多岁。代助垂下视线，凝视着她的脸孔。

# 二

代助正打算换了和服就到平冈投宿的旅店探望他，不料对方竟然先来了。只听门外传来人力车发出的嘎啦嘎啦声，接着，便听到平冈高声吩咐车夫停车。"到了！到了！"听他这副嗓音，倒是跟三年前分手时一模一样。平冈一下车，就抓着正在玄关迎客的老女佣说："我忘了带钱包，先借给我二十块钱吧。"代助听到这儿，不由得想起了学生时代的平冈。他连忙跑到玄关，抓着老友的手一起走进客厅。

"怎么你先跑来了？哦！还是坐下慢慢儿说吧。"

"哟！是椅子呀！"说着，平冈便扑通一声，坐倒在摇椅上。看来好像那身五十六七公斤的肥肉一文也不值似的。坐下之后，平冈的光头靠在椅背上，放眼环顾，细细打量了室内一番。

"这房子很不错嘛。比我想象得好多了。"平冈发出赞赏。代助沉默着打开烟盒。

"打那之后，你过得如何？"

"过得如何……嗯，说来话长啊。"

"刚开始你还经常来信，多少知道你的情形，最近根本没跟我联络呀。"

"不，我跟谁都没有联络。"说着，平冈突然摘下眼镜，从西装上衣内袋掏出一块皱兮兮的手帕，一面眨巴着眼皮，一面动手擦拭起眼镜。他从前念书的时候就是近视眼。代助在一旁看着他的一举一动。

"别谈我了，你过得如何？"平冈说着，将眼镜脚架挂在耳后，两手扶正眼镜。

"我还是老样子呀。"

"老样子最好了。这个世界实在变得太厉害。"说完，平冈皱起眉头望向庭院，突然又改换语气说，"哦！这里有棵樱花树。现在才要开花呢。气候真是太不一样了。"不知为何，他的语气听起来不像从前那么亲热。

"你那边天气大概很暖吧？"代助也有点泄气似的随口应着。不料平冈却又突然对这话题显得很热心。

"嗯，非常暖和。"他打起精神答道，好像这才猛然醒悟自己的重要性。代助重新转眼盯着平冈的脸孔。平冈点燃一根香烟，抽了起来。就在这时，老女佣终于泡好一壶茶，端到他们面前来。

"刚才不小心把冷水装进铁壶，烧了老半天才烧开呢。这么晚才端上茶来，太失礼了。"老女佣说完，把茶盘放在餐桌上。两人听她辩解的这段时间，谁都没吭声，只看着那个紫檀茶盘。老女佣见他们都不理自己，便堆着满脸讨好的笑容，走出了客厅。

"那是谁呀？"

"女佣。我雇来的。饭总得要吃呀。"

"很会奉承嘛。"平冈那红润的嘴角向下撇了撇，露出轻蔑的笑容。

"她以前没在这种地方做过事，我也没办法啦。"

"从你家里带个人过来，不就好了？你家里用人一大堆，不是吗？"

"都太年轻了。"代助露出认真的表情答道。平冈这时才第一次发出笑声："年轻才好哇，不是吗？"

"反正，我不喜欢家里的用人。"

"除了刚才那老女佣，还有别人吗？"

"还有个书生。"门野不知何时已经回来了，这时正在厨房里跟老女佣聊天。

"再没别人了？"

"只有这些。干吗问这个？"

"你还没讨老婆吗？"平冈脸上露出一丝红晕，但立刻恢复了平静。

"如果娶了老婆，会通知你。对了，你家那位……"说了一半，代助又突然住了嘴。

　　平冈跟代助从中学就认识了，尤其在中学毕业后那一年，两人几乎就像兄弟，来往得十分热络。当时他们几乎无话不谈，也常彼此提出建议，而且都觉得帮对方出主意是生活中最有趣的休闲活动。事实上，他们提出的建议经常会付诸实行，所以两人心里都很明白，凡是从嘴里说出的想法，非但不能当作休闲，甚至永远都得附带某种牺牲。不过他们都没发现另一项毫不新奇的事实：当他们必须立即为牺牲付出代价时，痛快就突然成了痛苦。一年后，平冈结婚了，婚后立刻被他任职的银行调到京阪地区的支店去上班。新婚夫妇离开东京时，代助曾到新桥车站送行。"早去早回呀！"代助愉快地握着平冈的手说。"我也是没办法，咱们只好暂时忍耐一下了。"平冈一副豁达的表情说。但他眼镜后面却闪着得意的眼神，简直让人看了妒忌。代助看到那眼神的瞬间，突然对这位朋友感到非常厌恶。回家之后，他把自己关在屋里思索了一整天，原本答应带嫂嫂听音乐会也因此取消了，害得嫂嫂还为他担心得要命。

　　平冈上任之后，不断向代助发来各种信息。首先寄来一张报平安的明信片，接着写信报告户籍已经办妥，又向代助描述支店的工作情况、对将来的抱负等等。只要一收到平冈的来信，代助必定认真细心地回信。但奇怪的是，每次写信时，他心中总有一种不安的感觉袭来，有时甚至令他厌烦，进而丢开写了一半的信，不想再下笔。只有平冈对代助过去的所作所为表达感谢时，代助才能轻松地写成一封内容较为稳妥的回信。

　　日子一天天过去，两人之间的信件渐渐地少了。最初是每月两封，慢慢地变成每月一封，然后又变成两三个月一封。然而，信件少到这种程度，代助又开始觉得不写信反而令他不安。所以尽管他心里觉得毫无意义，有时却会为了驱除心里的不安，写封信寄给平冈。这种情形持续了大约半年，代助感觉自己的脑袋和胸襟都在发生变化，而随着这种变化，他就是不写信给平冈，心里也不再有什么负担。事实上，代助从家里搬出来自立门户到现在，一年多都过去了，他也只在今年春天交换贺年卡的时候，才顺便通知了平冈自己的地址。

　　只是，因为当年的那件事，害得代助总是无法把平冈从脑中挥去。他经常想起平冈，并兀自编织各种幻想，想象着那家伙究竟过着怎样的生活。不过代助至多也只是想象一下罢了，并不觉得有必要鼓起勇气向别人打听或询问平冈的消息。日子就这样一天天打发过去，直到两星期前，他突然收到平冈的来信。信里写道："我打算最近离开此地，搬到你那儿去。请不要以为我是因总社发布了升官的命令而被动地搬家。我只是突然想换个工作。待我到达东京后，还请多多关照。"看完了信，代助心底不免一亮，虽然看不出这句"还请多多关照"，究竟是真心拜托，还是口头上的客套话，但可以看出平冈身边必定发生了突来的变化。

　　代助原本打算一见面就向平冈打听事情原委，可惜话题一扯开，就很难拉回正题。代助虽然看准时机，主动提出疑问，平冈却连声叹着"唉！说来话长"，始终不肯开口。代助无奈之下，只好向他提议道："我们难得见面，到外面去吃吧。"

平冈听了这话，依旧再三答道："迟早会慢慢告诉你啦。"代助最后只好勉强拉着客人，走进住家附近的一间西餐厅。

两人在餐厅里喝了不少酒，还聊起什么"吃喝依旧跟从前一样啊"之类的话题，从这时起，两人僵硬的舌头才终于变得滑溜起来。代助兴致勃勃地聊起两三天前在尼古拉大教堂¹看到复活节祭典的情景。他说，祭典活动特别挑在午夜零时，世人都已熟睡的时刻展开，参拜的人群沿着长廊绕场一周之后，重新走进教堂。这时大家发现，不知从什么时候起，教堂里早已点亮了几千根蜡烛。穿着道袍的僧侣队伍走到远处时，他们的黑色身影映在单色的墙壁上，显得非常巨大……平冈两手撑着面颊聆听着，眼镜后面的双眼皮大眼里尽是鲜红的血丝。代助说，那天半夜两点左右，他独自走过宽阔的御成大道²。深夜的黑暗里，铁轨笔直地通向前方，他一个人沿着铁道走进上野森林，又踏入灯光照耀下的花丛里。

"寂静无人的夜樱景色挺美的。"代助说。平冈默默喝光了杯中的酒，脸上露出一丝怅惜，微微牵动嘴角说："应该很好看吧。

---

1 尼古拉大教堂：又称"东京复活大教堂"，是位于东京千代田区神田骏河台的东正教教堂，1891年建成，为纪念把东正教传入日本的圣尼古拉而命名。教堂在关东大地震时遭到损毁，但1929年又重新修复，现在是重要文化财产。

2 御成大道：江户时代，德川将军从江户城前往上野宽永寺参拜时专用的大道。宽永寺是德川家的家庙。

只是我还没看过……不过呀，你能有这种闲情逸致，还真是活得轻松愉快呀！等你进了社会，就没这种机会了。"平冈说这话时的语气，似乎在暗讽代助没有人生经验。

代助对他的语气倒不在意，反而觉得他这话说得不太合理。代助认为，对他整个人生来说，复活节祭典那夜的经历要比人生经验更有意义。所以他便答道："我觉得世界上再也没有比所谓的人生经验更蠢的玩意儿了，那东西只会给我们带来痛苦，不是吗？"

听了代助的话，平冈故意睁大了醉眼说："你的想法改变了很多嘛……以前你不是总说，那种痛苦以后会变成良药？"

"那是没见识的年轻人跟着人云亦云的俗谚随口乱讲的感想，对于那类的想法，我早就修正了。"

"不过呀，你迟早总要踏进社会的，要是你到那时还抱着这种想法，可就糟了。"

"我早就踏进社会了。尤其是跟你分手之后，我发现世界好像变得更宽阔了。只不过，我那个世界跟你踏入的不太一样罢了。"

"你现在这么目中无人，要不了多久，就会受到教训的。"

"当然，如果我现在无衣无食，一定马上遭殃，问题是，我现在衣食无缺，干吗没事找事，自讨苦吃？这不是跟印度人整天穿着外套等待冬天降临一样吗？"

平冈的眉宇之间闪过一丝不快，瞪着一双血红的眼睛不断吐出烟雾。代助也觉得自己说得有点过火，便换了比较温和的语调说：

"我有个朋友，对音乐一窍不通，他在学校当老师，但是只一处开课无法糊口，只好同时又去三四所学校兼职，那家伙真是可怜，每天除了准备教材之外，剩下的时间全都耗费在教室里，就像一台机器似的，整天不停地动嘴讲课，完全没有自己的时间，偶尔碰到星期假日，总嚷着想要好好休息。结果假日就是从早到晚躺在家里睡觉，不管什么音乐会或外国著名音乐家到日本来表演，他也没机会去听。换句话说，像音乐这么美丽的世界，他这辈子是至死也踏不进去了。依照我的想法看来，缺乏这种人生经验，才是最可悲的。那些跟面包有关的经验或许至关紧要，却都是等而下之的玩意儿。一个人要是没有体验过超越面包和水的奢侈生活，根本不配自称人类。看来你似乎以为我还是个年幼无知的少爷，老实说，在我生活的那个奢华世界里，我自认比你经验老到得多呢。"

听到这儿，平冈一面在烟灰缸上弹掉烟灰，一面用郁闷的语调说："哦！如果能永远都住在那个世界里，当然很不错。"沉重的语调当中似乎蕴含了几分对财富的诅咒。

饭后，两人带着微醺走出餐厅。刚才两人借着酒力进行了一场莫名其妙的辩论，结果最重要的事却一句也没谈。

"要不要散散步？"代助提议道。平冈看来也不像他说的那么忙，只听他嘴里含糊地应了一声，便随着代助一起向前走去。两人穿过大街，转进小巷，打算找个适合聊天的僻静地点，走着走着，不知不觉又聊了起来，这回总算把话题拉向代助想谈的题目了。

平冈告诉代助，刚上任的时候，他只是办公室的实习生，需要花费很多心力调查当地的经济状况。最初觉得自己若能查出什么成果，或许将来还能实地应用在学术研究上，但他很快就发觉，自己在办公室里人微言轻，活用调查成果的想法只能当成未来的计划慢慢进行。其实在他刚到任的那段时期，就向支店长提出过各项建议，只是支店长的反应很冷淡，从没把他放在眼里。每次一听到他说些复杂的歪理，支店长立刻露出厌恶的表情，似乎认为他一个初生之犊，哪能懂得什么。而事实上，平冈觉得支店长才是样样不懂呢。他认为支店长之所以藐视自己，并不是因为自己不够分量，而是他不敢把自己当成对手。平冈对这件事非常不满，还跟支店长发生过两三次争执。

　　不过相处的时间久了，不知从何时起，平冈对上司的怨愤竟在不知不觉中变淡了，思想也似乎跟周围的气氛逐渐融合，同时还尽量努力跟同事和睦相处。随着他的改变，支店长的态度也发生了变化，有时甚至会主动找他讨论公事。而平冈呢，他也不再是当初刚刚走出校门的那个平冈了，凡是他觉得支店长听不懂或听了会感到难堪的话，也都尽量不再挂在嘴上。

　　"这跟一味奉承或拍马屁是不一样的哟。"平冈特地向代助解释道。"那当然！"代助也露出认真的表情回答。

　　支店长对平冈的仕途发展花费了不少心思，还开玩笑地对平冈说："我马上就要调回总社去了，到时候你就跟我一起回去吧。"

那时平冈对工作比较熟悉，不仅上司信任他，也交了很多朋友，所以很自然地，他也没再花费工夫进修。同时，他仿佛也开始觉得进修会变成业务的阻碍。

平冈非常信任一个叫作关的部下，就像支店长对平冈无话不谈一样，平冈也常常找关商讨问题。但他做梦也没料到，关这家伙竟跟一名艺伎有所牵扯，而且不知从什么时候起，还私下挪用了一笔公款。这件事后来终于东窗事发，关当然必须解雇，平冈却因为某些理由，没有马上处理。如此一来，反而给支店长带来了极大的麻烦，最后平冈只好引咎辞职。

根据平冈的描述，事情的经过大致就是这样。但在代助听来，却觉得平冈似乎是受到支店长的示意才决定辞职。平冈说到最后，说了这句话："公司职员这玩意儿，地位升得越高，越占便宜。其实关那家伙只用了那么一点钱，当场就被解雇，也实在太惨了。"代助从这句话里推测出了当时的情况。

"所以说，最占便宜的，是支店长啰？"代助问。

"或许吧。"平冈答得很含糊。

"结果，那家伙亏空的那笔钱怎么办？"

"连一千块钱都不到，所以我就帮他还了。"

"你也真有钱哪！看来你也占了不少便宜吧。"

平冈露出痛苦的表情，瞥了代助一眼。

"就算是占到便宜，也已经全部花光了，现在连生活都成问题

21

呢，而且那笔钱还是借来的。"

"是吗？"代助语调平静地答道。他这个人不论碰到任何情况都不会失态。而他现在的态度里，又包含着某种低调却明确的狡猾。

"我是从支店长那儿借的钱，补上了那笔亏空。"

"支店长为什么不直接借钱给那个叫关还是什么的家伙呢？"平冈没有回答，代助也没再继续追问。两人沉默着向前走了一阵。

代助在心底推测，这件事除了平冈叙述的那些内容之外，一定还有其他内幕，但他自知没有打破砂锅问到底的权利。代助之所以对那些内幕产生好奇，其实是一种过度都市化的表现。他已经年近三十，生活在二十世纪的日本，早就对世事的变化见怪不怪了。代助的头脑不像那些刚从乡下进城的青年，一看到人类的黑暗面就大惊小怪。他的精神生活也不像乡下人那么无聊，一闻到陈腐内幕的气味就暗自兴奋。不，他早已疲惫万分，就算比这种内幕更能带来数倍快感的刺激，也无法再让他感到满足了。

代助在他的家族世界里早已进化到这种程度，但平冈大概是无法想象那个世界的……再说，从进化的内侧向外看，永远都只能看到退化，这也是自古至今，始终令人感到可悲的现象……然而，这一切，平冈全都一无所知，他似乎认为代助还是跟三年前一样，依然是个天真无邪的少爷，自己若把所有过失都摊开，很可能会引起类似"抛块马粪故意吓唬千金小姐"的结果。所以平冈认为，与其多嘴多舌令人讨厌，还不如保持缄默比较保险。代助暗自忖度，觉得平冈必定是在心底打着这种算盘。他看着平冈无言地向前迈进，不肯答复自己，不免觉得这家伙有些愚蠢。更因为平冈把自己看成无知的小孩，使得代助也开始觉得平冈十分幼稚，程度甚至比自己更厉害。尽管如此，他们走了二十多米后，又重新开始聊天时，两人心头的疙瘩却消失得无影无踪。

这回是代助先开口向平冈问道："那你今后打算怎么办呢？"

"这个嘛……"

"你毕竟也有些经验了，还是做同一行比较好吧？"

"嗯……也要看情况啦。不瞒你说，我就是想找你谈这件事。你看如何？令兄的公司里有没有职缺？"

"哦，我会帮你拜托看看。最近两三天我刚好有事回家一趟，但我也不太确定哟。"

"如果不能在公司机关找到空缺，我想到报社谋个差事。"

"那也很好哇。"两人重新走回通行电车的大街，平冈望着正从远处驶来的电车，嘴里突然冒出一句："那我就搭这辆车回去吧！"

"是吗？"代助应了一声，并没有挽留。但是两人并没有马上分手，反而又一起向前走到竖着红色标杆的车站。

"三千代小姐还好吧？"

"多谢你挂念。她还是老样子，叫我问候你呢。其实今天本来想带她一起来看你的，但她说坐火车时晕得太厉害，有点头疼，就留在旅店了。"电车这时驶到两人面前停下，平冈正要快步奔上前去，却被代助伸手拉住了，因为他要搭的那辆电车还没到站。

"那孩子可惜了。"

"嗯，真是可悲呀。那时多亏你多方关照，真得谢谢你呢。不过那孩子反正养不活，还不如不生的好。"

"那之后怎么样？后来没再怀孕吗？"

"嗯。再也没消息了。大概没什么希望了吧。她身体原本就不太好。"

"如此动荡的时代，没有孩子说不定反而比较方便呢。"

"说得也对。干脆像你一样光棍一个，还更轻松愉快呢。"

"那你就打光棍算了。"

"别取笑我了。对了，我老婆倒是很关心你呢。她一直在问，不知你究竟讨老婆了没有。"

两人刚聊到这儿，电车就来了。

# 三

　　代助的父亲叫作长井得，这位老先生在明治维新时上过战场，至今身体仍然十分健朗。老先生从官场退下来之后，转而经营企业，也尝试过各种买卖，所以很自然地积存了一些资金，最近这十四五年来，已成为颇有积蓄的资产家。

　　代助有个哥哥叫作诚吾，从学校毕业后，他立刻就进了父亲出资成立的企业，目前已在公司担任举足轻重的职务。哥哥的太太叫作梅子，她生了两个小孩，先生的儿子名叫诚太郎，今年已经十五岁，后生的女儿叫作缝，跟她哥哥相差三岁。

　　除了诚吾之外，代助还有个已经出嫁的姐姐，她丈夫是外交官，现在跟随夫君定居在西方国家。诚吾和这个姐姐之间，还有姐姐和代助之间，曾经各有一位兄弟，但是两人都已早夭，代助的母亲也不在人世。

　　以上就是代助全家的成员，其中的两人不住在家里，一个是前往西方国家的姐姐，还有一个就是最近出来自立门户的代助，所以目前住在老家的成员共有老小五人。

　　代助每个月必定回老家领一次生活费。这笔钱跟他父兄都没关系，既不是父亲给的，也不是哥哥的钱。除了每月回去领钱之外，代助无聊烦闷时，也会回到老家逗弄孩子一阵，或跟家里的书生下一盘五子棋，有时也在嫂子面前发表些观剧的感想。

　　代助对他这位嫂嫂非常欣赏。嫂子是个能把天保遗风[1]和明治现代气息融合得天衣无缝的女人。譬如她曾特地拜托住在法国的小姑子订购过一种名字很难念、价格又十分昂贵的绸缎。等到衣料寄回日本后，她又找人把绸缎裁制成四五条和服腰带，送给亲朋好友，让大家穿戴。谁知后来听说，那种布料竟是日本输出到法国去的，结果惹得众人捧腹大笑。当时还是代助跑到三越陈列所[2]探查一番才发现。除了穿戴之外，嫂子也喜欢西洋音乐，经常找代助一起听音乐会。此外，嫂子对算命也抱有兴趣。譬如有个叫作石龙子，还有个叫作尾岛某的算命师，嫂子对他们俩崇拜极了。代助还陪着嫂子一起坐人力车去过两三回算命馆呢。

　　哥哥家那个叫诚太郎的男孩最近热衷棒球，代助每次回去，总要当投手陪他练球。这孩子想做的事总是跟别人不一样。每年夏季

---

1　天保遗风："天保"是幕府末期（1830—1844）的年号。后来常被用来形容"落伍"，或表示一种"怀旧的品位"。明治时代曾经流行过"天保钱""天保老人"等名词。
2　三越陈列所：指三越百货公司的前身"三越吴服店"。江户时代一般商店的购物形态是由顾客提出要求，再由店员拿出商品交给顾客。"三越吴服店"首创以陈列方式让顾客自由选取商品，所以被称为"陈列所"。

才刚开始，许多烤红薯店一下子改为冷饮店，诚太郎这时就算身上没出汗，也要领先别人，跑进店里吃一份冰激凌。如果店家还没准备好冰激凌，他就只好喝杯冷饮，然后得意扬扬地回到家来。最近他又嚷着说，如果相扑常设馆[1]建好了，他一定要第一个进去看表演，还向代助打听道："叔叔有没有朋友对相扑内行的呀？"

而哥哥家那个叫缝的女孩，则整天都将"不要啦""我不管"挂在嘴上。一天当中不知要把系在头上的丝带换上多少次。女孩最近开始学小提琴，每天下课回来，总要拉出一连串锯齿刮物般刺耳的声音。但在别人面前，她绝对不会表演。每次总是躲进房里，紧闭房门，叽里呱啦乱拉一阵。而父母的耳里听到这声音，却以为自己的女儿拉得很不错，只有代助常偷偷打开房门聆听。这时缝就会对她叔叔抗议道："不要啦！""我不管！"

代助的哥哥通常不在家。有时一忙起来，只在家里吃早饭，其余时间究竟都在做些什么，两个孩子一概不知。代助也跟孩子们一样，完全无法掌握哥哥的行动，而他也觉得自己最好不知道，所以除非出于必要，代助绝不会去研究哥哥在外面干些什么。

代助在两个孩子心中颇有人望，嫂嫂对他也很赞许，哥哥心里对他怎么想，代助就不清楚了。兄弟俩偶尔碰了面，谈话内容也只限于日常杂谈，两人脸上的表情都是淡淡的，态度都尽量保持平静，

---

1　相扑常设馆：日本最早兴建的国技馆，位于东京的两国。这部小说于1909年6月27日开始在《东京朝日新闻》连载，文中提到这座建筑的时间，刚好也是相扑常设馆开幕时期。

而且对彼此毫无新意的表现也非常习惯了。

代助心里最在意的人，还是父亲。老先生的年纪一大把，还娶了年轻小妾。不过在代助看来，这根本不算什么。反而应该说，他其实是赞成父亲娶妾的。只有那些没能力讨小老婆还要纳妾的人，才应该受到抨击。老先生是个对子女要求严格的父亲，代助小时候看到父亲就会全身发抖，但他现在已经长大成人，觉得自己在父亲面前不必再那么畏畏缩缩。只是令他感到头痛的是，父亲老是把自己的青春时代和代助活着的这个时代混为一谈，老先生坚信两个时代并没有多大差别。正因为父亲拥有这种想法，才会总是用自己从前处世的角度来衡量代助，如果代助的做法跟自己不同，老先生就认为他在欺骗。不过代助从没反问过父亲："我究竟哪里欺骗了？"所以父子俩倒也从不曾争吵过。代助小时候脾气很不好，到了十八九岁，还跟父亲打过一两次架。后来日渐成长，从学校毕业后过了没多久，他那爱发脾气的毛病竟突然变好了。从那以后，代助再也没发过脾气。而父亲看到儿子这般模样，还暗自得意，以为是自己熏陶有方，得到了成效。

其实父亲所谓的熏陶，不过是让原本缠绕在父子间的温暖情意逐渐冷却罢了。至少代助心里是这样觉得。而老先生心里想的，却跟代助完全相反。他认为，既然代助跟自己是亲生骨肉，不论父亲采取什么方式教育子女，子女对父亲的天赋之情是绝对不会改变的。即使为了教育而对子女施加高压手段，最终也不可能影响到父子之间天生的亲情。老先生受过儒家的教诲，对这一点坚信不疑。不论父子间遇到任何不快或痛苦，就凭他生了代助这项单纯的事实，肯定就能保证他们的亲情永不改变。老先生就凭着这种信念，始终固执己见，专断独行，结果就养出一个对待自己态度冷淡的儿子。幸而从代助毕业之后的那段时间起，老先生对待儿子的态度自然也改变了不少，从某些角度看来，甚至宽容得令人惊讶，但这种改变也只是身为父亲的他，在代助出生后立刻安排的部分计划，他只是照本宣科罢了，并不是因为看透代助的心意而采取了适当处置。老先生至今都还没发现，代助身上出现的恶果，全都是自己实行的教育方式而造成的。

老先生上过战场，这件事令他深感自豪，动不动就爱讥笑周围的人说："你们这些人，就是没打过仗，胆量不够，所以不行。"听他话中的意思似乎是说，胆量乃是人类至高无上的能力。代助每次听到父亲说这种话，心底总会升起厌恶。像父亲年轻时那种你死我活的野蛮时代，胆量或许是生存的必要条件，但在文明的现代看来，那玩意儿几乎跟旧时代的弓弩或刀剑之类的道具差不多吧。不，应该说，很多人虽然没有胆量，却拥有远比胆量更珍贵的能力。有一次，父亲又在宣扬胆量的重要性时，代助却在一旁和嫂子暗中讥笑说，按照父亲的说法，世界上最伟大的人，应该是地藏菩萨的石像啦。

既然代助拥有这种想法，不用说，他当然是个胆小鬼，而他也从不认为胆小有什么可耻，有时，甚至还对自己的胆小感到骄傲。

小时候，父亲曾鼓噪代助出门锻炼胆量，还特地要他在午夜时分到青山墓地一趟。但那墓地的气氛实在太恐怖了，代助只待了一小时，再也熬不下去，只好铁青着脸跑回家。其实当时他也觉得没再待下去很可惜。第二天早上，当他听到父亲的讥讽时，心中不禁充满怨恨。根据父亲描述，他那个时代的少年为了锻炼胆量，通常都选在半夜整装待发，独自一个人跑到距城北约四公里的剑峰山，爬上山顶之后，在那儿的一座小庙里等待天亮，一般都等到观赏日出之后才会下山回家。据说这是属于那个时代少年的一种习俗。父亲接着还批评说："从前那些年轻人的想法跟现代人真是太不一样了。"

　　说这话时，父亲露出满脸严肃的表情，好像马上又要开始发表看法了，代助不免可怜起老先生。他自己对地震向来畏惧，哪怕只是瞬间的摇晃，也会让他心跳不已。有一次，代助静静地坐在书房里，不知为何突然觉得："啊！有地震从远处过来了！"接着，他便感到铺在屁股下面的坐垫、榻榻米，还有榻榻米下面的地板，全都跟着晃动起来。他觉得像这样才是真正的自己。而对于父亲那种人，代助只能看成感觉迟钝的野蛮人或自欺欺人的笨蛋。

　　眼前这一刻，代助正跟父亲相对而坐。房间很小，廊檐却很深，坐在屋里望向庭院，好像院子被廊檐隔得远远的。至少从屋里望出去，天空看起来并不宽阔。不过屋中却很宁静，人坐在这里，有一种沉稳而悠闲的感觉。

　　老先生抽的是旱烟，手边摆着提手很高的旱烟道具盒，不时

"砰砰"地敲着烟管，把抽完的烟灰敲进烟灰缸里。敲烟管的声音在寂静的院中发出回响，听起来颇为悦耳。代助已抽完四五支金纸卷成的纸烟，烟蒂被他一个一个排列在手炉里。他不想再继续吞云吐雾了，便抱起手臂凝视着父亲。以老先生的年龄来看，他脸上的肌肉不算少，但毕竟还是老了，脸颊显得非常瘦削。一双浓眉下面的眼皮也松垮垮的，脸上的胡须与其说已经全白，倒不如说有些泛黄。老先生讲话时有个毛病，喜欢来来回回地打量对方的膝头和脸孔。而他转动眼珠的方式，则有点像在对人翻白眼，会让对方感到不太对劲。

现在，老先生正在教训代助。

"一个人不该只想着自己。我们还有社会，还有国家，不为别人做点什么，自己也会不痛快。就拿你来说吧，像你这样整天游手好闲，心情自然好不起来。当然啦，如果出生在下层社会又没受过教育，那就另当别论，但是受过高等教育的人，绝没有理由喜欢整天闲着。人必须实际应用自己的所学所得，才能品尝其中的乐趣。"

"是。"代助答道。每次聆听父亲说教而不知如何回答时，他就这样随口胡乱响应。这已变成一种习惯。对代助来说，父亲对任何事情的看法都不够全面，或只是出于主观的判断，根本毫无价值可言。不仅如此，父亲的意见有时貌似出于心怀天下，但说着说着，不知何时又变成了独善其身。说了半天，就只听到一堆空泛的词句，尽管长篇大论，实际上却是毫无内容的空谈。更何况，若想从根本突破父亲的理论，是一项难度极高，甚至不可能的任务，所以代助打一开始就尽量避免与父亲正面冲突。但是老先生心里却认为，代助理所当然应该是属于自己这个太阳系的，他当然有权支配代助按照哪条轨道运行。而代助呢，也就只好让父亲以为他正乖乖地围着父亲这个老太阳运转。

"如果不喜欢办企业，也没关系。并不是只有赚钱才算对日本有贡献。就算不能赚钱也无所谓。要是整天为了钱跟你唠叨，我看你也不会过得痛快吧。至于生活所需，我还是会像以前一样补助你，反正不知道哪天，我也会上西天嘛，人死了，钱又带不走。你每个月的生活所需，我总还能负担得起。所以你该好好发愤图强，做出一番事业，尽国民的义务才好。你也快三十了吧？"

"是。"

"三十岁了还像无业游民似的到处鬼混，实在不像话。"代助一点也不认为自己在到处鬼混。他只是把自己视为高等人种而已。像他这个阶层的人种，永远都有大把大把的时间，而且他的时间是不会被职业污染的。每当父亲跟他说起这些，代助实在打从心底可怜老先生。自己的每个月、每一天都利用得极有意义，而且早已在思想情操方面开花结果，但是父亲凭他幼稚的头脑，却一点也看不出来。想到这儿，代助十分无奈，只得严肃地答道："是。是我不好。"

老先生原本就把代助当成小孩，而代助的回答又总是带着几分稚气和不谙世故的单纯，老先生心里虽然不满意，却又觉得儿子已经长大成人，简直拿他没办法。如今听到代助说话语气满不在乎，脸上表情十分冷静，既不害羞也不焦急，一副稀松平常的模样，老先生不免又觉得，这家伙简直无药可救了。

"你身体是很健康的，对吧？"

"最近这两三年，从来没感冒过。"

"头脑也很聪明，在校时的成绩也不错，对吧？"

"嗯，对呀。"

"凭你这样的条件，整天游手好闲真是可惜了。对了，有个叫什么来着，就是经常跑来找你聊天的那家伙，我也碰到过一两次。"

"平冈吗？"

"对，就是平冈。那家伙看起来就没什么能力，所以学校一毕业，就不知到哪儿去了，不是吗？"

"结果他到外面碰了一鼻子灰，又回来啦。"

老先生不由得露出苦笑。

"怎么回事？"他向代助问道。

"总之，是因为想要填饱肚子才去上班的吧。"代助说。老先生听不懂他说些什么。

"是因为他做错了什么吧？"父亲反问。

"可能他当时也只是想做出理所当然的反应，却没想到这个理所当然反倒招致失败的结果。"

"呵呵。"老先生的回答似乎不太赞成代助的说法，但是片刻之后，他又换了另一种语气开始发表意见。

"年轻人经常遇到失败挫折，其实完全是诚意与热情不足所致。凭我做事做到现在，这么多年累积的经验看来，唯有具备上述两项要件，事业才能做成功。"

"也有人虽有诚意和热情，事业却不成功的吧？"

"不，不可能。"

父亲的头顶上方挂着一块华丽的匾额，上面写着"诚者天之道也"[1] 几个字，据说是请一位江户时代的旧藩主写的。老先生把这幅字当成宝贝，但是代助却很讨厌这块匾额。首先匾额上的第一个字就令他生厌，整句话更令他无法接受，他很想在"诚者天之道也"后面再添一句"非人之道也"。

当年那位藩主就是因为领地的财政状况越来越糟，最后陷入求救无门的困境。而当时受托负责解决问题的，就是长井。据说他请来了两三位跟藩主相熟的商贾，在大家面前解下自己的武士刀，低头赔礼，恳求大家融资相助。同时也实话实说地告诉大家，他无法保证一定能够全数归还欠款。不料那几位商贾非常欣赏长井的诚恳，当场表示愿意借钱，领地的财政问题也就因此而获得圆满解决。藩主就是因为长井立下了大功，才写了这幅字送给他。此后，长井便把字画挂在自己的起居室，每天早晚只要得空，便站在匾额

---

1　诚者天之道也：出自《中庸》第二十章，"诚者天之道也，诚之者人之道也"。

下面欣赏。有关这块匾额的由来，代助早已不知听过多少回了。

　　大约在十五六年前，那位藩主家的每月支出又出现了赤字，从前好不容易才排除的经济困境，又重新出现了。长井则因为多年前处置有功，再度被藩主请去帮忙。这一回，长井为了调查藩主家的实际开销与账面数字之间的差距，甚至还亲手为藩主家燃柴焚薪烧热洗澡水。他每天从早到晚将全副心思投注在工作上，结果不到一个月，就想出了解决方法，之后，藩主家终于又过上了比较富裕的生活。

　　也因为长井经历过这段历史，他的想法总是离不开这段经历，不论遇到什么问题，最后总要把结论导向诚意和热情。

　　"你究竟怎么回事？为什么总好像缺乏诚意与热情似的？这可不行啊！就是因为你老是这样，才会一事无成！"

　　"诚意和热情我都有，但我不会用在人际关系上。"

　　"为什么呢？"

　　代助又不知该如何作答了。他认为诚意或热情并不是能由自己随意装进身体里的东西，而是像铁块与石块相撞后发出的火花，应该是发生在两个相关者之间的现象。与其说是自己拥有的特质，不如说是一种精神的互动。所以说，如果碰到不适合的对象，自己就不会产生诚意或热情。

　　"父亲总是把《论语》啦、王阳明啦……这些金箔似的东西生吞活剥，才会说出这种话。"

　　"什么金箔？"

代助又沉默了老半天，最后才开口说道："吞下去金子，吐出来还是金子。"长井以为这是儿子想说又说得不太得体的一句妙语，儿子是个喜欢舞文弄墨的青年，个性偏执又不谙人情世故，所以长井对他这话虽然感到好奇，却没有继续问下去。

大约又过了四十分钟，老先生换上和服与长裤，坐着人力车出门去了。代助送父亲到玄关，然后转身拉开客厅的门扉，走了进去。这个房间是家里最近增建的洋式建筑，室内装潢和大部分的设计工作，都是代助根据自己的灵感，特别寻访专家帮忙定做的。尤其是镶嵌在门框与屋顶之间的镂空木雕画，更是他拜托相熟的画家朋友，一起斟酌讨论之后得出的成果，所以他觉得画中意境充满了妙趣。现在他站在画栏下方，望着那幅形状细长又有点像古代画卷被摊开时的木雕画，不知为何，他觉得今天这画看起来不像上次那么引人入胜了。这可不大好哇！代助想着，又把视线转向木雕画的各个角落细看。这时，嫂子突然开门走了进来。

"哦！你在这儿啊！"说完，嫂嫂又问，"我来看看梳子有没有掉在这儿。"嫂子要找的那把梳子刚好掉在沙发旁边的地上。嫂嫂接着向代助说明："昨天把这梳子借给缝子[1]，也不知被她扔到哪

---

1 缝子：即哥哥家的女儿"缝"。据日本"平凡社"出版的《世界大百科事典》解释：江户时代的日本女性取名，习惯取两个假名组成的名字，到了明治、大正时代，受过教育的女性流行把假名转换为汉字，更喜欢模仿贵族女性取名的方式，在名字的汉字后面加一个"子"。小说里的"缝"，有时也写成"缝子"，正好反映了当时的社会习俗。

儿去了，才想到来这儿找一找。"说着，嫂嫂两手轻按自己的脑袋，一面将梳子插进发髻的底部，一面抬起眼皮望向代助。

"你又在这儿发呆啦？"嫂嫂半开玩笑地说。

"刚被父亲教训了一顿。"

"又教训你啦？老是被教训。你也太不会挑时间了，他才从外面回来嘛。不过话说回来，你也不对，完全不按照父亲的意思去做呀。"

"我在父亲面前可没高谈阔论哦。不论他说什么，我都老老实实地装乖呢。"

"这样才更糟糕呀。不论他说什么，你嘴里说着是、是、是，转身就把父亲的话抛到一边去了。"

代助苦笑着没说话。梅子面向代助，在椅子上坐了下来。她的肤色较暗，两道眉毛又浓又黑，嘴唇较薄，背脊总是挺得笔直。

"来，坐下吧。我有几句话想对你说。"

代助仍旧站着，两眼注视着嫂嫂的全身。

"您今天的襦袢¹衣领很特别呀。"

"这个？"

梅子缩回下巴皱起眉头，想要看清自己襦袢的衣领。

"最近才买的。"

"颜色很不错。"

---

1 襦袢：和服的内衣，形状跟和服相仿，尺寸较为贴身。当时洋服已传入日本，但一般人还是习惯穿和服，却喜欢把洋服的高领白衬衣当成和服内衣穿在里面。

"哎呀！这种玩意儿，不重要啦。你在那儿坐下吧。"

代助这才在嫂嫂的正对面坐下。

"是，我坐下啦。"

"今天究竟为了什么事教训你呢？"

"为了什么事？我也不太清楚。不过父亲一直那么竭尽心力为国家社会做出贡献，实在令我震惊。他可是从十八岁就鞠躬尽瘁到现在呢！"

"正因为如此，父亲才能获得今日的成就，不是吗？"

"如果为国家社会尽心尽力，就能像父亲那么有钱，我也会愿意拼命啊。"

"所以说，你别再游手好闲，也去拼命吧。像你这样整天闲着，只会伸手要钱，也太坐享其成了。"

"我可从来都没想要伸手。"

"就算你不曾想要伸手，手里却花着那钱，还不是一样？"

"我哥说了什么吗？"

"你兄长早已放弃，什么也没说。"

"这话说得好过分哟！不过跟父亲比起来，哥哥才更伟大呢。"

"怎么说？……哎哟，好可恶！又玩这种外交辞令。你这样很不好哟，总是这样一本正经地取笑别人。"

"是吗？"

"什么是吗，又不是在说别人的事。好好儿用脑子想想吧。"

"为什么每次我到了这儿，就觉得自己变成了另一个门野，真是糟透了。"

"门野是什么人？"

"我家的书生啦。不管别人说什么，他的回答不是是吗就是大概吧。"

"那家伙是这样的？真有意思！"

代助暂时闭上嘴，他的视线越过梅子的肩头，从窗帘缝隙间望向清澄的天空。远处有一棵大树，枝头已冒出淡褐色的嫩芽，柔软的枝丫和天空重叠处显得有些朦胧，好像下着毛毛雨似的。

"天气变好啦。我们到哪儿去赏花吧！"

"好哇！我跟你一起赏花，那你该告诉我了吧。"

"告诉你什么？"

"父亲对你说的。"

"父亲说了很多呀，要我从头重复一遍，我可办不到。我脑筋很不好。"

"又在顾左右而言他了。我可是知道得一清二楚哦。"

"那你告诉我吧。"

"最近你这张嘴变得很厉害哦。"梅子显得有点气恼。

"哪里，我可不像嫂子那么不饶人……对了，今天家里好安静。怎么了？两个孩子呢？"

"孩子都去上学了。"这时，一名十六七岁的小女佣拉开门，探进脑袋来。"嗯，老爷请少夫人去接电话。"小女佣说完闭上嘴，等待梅子答复。梅子立即起身，代助也跟着站起来，打算跟在嫂子身后走出客厅。不料梅子回过头对他说："你在这儿等着，我还有话对你说。"

嫂子这种命令式的语气，永远都让代助觉得有趣。"那您慢走哇！"代助说着，目送嫂嫂离去，又重新在椅上落座，欣赏着刚才那幅木雕画。不一会儿，他开始觉得画中的色彩好像不是原本涂在墙上，而是从自己的眼球喷上去，已经紧紧地黏在墙上。欣赏了一阵子之后，他甚至认为画中的人物、树木都正按照自己的想象，跟随着眼球喷出的色彩而出现了各种变化。那些画得不好的部分，也被他重新涂过。最后，代助竟被自己想象中最美的色彩团团围住，如痴如醉地坐在色彩当中。就在这时，梅子从外面走回客厅，代助这才从幻想中返回到现实里。

代助重新问梅子，刚才原想说些什么，果然，梅子又想帮他介绍对象。代助还没从学校毕业，梅子就很热心地帮他撮合过，还让他见过好几位新娘候选人，有的只看过照片，有的也见过本人，但全都被代助否决了。起先他还找些冠冕堂皇的理由搪塞过去，但是大约从两年前起，代助的脸皮突然变厚了，他总是挑三拣四，想尽办法找出对方的缺点，一下嫌这个嘴巴跟下颌的角度不对，一下又嫌那个眼睛长度跟脸孔宽度不成比例，或者又嫌人家耳朵的位置长得不好……反正就是要找个莫名其妙的理由回绝对方。代助平时并不是这么挑剔，所以来来回回几次，梅子感到有点纳闷。她暗自推测，一定是因为自己热心过度，弄得代助过于得意，才会表现得如此放肆。梅子决定暂时冷落他一阵子，等他主动开口求助时，再向他伸出援手。从那之后，梅子就没再向代助提过相亲的事。谁知他却一点也不在乎，依然我行我素地悠闲度日，令梅子也弄不清他心里打着什么算盘。

不过，代助的父亲这次出门旅行，却在旅途上看中一位跟他家渊源甚深的媳妇候选人。早在两三天前，梅子就已听公公说起此事，因此她猜想，代助今天回家来见父亲，肯定就是谈论这件事，不料公公却一个字也没提。或许，老先生找来儿子，原是打算告诉他这件事，但是看到代助那种态度后又觉得，这事还是再缓一缓比较好，就没跟儿子说起娶媳妇的事情。

其实父亲看中的这个女孩跟代助之间，也有一层特殊的关联。女孩的姓氏代助是知道的，但是不知道她的名字。至于对方的年龄、容貌、教育程度，还有性情，代助也一概不知。然而，对方为什么会变成自己的新娘候选人，代助对这段前因后果却是心知肚明。

原来代助的父亲有个哥哥，名字是直记，只比代助的父亲大一岁，除了身材比较矮小之外，兄弟俩的面貌、眉眼和轮廓都长得十分相像，陌生人也总把他们俩看成双胞胎。代助的父亲当时还没改名叫"得"，而是用着小名，叫作"诚之进"。

直记跟诚之进不仅外貌相似，气质也很相近。平时，他们几乎从早到晚都在一起，除非各自有事，不能配合对方时间，否则两人总是同吃同住，形影不离。兄弟俩的感情这么好，上学堂念书当然也是并肩出门，携手回家，就连在家读书，兄弟俩都共享一盏油灯。

事情发生在直记十八岁那年的秋季。有一天，兄弟俩被父亲派往江户城边的等觉寺办事。等觉寺是藩主的家庙，庙里住着一位和尚，名叫楚水，跟兄弟俩的父亲是好朋友。因为父亲有事要跟和尚联络，才派兄弟俩来见楚水。他们带去的书信内容其实很简单，只是邀请楚水一起下围棋，根本连回信都不需要写。但楚水读完信之后，却把兄弟俩留在庙里，跟他们天南地北地闲聊起来。聊到后来，眼看天快要黑了，兄弟俩才在太阳下山前一小时从庙里走出来。那天刚好是某个祭典的日子，市内到处人潮汹涌，兄弟俩匆匆穿过人群，急着赶路回家，不料，刚转进一条小巷，就撞到了住在河对岸的某人。此人向来跟他们兄弟就有过节，当时已喝得醉醺醺，双方拌了两三句嘴，那人就突然拔出长刀杀过来，刀锋直指诚之进的兄长。做哥哥的在无奈之中，只好拔刀抵抗。对方是出了名的粗暴性情，当时虽已喝得烂醉，攻击起来仍然十分强劲。不一会儿，眼看哥哥就要被对方打倒了，弟弟只好也拔出刀来，一起拼死抵挡，双方你来我往，一阵乱斗，没想到竟杀死对方了。

当时有个不成文的规矩，武士若是杀死了另一名武士，自己就得切腹谢罪。这对兄弟返回家门时，心里早已做好自杀的准备，父亲也叫他们俩并排跪好，打算让兄弟俩按照顺序切腹，并由自己亲自担任切腹的证人，替他们做个了断。不巧的是，兄弟俩的母亲这时正到好友家做客，不在家里。父亲觉得儿子自杀之前，至少也该让他们跟母亲见上最后一面才合情理，便立刻差人把妻子接回来。而兄弟俩等待母亲回来的这段时间，父亲则尽量拖延时间，一面严厉训斥儿子，一面忙着布置切腹的场地。

说来凑巧，当时他们的母亲拜访的高木家，是一位有钱有势的远亲。由于当时的社会已处于剧变时期，有关武士的许多规矩，也不像从前那么严格执行了。再加上那个被杀害的对手，大家都知道他是个风评极差的无赖，所以高木接到消息后，便陪着兄弟俩的母亲一起回到长井家。他向兄弟俩的父亲建议，在官府出面调查之前，最好暂时不要采取任何行动。

接着，高木便帮忙到处奔走。第一步是先疏通家老[1]，再经由家老，取得藩主的同情。好在死者的父母特别通晓事理，平时就对儿子的顽劣行径深感头痛，同时他们也理解，儿子被杀全是因为自己主动挑衅，所以听说有人正在奔走活动，想让这对兄弟从宽处理时，他们也没表示异议。于是，长井家这对兄弟暂时被父亲关进密室，闭门思过，两人都表达了忏悔之意，不久，他们便一起悄悄地离家出走了。

三年后，哥哥在京都遭到浪人杀害。到了第四年，国家大权落入明治天皇手里，改元明治。又过了五六年，诚之进把父母从家乡

---

1　家老：江户时代幕府或领地的职位。地位很高，仅次于幕府将军或藩主。通常幕府或领地都设家老数人，采取合议制管理幕府和领地的政治、经济与军事活动。

接到东京，自己也娶妻成家，并把名字改为单名"得"。这时，曾经救过他一命的高木早已去世，家业已传到高木的养子手里。长井得多次怂恿高木家的养子到东京来当官，对方一直不为所动。这位养子生了两个小孩，男孩进了京都的同志社大学，毕业后到美国待了很长一段时间，目前回到神户创办各种事业，早已累积了相当的财富。女孩嫁给当地一家富户。而现在被父亲挑中作为代助结婚对象的，就是这户有钱人家的小姐。

"说起来，这段往事的情节真是错综复杂呀。我听了都吓一大跳呢。"嫂嫂对代助说。

"父亲早就说过无数遍了，不是吗？"

"可那时并没提到要娶他家小姐当媳妇呀，所以我之前也没仔细听。"

"佐川家有那样一位小姐吗？我怎么从没听说过。"

"你就娶了她吧。"

"嫂子赞成这门婚事？"

"赞成啊。不是很有缘分吗？"

"结婚成家，与其靠祖先安排的缘分，不如靠自己找到的缘分比较好。"

"哦？难道你已经有那样的对象了？"

代助没有回答，脸上露出了苦笑。

# 四

代助支着两肘坐在桌前发呆，刚读完的那本薄薄的英文书摊开在桌上，脑中尽是书中的最后一幕……在那远方，无数寒冷的树影伫立着，树丛的后方挂着两盏四方形玻璃小灯，正在无声地摇曳。绞刑台就设在灯下，即将受刑的犯人站在暗处。"我弄丢了一只木屐，好冷啊！"有个人说。"丢了什么？"另一个人反问。"弄丢了一只木屐，好冷啊。"那人又重复了一遍相同的话。"M呢？"不知是谁问道。"在这里。"另一个人回答。枝丫的缝隙间可以看到一片白茫茫的巨大平面，饱含湿气的风儿正从那儿吹来。"大海就在那儿！"G说。不一会儿，玻璃灯下映出一张写着判决书的白纸，还有一双苍白的手，正捧着那份文件，手上并没戴手套。"那就念一下判决书吧！"有人说，声音有些颤抖。半晌，玻璃小灯消失了。"……只剩一个人了。"K说完叹了口气。S死了，W也走了，就连M也离开了人世，现在只剩下一个人了。

太阳从海面升起。几具尸体全部堆放在同一辆车上之后，被拉了出去。拉长的脖子、从眼眶弹出的眼珠，还有血泡黏湿的舌头，那些血泡就像绽放在唇上的花朵一样恐怖……这一切，全都用车载着拉回原路……

从刚才到现在，代助反复想象着安德烈耶夫[1]的《七个被绞死的人》中最后的一幕，想着想着，他不免害怕得缩起肩膀，每当他幻想到这儿，就深感痛楚，万一自己也身临其境，究竟该怎么办呢？他想来想去，觉得自己大概没有勇气面对死亡。而那些受绞刑的犯人却得被迫赴死，这是多么残酷的事情！代助凝神静坐，脑中幻想着自己正在生的欲望与死的压迫之间煎熬徘徊，心中倍感痛苦，就连背脊的毛孔都开始阵阵作痒，令他难以忍受。

代助的父亲经常对人说起往日的旧事，说他在十七岁那年，砍死了藩主家一名武士，父亲当时为了负责，已做好切腹的准备。按照父亲的打算，先由他结束代助的伯父生命之后，再由代助的祖父帮他做了结。事实上，代助的父亲不只是嘴上说说，他是真的准备按照计划行动。但是代助每次听到父亲提起这件往事，不但不觉得父亲伟大，反而深感厌恶。因为他认为父亲不是在骗人就是在吹牛。吹嘘这种行为倒是很像父亲会做的事情。

---

1 安德烈耶夫（1871-1919）：俄国小说家，剧作家。早期作品继承了杜思妥耶夫斯基和契诃夫的传统，描写现实生活中小人物的心理。而在后期的《红笑》《七个被绞死的人》中，则放弃传统叙事手法，具有浓重的象征主义和表现主义色彩。

其实类似的故事并不只是发生在父亲身上，据说祖父也曾有过类似的遭遇。祖父年轻时曾经有个一起习剑的同学，那位同学因为技艺超群而遭到大家的妒忌。一天晚上，那位同学抄近路回家时，半路被人砍死了。当时第一个赶到现场的，就是代助的祖父，据说他当时左手高举灯笼，右手紧握出鞘的长刀，一面用刀柄拍着尸体，一面对死者大喊："军平，振作点！伤口一点都不深呀。"

后来代助的伯父在京都遇害时，也是一群蒙面刺客气势汹汹闯进他投宿的旅店。伯父急忙从二楼走廊往下跳，刚跳落地面，就被院里的石头绊倒了。一群人立刻围上来，不管三七二十一就向他乱砍一通。结果伯父的脸孔被乱刀砍得像杂碎火锅里的肉丝那样面目全非。代助还听过伯父的另一个故事，据说大约发生在他出事的十天前。那天深夜，披着雨衣的伯父，手撑雨伞，脚踏木屐，正迎着雪花从四条大道走向三条大道，到了旅店前方大约两百米的地点，忽然听到后面有人高喊"长井直记"。但伯父头也不回地继续撑伞前进，一直走到旅店门前，伯父迅速拉开木门，一闪而进。等到木门"砰"的一声关紧的瞬间，伯父才躲在门后问："在下就是长井直记，找我何事？"

每次听到这类故事，代助心中总是立刻升起恐惧，从来都不觉得主角勇敢。这种故事给他带来勇气之前，会先让他闻到阵阵血腥的气息。

我若有丧命的可能，最好还是死在疯狂的瞬间吧！这是代助老早就隐藏在心底的夙愿。然而，他却不是个容易发狂的男人，尽管他有时手脚发抖，声音打战，心脏狂跳，但他最近却几乎不曾激动过。代助觉得，激动的状态是一种能将自己带向死亡的自然过程，而且很明显，每当发作一次，死亡也就更加接近一步。有时出于好奇心，他甚至企图逼迫自己朝死亡的目标迈进，又总是徒劳无功。每当他对现况进行剖析时，就忍不住感到惊讶，因为他跟五六年前的自己已经判若两人。

代助将那本摊开的小书倒扣在桌上，站起身来。回廊边的玻璃窗被拉开一条小缝，阵阵暖风从那缝隙吹进来，吹得盆栽尾穗苋的红色花瓣来回摇曳。阳光从天空照射在巨大的花朵上，代助蹲下身子，朝花蕊中心打量了一番，再从那纤细的雄蕊尖端沾了点花粉，放在雌蕊顶端，细心地涂抹起来。

"蚂蚁钻进去了吗？"门野从玄关走过来问道。他身上穿着和服长裤。

代助仍旧蹲在地上，抬起脑袋说："你已经去过啦？"

"是。去过了。好像那个什么，说是明天就要搬了，还说今天想过来拜访一下。"

"谁要来？平冈？"

"是呀……不过那个什么呀，看起来好像忙得不得了呢。跟老师您可完全不一样……如果是蚂蚁钻进去的话，滴点菜籽油吧。这样蚂蚁受不了，就会从洞里钻出来，那时就可以一只一只弄死它们。

要不然，我来解决它们吧？"

"跟蚂蚁无关。我只是听说，像今天这么好的天气，如果涂些花粉在雌蕊上，马上就会结出果实。现在刚好有空，就照着园丁告诉我的方法弄一下。"

"原来是这样啊！这世界真是越来越不得了了……不过这盆栽也真是讨人喜爱。又好看，又有趣。"

代助懒得理会，闭着嘴没说话。过了一会儿，他才开口说道："好了，嬉笑玩耍也得有个分寸哪。"说着，起身走到回廊边，那儿有一张藤条摇椅，代助在椅上坐下之后，便发着呆陷入了沉思。门野自觉无趣，转身走向玄关旁他那间三叠[1]大的房间，正要拉开纸门，却又听到回廊边传来话音。

"平冈说他今天要来？"

"是呀。好像是说要来吧。"

"那就在家等他吧。"代助打消了出门的念头。老实说，他最近对平冈的事一直很牵挂。

平冈上次拜访代助的时候，他的处境已经岌岌可危，据他自己表示，现在已看中了两三个职位，接下来，就是找人帮忙奔走关说。但从那之后究竟如何，却没再传来半点消息。代助曾到平冈下榻的神保町那家旅店两次。一次因为平冈出门了，没碰到；另一次平冈

---

1 叠：三张榻榻米大小。

虽然在家，却正穿着洋服站在门槛上暴跳如雷地数落老婆……代助那天没有找人带路，是自己沿着走廊来到平冈的房门口，才会很意外又真切地看到了当时那幅景象。也就是在同一瞬间，平冈微微回头，看到了代助。"哦！是你呀！"平冈说这话时的表情和态度，完全看不出一丝欣喜。这时，平冈的老婆刚好也从房里探出脑袋，她一眼看到代助，苍白的脸孔"唰"的一下变红了。代助觉得不方便进门造访。虽然平冈嘴里嚷着："来，进来坐吧。"代助却推辞道："不，我也没什么重要的事。只是想着，不知你怎么样了，所以过来看看。如果你要出门，咱们就一起走吧。"说完，代助反而主动拉着平冈并肩走出了旅店。

那天，平冈一路上都在向代助抱怨。原本是想早点找间房子安顿下来，谁知手边的事情实在太忙，弄到现在也没找到住处。虽然旅店的伙计偶尔也会提供一些情报，但是过去一看，不是说前面的房客还没走，就是说现在正在粉刷墙壁，等等。直到他们各自乘车离去前，平冈都在絮絮叨叨地不断诉苦。代助听了也很同情，便表示愿意帮忙。"那就叫我家的书生帮你找找看吧。反正现在不景气，应该有很多空屋。"代助揽下任务后，便打道回府。

回家后，代助便如约派遣门野出去找房子。门野一出门，立刻找到一处条件恰好的地方，连忙领着平冈夫妇去看。回来后，门野又向代助报告说，平冈觉得房子还不错。代助听闻后又叮嘱门野，一定要确认清楚平冈究竟要不要租那间房子，因为介绍人必须向房东负责，若是平冈对那间房子不满意，还可以再带他到别处去物色。

"我说呀，你已经告诉房东，他们要租那间房子了吧？"

"是的。刚才回来的路上我绕到房东那里，通知他们明天就要搬过去。"代助依然坐在椅上，脑中思考着那对夫妇的未来。他们这次搬回东京，又要重新在这儿安家落户了。平冈现在跟他三年前与代助在新桥分手时，已不可同日而语。他这几年的遭遇，等于在人生的阶梯上，不小心踏空一两级。好在他还没爬到很高的位置，从这一点看来，也可算是幸运。而且这次摔得也不算太重，还不至于引来世人的目光，只是平冈现在的精神状态，其实已经陷入混乱。代助这次第一眼看到平冈时，就立刻感觉出来。但他反观这三年间发生在自己身上的变化，又立刻修正了想法。代助想，或许是我的心境投射到他身上，才会产生那种感觉吧？然而，代助后来到平冈的旅店去探访时，平冈连房间都没让他踏进一步，反而跟他一起离开了旅店。平冈当时的言行表情现在又重新浮现在代助眼前，他实在无法不觉得自己最初的判断是正确的。他想起平冈那时露出了某种表情。那双互相纠结的眉心，即使已遭受飞沙走石的打击，却仍毫无顾忌地掀动。那张嘴里吐出的字字句句，不论说得多么天花乱坠，代助却听出其中充满着急迫与悲哀。平冈的所有表现在代助看来，就像一个肺部羸弱的人正在葛粉冲泡的浓汤里沉浮，似乎马上就要窒息了。代助目送平冈跳进电车后，望着平冈迅速远去的背影，不禁低声自语："他就这么急着……"说完，代助想起了平冈那位留在旅店里的妻子。

　　每次碰到平冈的这位妻子，代助从不喊她夫人，不论任何时候，代助总是如同她结婚前一样，左一声三千代，右一声三千代，叫着她的本名。那天跟平冈分手后，代助转身又朝着旅店走去，他很想跟三千代谈谈，却又觉得自己不该过去。走了几步，他停下脚步思索了一会儿，又完全想不出自己现在看看三千代有何不对。尽管如此，他还是心生畏怯，无法举步向前。其实，只要他肯鼓起勇气，还是能前往旅店，但对代助来说，要他鼓起这种勇气，却也是一件令他痛苦的事情，想来想去，也只好返身回家了。然而，回到自己家之后，他的心情变得很奇妙，心里老是七上八下，非常不安，还夹杂些悬念。代助便又出门喝酒。他的酒量很好，几乎可说是千杯不醉，这天晚上，代助喝得比平时还多。

　　"那时你一定是有什么毛病！"代助斜靠在椅上，用比较冷静的眼光责备着自己的影子。

　　"您叫我吗？"门野又跑进房间问道。他已换下和服长裤，脚上的布袜也脱掉了，露出两只像糯米丸子似的光脚。代助看着门野的脸没说话。门野也望着代助的脸孔，站在原处发了一会儿呆。

　　"咦？您没有叫我吗？哎呀！哎呀！"门野嘴里嘀咕着退出房间，代助也不觉得有什么可笑。

　　"阿姨，跟你说没叫我吧。我就说奇怪嘛，也没听到拍手什么的声音呀。"门野的声音从起居室传来，接着又听到门野和老女佣的谈笑声。

就在这时，代助正在期盼的客人来了。负责迎客的门野露出讶异的表情走进来，一直走到代助身边，还是满脸的讶异。"老师，那位夫人来了。"门野低声说。代助无言地离开座位，走进客厅。

平冈的妻子因为皮肤白皙，头发显得特别乌黑，天生一张鹅蛋脸，长得眉清目秀，细看之下，令人觉得她的眉目间飘浮着一种悲凉，很像旧日浮世绘里的女人。这次回到东京之后，她的气色好像比从前更糟了。代助第一次在旅店看到她时，心中不免一惊，最初以为是长途跋涉，火车坐得太久，身体还没恢复过来，细问之后才知道不是因为舟车劳顿，而是气色从来都没好过。代助听了觉得非常怜悯。

三千代离开东京后第一年，生了一个孩子，但是孩子刚出生没多久就死了。之后，三千代便得了心绞痛的毛病，一天到晚都病恹恹的。刚开始，她只是全身无力，拖了很长一段日子，始终都没恢复，这才请了医生诊治。谁知医生也说不出个所以然，只告诉病人，或许是一种病名复杂的心脏病。接着医生又宣布说，如果真是那种心脏病，那可是不治之症，因为从心脏动脉流出的血液，会不断慢慢回流，这种病想要根治是不可能的。平冈听了医生的话，也慌了手脚，几乎想尽办法帮三千代调养身子。或许也因为调养得当吧，一年多后，三千代的身体恢复得很不错，精神也变好了，脸色几乎和从前一样鲜艳光润，三千代自己也颇感欣慰。然而，就在他们搬回东京前一个月，三千代的气色又变得很糟。不过医生认为，这次的问题倒不是出在心脏。虽说三千代的心脏现在还不算非常健康，但绝不像从前那么糟糕。医生诊断后表示，按照目前的状态看来，三千代的心脏瓣膜没有任何问题……以上这些过往都是三千代亲口对代助说的，代助听完之后望着她的脸孔说："如此说来，毕竟还是因为忧虑，才变成这样吧。"

三千代有一双明艳的眸子，双眼皮的线条漂亮地重叠在一起。眼睛的轮廓又细又长，当她凝神注视物体时，不知为何，两个眼睛显得特别大。按照代助的推断，应该是因为她拥有一双漆黑的眸子吧。早在三千代嫁为人妻之前，代助就经常看到她这双眸子，直到现在，他对三千代的这双眼睛仍然记忆犹新。每当他忆起三千代的脸庞时，脸孔的轮廓还没显现，这双乌黑又带着湿润光泽的眸子，便"唰"的一下浮现在代助的眼底。

而现在，三千代被人领着穿过走廊，来到客厅，并已在代助面前坐下，一双美丽的玉手交叠着放在膝上，压在下面的那只手上戴着戒指，放在上面的那只手也戴着一枚戒指。这枚戒指的设计比较时髦，纤细的金框上镶着一粒很大的珍珠，是三年前代助送给她的结婚礼物。

三千代抬起了头，代助忽然看到那双眼睛，心中不免一震。

"火车到达东京的第二天，我就该跟平冈一起来拜访，但是因为身体不适，没法出门，后来就一直没机会跟平冈一起出门，所以拖延到现在，今天刚好……"说到这儿，三千代突然闭嘴不言，接着，又像是猛然醒悟似的忙着致歉，"上次你来看我们那天，平冈正好急着出门，真抱歉，那时太失礼了。"

"其实你可以等一等再走嘛。"三千代又像撒娇似的补充说明着，只是语气显得很抑郁。听了这话，代助倒是想起了从前，这女人向来都是用这种语气说话。

"可是，那时你们看起来很忙啊。"

"是呀！的确是很忙……不过，也没关系嘛。你都来了，那样实在太见外了。"代助很想询问，当时他们夫妻间究竟发生了什么事，又打消了主意。如果是在从前，就凭他跟三千代的交情，倒是可以半开玩笑地问道："那时你好像被训了一顿，脸都红了呢。是你做了什么坏事吧？"但是三千代刚才撒娇的态度背后似有几分勉强，现在听了她的话，反而萌生悲惨的感觉，代助也就鼓不起劲儿跟她开玩笑了。

代助点燃一根烟叼在嘴里，脑袋又靠在椅背上，一副轻松自在的模样。

"好久不见了，我请你到外面去吃饭吧？"代助问。说完，他觉得自己这种态度，似乎已让这女人感受到少许的慰藉。

"今天就算了。我也没法停留太久。"说着，三千代朱唇微启，露出从前就有的那颗金牙。

"那，好吧。"代助举起两手交叠着放在脑后，抬眼望向三千代。三千代微倾上身，从腰带里掏出一个小型手表。这是代助买了珍珠戒指送给这女人的那天，平冈买给妻子的礼物。代助现在还记得很清楚，那天在同一家商店跟平冈分别买了不同商品，两人一起走出店门时，一面跨过门槛一面相视而笑。

"哎哟！已经三点多了。我还以为才两点呢……因为刚才还绕到别处去了一会儿。"三千代有点像自言自语似的解释着。

"那么赶哪？"

"是呀。我想尽快赶回去。"

代助从脑袋后面抽回手来，弹掉了烟灰。

"过去这三年，你变得颇有家庭气息啦。真拿你没办法。"代助笑着说，语气里却像隐含着一丝苦意。

"哎哟！因为，我明天不是要搬家吗？"三千代的声音突然变得活泼起来。代助是真的忘了她搬家的事，但听到她这开朗的语调，便也顺口追问道："那你为什么不等搬完了家，再过来好好聚一聚？"

"可是……"三千代说了一半，似乎不知该怎么说下去，眉宇间露出困惑的神色，垂下眼皮看着地面，半晌，才抬起脸庞。只见她脸上浮起薄薄的红晕。"不瞒你说，我来这儿，是有事想请你帮忙。"

代助原就感觉灵敏，一听三千代这话，立刻明白她所说的"有事"是指什么。老实说，打从平冈抵达东京的那一刻起，代助早已隐约料到，自己迟早都得面对这个问题。

"什么事？别客气，告诉我吧。"

"能不能借我一点钱？"三千代这话说得像个孩子似的天真无邪，但她的双颊还是变得通红。代助想到平冈如今的境地，竟让这女人遭受如此羞耻的经历，实在令人感到不堪。代助详细询问缘由后才明白，三千代借这笔钱并不是为了明天搬家或是给新家添购家具。原来，当初平冈离开支店时，曾在当地借了三笔钱，其中的一笔，现在非还不可了。据说平冈曾跟对方约定，到达东京之后，肯定会在一星期之内归还，而且因为某种理由，这笔钱不能像其他两笔那样拖欠，所以平冈到达东京的第二天起，就忧心忡忡地到处奔走，却始终没有头绪，实在是不得已了，才叫三千代过来向代助求助。

"就是跟支店长借的那笔钱吗？"

"不，那笔钱不管拖欠到什么时候都没问题，这笔钱要是不还的话，就糟了。因为在东京帮我们活动的那位先生会受到影响。"

原来是这么回事，代助这才恍然大悟，接着又问三千代需要多少钱。"五百多一点。"三千代说。"怎么，才这么一点哪。"代助心想，但其实他自己手头上一毛也没有。这时他才发现，自己虽然看起来可以随意花钱，其实根本一点也不能随意。

"怎么还欠着别人那么多呢？"

"所以一想到这些，就心烦呀。可我自己也生了那场病，总觉得有些内疚。"

"是你生病时花的钱吗？"

"不是啦。药钱什么的，总是有限的。"三千代没再多说什么，代助也没有勇气继续追问下去，只望着三千代那张苍白的脸孔，越看越觉得茫然的未来令他不安。

# 五

　　第二天，门野一大早就雇了三辆人力板车，到新桥车站去取平冈的行李。这些行囊其实早就送到了，只因他们始终没找到住处，才一直存放在那儿。这项任务如果算上来回的时间，还有在车站装载行李的时间，不论如何都得花费大半天。代助早上一起床，就忙着叮嘱门野说："你还不赶紧去，到时候会来不及哟！"门野却还是跟平时一样的腔调答着："不要紧。"因为他向来没有时间观念，才答得如此悠闲吧。等到代助向他解说之后，门野这才露出原来如此的表情。代助接着又吩咐他："行李送到平冈家之后，你要帮着打理。等所有物品都处理完了，才能离开。"门野听了，又是一副轻松的语气说："好的，明白了。您放心吧。"

　　门野出门后，代助留在家里读书，一直读到十一点多。他突然想起有个叫邓南遮[1]的作家,据说他家的房间分别涂成蓝红两色。根据邓南遮的解释,他发现人类的两大生活情调总是脱离不了这两种颜色。譬如音乐室或书房等需要兴奋情绪的房间,最好尽量涂成红色,而像卧室或休息室之类需要精神安定的场所,则尽量以接近蓝色的色彩装饰。邓南遮提出这种看法,显然是想利用心理学说来满足他作为一名诗人的好奇心。

但是像邓南遮那样容易受到刺激的人,怎么会需要浓烈的鲜红?这种颜色一望即知是属于兴奋的色彩吧。想到这儿,代助觉得非常不解。就拿代助自己来说,每当他看到稻荷神社的鸟居时,心里总是不太舒服,如果可能的话,他希望自己永远都能躲在绿色世界里浮游沉睡,就算只能把脑袋伸进那个世界也好。他又想起有次在画展里看到一位名为青木[2]的画家展出的作品,那幅画里有个高大的女子站在海底。在那么多作品当中,他觉得只有那幅作品看着令人心旷神怡。也可以说,那就表示他也希望自己能够沉浸在画里那种安静沉稳的情调里。

代助从屋中走到回廊。院中一片青葱翠绿,直向远处延伸而去。花儿不知何时早已凋谢,现在已是新芽萌发的时期。鲜艳欲滴的嫩绿仿佛要扑面而来,令人看着心情舒畅。眼前这幅景致虽然鲜艳夺目,

---

1　邓南遮(1863-1938):意大利诗人、记者、小说家、戏剧家和冒险者。他常被视为墨索里尼的先驱,在政治上颇受争议。主要作品有《玫瑰三部曲》。

2　青木:指日本画家青木繁(1882—911)。明治时代的西洋画家。

却也蕴含着几分沉稳，代助喜滋滋地戴上鸭舌帽，直接穿着铭仙绸的居家和服就步出家门。

到了平冈的新家门外一看，门是打开的，屋里却空空如也，行李好像还没送到，平冈夫妇似乎也不在，只有一个车夫模样的男人独自坐在回廊边抽烟。代助向那人打听了一番，男人回答："他们刚才来过了，看这情形，恐怕得弄到下午才能搬完，所以他们又回去了。"

"老爷跟夫人一起来的？"

"是呀。一起来的。"

"然后又一起回去了？"

"是呀。一起回去的。"

"行李马上就会送来吧。辛苦你了。"代助说完，又重新返回大路。

他步行走到神田，并不想绕到平冈的旅店去，但那两人的事情又让他牵肠挂肚，尤其是平冈的妻子更是令他挂怀，便转身前去探望。到了旅店一看，夫妻俩正坐在一块儿吃饭。女佣捧着托盘站在门槛里面，背对着门外。代助便从女佣身后向门内打了声招呼。

平冈像是吃了一惊，抬眼看着代助，眼中布满了血丝。"因为我这两三天都没有好好睡觉。"平冈说。"你这说法太夸张啦。"三千代说着笑了起来。代助虽然心生怜悯，倒也放了心，便不再打扰，转身出门，先吃了饭，又去理发，然后才到九段上办了点事，回家的路上又重新绕到平冈的新家。只见三千代用一块长方形大手帕裹着发髻，友禅花绸的襦袢下裸露在外面，身上斜挂一条布带，高高撩起和服的长袖，正忙着处理行李，旅店里伺候他们的那名女侍也来了。平冈坐在回廊边忙着解开行囊，一眼看到代助来了，便笑着招呼道："快来帮忙吧！"门野已脱掉和服长裤，里面的和服下摆也卷起夹在腰带里，正在帮车夫一起将双层橱柜搬进客厅，他对代助说："老师，您看我这身打扮如何？可别笑我哟。"

第二天早上，代助坐在早餐桌前，像平日一样喝着红茶。门野刚洗完脸，整张面孔闪闪发光地走进起居室。"昨晚您什么时候回来的？我昨天实在累坏了，就打了一会儿瞌睡，结果完全没听到您回来……您看到我在打瞌睡了吗？老师好坏哟。大概几点回来的？您那么晚才回来，是到哪儿去啦？"门野又像平日一样，絮絮叨叨没完没了地啰唆了半天。

代助露出认真的表情问道："你帮他们整顿妥当了吧？"

"是，统统都整理好了，可累坏我了。跟我们搬家的时候不一样，好多大件的家具呀。那位夫人站在客厅中央，看看这里，又看看那里，一副呆呆的模样，真的好好笑。"

"她身体不太好嘛。"

"看起来好像真的不太好。我就觉得她脸色有问题，跟平冈先生大不相同。那个人的身体真棒。昨晚我跟他一起去洗澡，那体格可惊人了。"

不一会儿，代助重新回到书房，一连写了两三封信。一封写给他在朝鲜统监府[1]工作的朋友，感谢对方先前寄来的高丽烧[2]，另一封写给他在法国的姐夫，拜托他帮忙买些廉价的塔那格拉[3]。

　　午后，代助出门散步经过门野的门外时，偷瞄了一眼，发现门野又倒在那儿呼呼大睡。代助看到他那两个天真烂漫的鼻孔，心里很是羡慕。说实在的，昨晚他倒在那儿翻来覆去睡不着，难熬得要死。平时放在枕边的怀表整夜发出嘀嗒嘀嗒的声音，简直吵死人，代助最后没办法，只好把它塞到枕头下面，谁知嘀嗒嘀嗒的声音依然吵得脑袋发晕。他听着那声音，所有属于潜意识的部分都掉进黑暗的深渊，脑中却始终忘不了那根缀补黑夜的缝衣针，正在一步一步毫不停留地从他脑中走过。更奇怪的是，那针脚向前的嘀嗒声竟不知从何时起，变成了丁零丁零的虫鸣声，好像正从玄关旁那棵美丽盆栽的叶缝里不断冒出来……现在回想起昨夜那个梦，他觉得自己似乎发现了连接沉睡与觉醒之间的那缕细丝。

　　代助这人不论对任何事，只要心中生出了兴趣，就喜欢追根究底，彻底研究一番。更何况，他的头脑也不笨，虽然深知自己这种习性有点傻气，反而更加不肯放过好奇的事物。譬如三四年前，他为了弄清自己平日究竟如何陷入熟睡而做过一些尝试。每天晚上，

---

1　朝鲜统监府：日俄战争后的 1906 年，日本为了统治朝鲜，在现在的首尔设置的统治监察机关，1910 年日本并吞朝鲜后，将这个机关改为朝鲜总督府。

2　高丽烧：朝鲜的李朝初期至中期烧制的陶器，也叫朝鲜烧。

3　塔那格拉：原是希腊古代城市名称，现在专指当地出产的小型民俗玩偶。

他先钻进棉被躺下，等到睡意逐渐降临的瞬间，脑中却突然灵光一闪："啊！就是现在！我就是这样睡着的。"就在灵感浮现的那一秒，他立即惊醒了。又过了一会儿，待他重新感到睡意时，不禁又再叹道："啊！就是现在！"那段日子，代助几乎每晚都被这好奇心害惨了。同样的剧情总得重复两三遍，弄到后来，连他自己也受不了，一心只想摆脱这种痛苦，同时也深感自己实在愚蠢。其实代助心里很明白，就像詹姆士[1]所说的，若想探究原本模糊不清的事物，借此厘清从前怀抱的疑问，等于点着蜡烛研究黑暗，摁着陀螺观察陀螺运转，照这样下去，自己一辈子都别想睡觉了。然而，心里虽然明白这个道理，每天一到晚上，代助还是不时会被惊醒。

这种痛苦的现象大约持续了一年多，后来也不知从什么时候起，总算逐渐消失了。现在再把昨夜的梦境跟当时的困境两相对照，心里不禁感到好笑。因为他觉得抛开自己理智的一面，以最原始的状态走进梦乡，这种过程才比较有趣。代助也有点好奇，说不定这种状态就跟发疯的时候一样。代助自认以往从未激动得失去过理智，所以他坚信自己不会发疯。

接下来的两三天，代助或门野都没听到平冈的任何消息。第四天下午，代助受邀到麻布的某户人家参加园游会。男女宾客人数众多，主宾是个身材极高的男人和他戴着眼镜的夫人，男人据说是英国的

---

1 詹姆士（1842-1910）：美国心理学家和哲学家，美国机能主义心理学和实用主义哲学的先驱，美国心理学会的创始人之一。

国会议员还是实业家[1]之类的人物。夫人是个美女，美得令人觉得她到日本这种国家来有点可惜。这位夫人满面得意地撑着一把岐阜县特产的手绘阳伞，也不知她是从哪儿买来的。

这天天气非常好，天空一片蔚蓝，身穿黑礼服的宾客站在宽阔的草地上，从肩头到背脊都能确实感觉出夏日已经来临。那位英国绅士皱着眉抬头眺望天空，"真美呀！"男人说。"Lovely!"（可爱）他的夫人答道。两人说这话时的声调显得特别昂扬有力。代助心想，英国人表达赞美的方式真是特别！

主宾夫人也跟代助搭讪了几句，但是谈不到三分钟，代助就找不到话题，便立刻退到一旁。

很快，另一位穿着和服、特意梳了岛田髻[2]的小姐，还有一位曾在纽约经商多年的男人即刻插嘴接过话题。这个男人向来自认是英语天才，凡是这种说英语的集会，他是一定要出席的，不但喜欢跟日本人用英语聊天，更喜欢在餐桌上用英语发表即席演说。此人还有个毛病，不论说些什么，说完之后，总是发出一阵觉得有趣极了似的大笑，有时笑得连英国人都不免讶异。代助真想劝他不要再这样傻笑了。那位小姐的英语说得也很不错，据说她是富贵人家的小

---

1 实业家：实业家在某种程度上可理解为企业家，但实业家的称号比企业家更具社会责任感、爱国心，能在国家危急存亡之际向国家伸出援手。

2 岛田髻：一种日本传统发型，最早出现于江户时代，直到明治、大正时代仍然流行，是日本最常见的一种女性发型。一般年轻女性或从事艺伎、游女（娼妓）等职业的女性都梳这种发髻。目前该发髻已成为日本文化的代表特色之一。

姐，曾对英语下过一番功夫，家里还请了美国女人当她的家庭教师。代助对她的英语非常佩服，一面听一面想："她的语言天分倒是比她的容貌强多了。"

代助今天之所以受邀，倒不是自己认识主人或那对英国夫妇，主要是受到父亲和兄长的社交地位庇佑，才收到了请柬。他走进会场后，便四处闲逛、打招呼，不停地向宾客点头致意，不一会儿，他发现哥哥也站在宾客当中。

"哦，你来啦。"哥哥看到他，只简单地说了一句，连伸手举帽的礼节都省了。

"天气真好哇。"

"嗯！很好！"代助的身高并不算矮，但是哥哥又比代助更高一些，再加上最近这五六年，哥哥的身材逐渐发福，所以体形看起来非常魁梧。

"您看如何？哥哥也到那儿跟外国人聊两句吧？"

"不，我可不行。"说着，哥哥脸上露出苦笑，又用手指拨弄着吊在胖肚子下面的金锁链。

"外国人说话太夸张了，简直夸张得过分。像他们那样赞美天气，连天气都不敢不好了。"

"他们那样赞美天气了吗？真的呀？但你不觉得天气稍嫌太热？"

"我也觉得太热了。"诚吾和代助像是彼此约好了似的，一起掏出白手帕擦拭额头，两人的头上都戴着厚重的丝绸礼帽。

兄弟俩一起走到草地边的树荫下驻足小憩，四周没有半个人，对面远处正要展开余兴节目，诚吾放眼眺望，脸上的表情跟他在家时没有两样。

"像哥哥这样的身份地位，不管在家休息也好，出门做客也好，心情都不会再有什么起伏吧？一个人要是对世事都习以为常，活着也就没什么乐趣，会感到很无趣吧？"代助思索着，眼睛望着诚吾。

"今天父亲怎么没来？"

"父亲去参加诗会了。"诚吾回答时的表情一如平日，代助看了觉得有点可笑。

"那嫂子呢？"

"在家接待客人。"下次碰到嫂嫂，她又要抱怨了吧。代助想到这儿，心中又忍俊不禁。

他知道诚吾一天到晚忙东忙西，而其中大部分的时间，都是参加这类聚会。诚吾对这类活动从未表现厌烦，也没表示不满，他毫不收敛地大吃大喝，跟女人嬉笑闲聊，不论何时，他从未表露疲态，也不过分嬉闹。遇到任何事情，他都能平淡以对，体形则一年一年逐渐增胖，代助对他这些特长简直佩服得五体投地。

诚吾经常出入私人会所或餐厅，有时与人共进晚餐，有时应邀出席午宴，偶尔也前往俱乐部与人欢聚，或到新桥车站为人送行，又或在横滨迎接宾客，甚至还要到大矶[1]奉承那些有权有势的商贾政客，每天从早到晚忙着出席各种集会，脸上却看不出悲喜，代助想，或许只能说，哥哥早就习惯了这种日子，就像漂游在海里的海蜇，感觉不出海水的咸腥了吧。

不过代助觉得这倒也是件值得欣慰的事情。因为诚吾跟父亲不同，不会用那些啰唆的理论来教训自己。像什么主义啦、思想啦、人生观啦之类无聊的东西，从不会自诚吾嘴里冒出来，他也搞不清诚吾脑中到底有没有这些东西，而诚吾从来也不曾积极地否定这些主义、思想或人生观。代助觉得哥哥真的是个平凡的好人。

然而，这一点却又益显哥哥是个无趣的人。若要论起聊天的对象，他觉得嫂嫂比哥哥有趣多了。每次碰到哥哥，他总是开口就问"过得如何"，接下来，不是说什么"意大利发生地震了吧"，就是说"土耳其的国王被推翻了"，或者是"向岛那边的樱花已经谢了""横滨的外国船上有人在船底养了一条蟒蛇"，再不然，就是"有人被碾死在铁轨上"之类，总之，全都是登在报上的新闻。像这种不痛不痒的话题，他的脑袋里不知装了多少，好像永远都说不完。

但另一方面，诚吾有时又会问些莫名其妙的问题，譬如像"托尔斯泰已经死了吗"之类。他甚至还问过代助"现在日本最了不起的作家是谁"。总之，诚吾对文学毫无兴趣且无知得令人惊异。他

---

1　大矶：指神奈川县大矶町。当时有很多财政界名流把别墅建在大矶海边。

随口提出的疑问根本不涉及尊敬或轻蔑，因此代助回答时，也不必花费太大心思。

跟这样的兄长聊天，虽然缺乏刺激，却不至于发生口角，总是既轻松又愉快。只是哥哥整天都不在家，难得跟他碰上一面。若是哥哥哪天从早到晚待在家里，三餐都跟家人一起吃的话，那对嫂嫂、诚太郎和缝子来说，才是一件稀罕事呢。

因此，现在能跟哥哥并肩站在树荫下，代助觉得这真是个大好的机会。

"哥哥，我想跟您谈谈，您什么时候有空？"诚吾听了，只在嘴里反复念着"有空"这个字眼，脸上露出笑容，却不肯多做说明。

"明天早上怎么样？"

"明天早上我得到横滨去一趟。"

"那下午呢？"

"下午我虽在公司，却有事要跟人商谈，你就是来了，也没空跟你慢慢聊。"

"那晚上总可以吧？"

"晚上是在帝国饭店。那对西洋夫妇明晚请我去帝国饭店，所以没空啊。"

代助噘起嘴唇瞪着哥哥，随即兄弟俩都笑了起来。

"你那么急的话，那今天怎么样？今天没问题。咱们难得碰到，一起吃顿饭吧？"代助立刻赞同。他以为哥哥会带他到俱乐部之类的地方吃饭，没想到诚吾突然表示想吃鳗鱼。

"戴着礼帽去鳗鱼店，我还是头一回呢。"代助犹豫不决地说。

"没关系啦。"

于是两人离开园游会，一起乘车来到金杉桥头的鳗鱼店。店面是一栋古色古香的老屋，周围有小河流过，河边还种着柳树，客室凹间的梁柱早已泛黑，凹间旁有一座饰物架。代助看到兄弟俩的礼帽并排倒放在架上，忍不住说了一句："看起来真有趣！"这间位于二楼的客室，已把纸门全部拉开，两人盘腿而坐，感觉比参加园游会更有情趣。

兄弟俩愉快地喝着酒，哥哥似乎并没有别的目的，只是打算跟弟弟吃吃喝喝，随意聊聊，代助也不知不觉地跟着哥哥吃得很高兴，差点就忘了最重要的事情。等到女侍端上第三瓶日本酒离去后，代助这才向哥哥提起正事。而他这件正事，当然就是上次三千代向他借钱的事。

老实说，代助活到这么大，还从没开口向诚吾要过钱。早些年刚从学校毕业那段时期，代助倒是因为玩艺伎而欠过一些债，后来也是哥哥帮他解决的。当时他以为哥哥会痛斥自己一顿，谁知哥哥只说了一句："是吗？你这家伙也真叫人头痛啊。"说完，哥哥还叮嘱代助："别让父亲知道这件事。"后来，是由嫂子出面帮代助还清了欠款。哥哥从头到尾都没责备过代助一句。所以从那时起，代助一直对哥哥心怀畏惧。他虽然经常觉得零用钱不够花，但每次一闹穷，只要找嫂嫂想想办法，也就啥事都解决了。像这次为了要钱而直接找哥哥商量，代助可从来没干过。

代助眼里的诚吾就像个没有把手的茶壶，让人不知该从何处下手，但也因为如此，代助才觉得这件事应该很有趣。

他先随意闲聊了几句，之后才说起平冈夫妇的遭遇。诚吾倒没有露出厌烦的表情，嘴里不停地应着："嗯！嗯！"一面喝酒一面倾听代助叙述。最后说到三千代来借钱这一段，诚吾还是不断回应："嗯！嗯！"代助觉得无奈，只好对哥哥说："所以，我觉得她很可怜，就答应帮她想想办法。"

"哦！是吗？"

"您看如何？"

"你有钱？"

"我是一文不名啦，所以打算去借。"

"向谁借？"

代助从一开始就想把话题扯到这儿，这时便语气坚定地说："我想向您借。"说完，他重新望着诚吾的脸孔。

哥哥脸上的表情依然跟刚才一样。半晌，他才轻描淡写地说："这件事，你还是别管了。"代助追问理由，诚吾认为碰到这种问题，其实很容易判断，这跟交情或义气扯不上关系，日后也不必担心对方不还钱给自己带来损失，他认为代助只需冷眼旁观即可，到时候问题自然会有办法解决的。

诚吾为了证明自己的想法正确，还举了好几个例子。譬如他手下有个叫藤野的男人，租了一间长屋[1]居住。最近藤野的远房亲戚把儿子送到他家来寄居。那孩子来了之后，又突然收到征兵体检通知，必须立刻赶回家乡。男孩家人事先寄来的学费和旅费，却已被藤野花个精光。所以藤野跑来找诚吾帮忙，想请诚吾暂时借点钱给他。诚吾当然连面都不肯见，还叮嘱妻子不要帮忙。尽管如此，那孩子后来也赶在最后期限之前回到家乡，体检也都通过了。说到这儿，诚吾又举了另一个例子。据说那个藤野还有一个叫什么的亲戚，也把房客交来的押金都用光，那个房客第二天即将搬出去，藤野的亲戚却没凑齐押金。所以藤野又跑来哭诉，不过诚吾仍然拒绝帮忙。而那位亲戚最后也没发生什么问题，照样把押金还给了房客……诚吾一连举了好几个例子，都是这类的故事。

　　"我看，一定是嫂嫂暗中帮助了别人。哈哈哈，哥哥真是有够傻的。"代助说着便放声大笑。

　　"什么？怎么可能？"诚吾脸上仍是一副自认有理的表情。说完，他端起面前的小酒杯送到嘴边。

---

1　长屋：江户时代开始出现的一种低收入平民的住宅。当时从外地到江户谋生的市民因为没有属于自己的土地和财产，只能租屋居住。通常由房东建起一栋长方形木屋，里面并排分隔为数间，每户的面积非常狭窄，通常只有四叠半或六叠大小。没有浴室厕所，洗澡必须去公共澡堂，如厕只能使用公共厕所。

# 六

　　诚吾那天始终不肯开口说出"我借钱给你"；代助也想尽量避免哭诉似的说什么"三千代好惨哪""她太可怜"之类的话。尽管自己真心觉得三千代值得怜悯，但是哥哥对她一无所知，要让哥哥也对她生出同情，可没那么容易，而自己若是滔滔不绝地说上一堆感伤的词句，肯定也会被哥哥嗤笑，更何况，哥哥以前就有点看不起自己，所以代助决定按照平日的作风，依旧悠闲地跟哥哥谈天说地开怀畅饮。代助嘴里喝着酒，脑中同时也在思索："像我这样，大概就是父亲所说的诚意不足吧。"但代助深信自己的品位还不至于那么低级，他不是那种哭闹着求人帮忙的人。他心里更明白，世界上最令人讨厌的，就是假哭假闹地装疯卖傻。再说哥哥对自己的脾气也摸得很清楚，代助想，若是自己玩弄这套把戏而露出马脚，岂不是毁了我一辈子的名节？

　　代助跟哥哥喝着酒，慢慢地，也把借钱的事抛到了脑后，为了两人都能喝得开心，他尽挑些不影响双方酒兴的话题，不过喝到最后，等到茶泡饭端上桌来，代助又像突然想起什么似的拜托哥哥说："不借钱给我也没关系，能不能帮忙给平冈安插个位子？"

"不，这种人还是算了。再说现在也不景气。"说完，诚吾忙着将碗里的米饭呼噜呼噜地拨进嘴里。

第二天早上，代助躺在床上睁开眼，首先映入脑海的想法就是：想要让哥哥出力，必须先找他企业界的朋友从旁推动一下才行。只靠兄弟之情是办不成事的。

代助虽有这种想法，心中倒也没有埋怨哥哥不近人情。不，他反而认为哥哥这么做，是应该的。代助又想起自己当初花天酒地欠下的那笔债，当时哥哥毫无怨言地帮忙解决了，现在想来，他又有点好笑。那不如现在就跟平冈一起盖章签名，联名向别人借钱吧。如此一来，哥哥会怎么办呢？会不会像当年那样，帮自己解决债务呢？或许哥哥早已料到那一步，所以才拒绝帮忙吧？还是因为他知道自己不会去做那种事，才打一开始就很放心地拒绝了？

若以代助目前的状况来说，他根本没有条件帮别人盖章借钱。代助自己也明白。但一想到哥哥是看出自己的弱点，才不肯借钱，他不免就想试探一下哥哥，如果自己跟平冈之间建立一种出人意料的连带关系，不知哥哥的态度会有什么变化……想到这儿，就连代助也觉得自己的心眼真是太坏了，不禁在心底发出苦笑。

但有一件事代助非常肯定。他知道平冈迟早会带着借据，来找自己当保人。

代助一面思索一面从床上起身。待他顶着满头湿淋淋的头发从浴室出来时，门野正盘着两腿坐在起居室里看报纸。一看到主人，门野立刻坐直了身子，折好报纸，推到主人的坐垫旁。

"《煤烟》[1]好像很轰动啊。"门野送上报纸时大声说道。

"你在读吗？"

"是。每天早上都读。"

"有趣吗？"

"好像，很有趣吧。"

"哪里有趣？"

"哪里有趣，您这么一问，我可为难了。不就是那个什么来着，好像，这小说毕竟还是写出了一种现代的不安吧？"

"难道没闻到肉欲的气息？"

"有哇。非常强烈。"代助闭上嘴不再说话。

他端着红茶的茶杯回到书房，在椅子坐下，呆呆地望着庭院，这时他才看到长满疙瘩的石榴枯枝和灰色树干的根部，冒出了许多混着暗红和暗绿的新芽。但是对他来说，这些新芽虽是突然出现在眼前，那种新鲜的刺激却很快就消失了。

---

1　《煤烟》：指漱石的弟子森田草平的长篇小说代表作。于1909年1月至5月在东京《朝日新闻》连载。故事内容是森田草平自己跟日本女作家平冢雷鸟之间的恋爱事件。平冢雷鸟也是推行日本女性解放运动的著名思想家。当时把森田推荐给《朝日新闻》的，就是夏目漱石。

代助的脑中现在没有任何具体的物和事。大脑就像户外的天气，正在安静又专心地运作。但在大脑底层，无数极细微又令人无法理解的东西却彼此推挤，就像无数小虫正在奶酪里面蠕动。不过，那块奶酪只要一直放在原处，就不会有人发现那些小虫，他现在丝毫感觉不出大脑正在微动，但是当大脑引起生理的反射动作时，他就得在椅子上变换一下身体的位置。

代助很少使用"现代""不安"之类的字眼。虽然这些名词最近已经变成流行用语，几乎人人都挂在嘴上，但他觉得自己本来就属于"现代"，即使不付诸言语，也知道自己属于"现代"，而且他还深信，自己虽然属于现代，却也无须感到"不安"。

俄国文学里经常描写"不安"，代助认为应该归咎于俄国的气候和政治迫害，而法国文学描写"不安"，则是因为法国的有夫之妇喜欢搞婚外情。至于以邓南遮为代表的意大利文学里出现的"不安"，代助觉得是从彻底堕落产生的一种自我蔑视。也因此，他认为那些喜欢从"不安"角度描写社会的日本作家，他们的作品等于就是国外输入的舶来品。

至于人类对事物产生的另一种理性的"不安"，代助从前当学生的时候虽也体验过，但是那种不安每次发展到某种程度，便会突然停下来，之后又退回到不安尚未出现时的原点。这段过程很像抓起石头抛向空中。这么多年过去了，代助现在则认为，既然那是一块自己无法掌控的石头，还不如不抛为妙。对他来说，这种类似禅宗和尚所说的"大疑现前"[1]的境界，是他从未体验过的未知世界。只因他这个人天生聪颖，有时就难免想对各种事物进行心血来潮式的探究。

门野刚才赞美的连载小说《煤烟》，代助平时也在阅读。但今天看到报纸放在红茶茶杯旁边的瞬间，他却不想打开来看了。邓南遮笔下的主角都是不愁衣食的男人，他们挥金如土，尽情奢侈，最后变成无恶不作的坏蛋，这种结局倒也算是合情合理。但是《煤烟》的主角却是穷得活不下去的苦命之人，若不是因为爱情的力量，他们应该不会被迫走向那种结局。但不论是叫作"要吉"的那个男人，或是叫作"朋子"的那个女人，代助都不觉得他们是为了真爱才不得不遭到社会放逐。究竟是怎样的内在力量驱使他们行动？代助越想越无法理解。男主角处于那种境遇却能断然采取行动，显然他的内心并无不安。反而是优柔寡断、举棋不定的自己，才该算是不安分子呢。每当代助独自思考时，他总认为自己是个有主见的新时代青年，但他也无法否认，要吉那种有主见的新时代青年，显然又更胜自己一筹。过去，他是出于好奇心才阅读《煤烟》，但最近他发觉自己跟要吉之间的差距实在太大了，有时就不太愿意阅读这部小说。

代助坐在椅子上，不时移动一下身躯，觉得自己颇能沉得住气。

---

1　大疑现前：一种禅宗思想，认为将实相世界里的一切都视为假象并进行参透，乃是大悟之道。

半晌，他喝完了杯里的红茶，这才按照平日的惯例开始读书，大约读了两小时，中间都没有停顿。但读到某页的一半时，他又突然放下书，手肘撑着脸颊沉思起来。过了几秒，他拿起放在一旁的报纸，开始阅读《煤烟》，却还是念不下去，只好翻到社会版读了起来。一则新闻指出，这次高等商业学校学潮事件当中，大隈伯爵[1]站在学生那边，他已对这次事件说了重话。读到这儿，代助想，大隈伯爵是想把学生拉进早稻田大学，才使出这种手段吧。想到这儿，他又把报纸丢到一旁。

到了下午，代助越来越觉得自己已经按捺不住，好像肚里生出了无数细小的褶皱，那些褶皱正在彼此推挤，互相取代，不断变换各种形状，有如正在进行全面性的波动。代助经常会受到这种情绪影响，但是到目前为止，他一直以为这无非是一种生理现象。现在，他有点后悔昨天跟哥哥一起吃了鳗鱼。他突然想出门散散步，再顺便绕到平冈家瞧瞧。但是他的目的究竟是散步还是平冈家，连他本人也不太清楚。代助吩咐老女佣准备和服，正要开始换衣服的时候，侄子诚太郎来了。只见他手里抓着自己的帽子，形状完美的圆脑袋向代助点了一下，便在椅上坐下。

"你已经放学啦？太早了吧？"

"一点都不早。"诚太郎说完，笑着望向代助的脸孔。代助拍

---

1　大隈伯爵：指日本政治家大隈重信（1838—1922），曾任宪政党党魁、外相、首相，后来创
　　设早稻田大学前身的东京专科学校，并担任早稻田大学校长。

了一下手掌，叫来老女佣。

"诚太郎，要不要喝热巧克力？"他向诚太郎问道。

"要哇。"

代助便吩咐老女佣去冲两杯热巧克力，然后转脸调侃着说："诚太郎，你一天到晚打棒球，最近你的手变得好大呀，简直长得比脑袋还大了。"诚太郎笑嘻嘻地用右手来回抚摸自己那圆圆的脑袋。他的手真的很大。

"听说我爸昨天请叔叔吃饭了。"

"对呀。请我吃了，害我今天肚子很不舒服呢。"

"您又神经过敏了。"

"不是神经过敏，是真的。这都得怪哥哥。"

"可是我爸跟我是那样说的呀。"

"怎么说的？"

"他说，你明天放学回家的路上，到代助那儿去一趟，让他请你吃饭。"

"呵呵，叫我还他昨天请的客吧？"

"是呀。他说，今天是我请的，明天轮到他请了。"

"所以你才特地跑到我这儿来？"

"对呀。"

"真不愧是哥哥的儿子，咬住就不放了。那我现在请你喝热巧克力，还不够吗？"

"热巧克力这种东西……"

"不要喝？"

"喝虽然也是要喝……"接着，代助细问了一番，这才弄清诚太郎真正的愿望。原来他想让叔叔在相扑公开赛开幕时，带他到回向院[1]看比赛，而且他要坐在赛场正面最高级的座位。代助听完立即应允，诚太郎马上露出欢喜的表情，说出一句令人意外的话："他们说，叔叔虽然不务正业，其实还是蛮厉害的。"

代助呆了几秒，只好无奈地应道："叔叔很厉害，这不是大家都知道？"

"可是我是昨晚才从我爸那儿听说的。"诚太郎解释道。据诚太郎转述，哥哥昨晚回家之后，跟父亲和嫂子三个人一起对代助评头论足了一番。不过因为是从孩子嘴里说出来的，细节也就无从推测了。所幸诚太郎是个比较聪明的孩子，居然能把当时谈话的片段内容记在脑子里。据说，父亲认为代助的将来没什么指望。哥哥却替弟弟辩解道："代助虽是那样一个人，头脑却相当清楚。父亲可以暂时不必操心，任他自由发展吧。不会有错的！他迟早会找到自己想做的事情。"说到这儿，嫂嫂也表示赞成，认为代助肯定不会有问题，因为她在一个多星期前，找人帮代助算过命，那位算命师说，此人将来一定能成为人上人。

---

1　回向院：位于东京两国的净土宗寺庙。东京专门举办相扑比赛的国技馆建成之前，每年 1 月和 5 月的相扑比赛都是在回向院举行。

代助嘴里不停说着"哦""然后呢",很感兴趣地听着佴儿叙述,听到算命师这一段时,代助觉得实在太可笑了。过了一会儿,代助终于换上和服,走出家门,他先送诚太郎回家,再转身走向平冈的住处。

最近这十几年当中,日本的物价突然飞涨,一般中产阶级[1]的生活越过越苦,这种趋势尤以平民的住宅条件为最佳代表。而平冈的这栋房子,更是造得既粗劣又难看。尤其在代助看来,简直是糟糕透顶。譬如从院门到玄关的距离,连两米都不到,院门与后门也离得很近,屋后和两侧更是密密麻麻挤满了同样狭隘的小屋。因为东京市的贫困人口正在不断增加,那些资金少得可怜的资本家都想趁机赚取二成甚至三成的暴利,所以这些小屋也就成了人类生存竞争的纪念品。

诸如这类房屋,现在早已遍布整个东京市,特别是在偏远地区,简直就像梅雨季的虱子,每天正以惊人的增殖率不断繁殖。代助把这种现象称之为"走向败亡的发展",而这正好也是日本现状的最佳代表。

住在这种房子里,就像身上披着石油罐底焊成的四方形鳞片。任何人住进去,肯定会在半夜被那梁柱爆裂声惊醒。房屋的门板上必定看得到木材的节孔,纸必定跟门框的尺寸不合。凡是脑中只想着如何利用老本赚点利息作为每月生活费的人,都会租赁这种房

---

1　中产阶级:据1907年3月号《成功》杂志表示,当时青年想要结婚的话,最起码应有每月30元的薪水,才够应付夫妻两人加上一名女佣的生活,也可以算是当时"中产阶级"的条件之一。

屋，然后成天困居在陋室里。平冈也是这些人当中的一个。代助走到平冈家的院墙外面，首先抬头看了屋顶一眼。不知为何，漆黑的瓦片冲击了他的心灵，这些毫无光泽的泥土薄片，好像不管再吸多少水，也不会满足。玄关前的地面，零星地散落着一些草屑，都是搬家那天解开草编包装时落下的。代助走进客厅时，平冈正坐在桌前写一封长信。三千代在隔壁的房间里，只能听到衣橱把手撞击的咔哒咔哒声从那儿传来。她身边放着一个打开的大型柳条衣箱，箱里露出半截漂亮的襦袢衣袖。

平冈连声嚷道："真抱歉，请等我一会儿。"他说这句话的时候，代助一直注视着衣箱和襦袢，还有不时伸进衣箱的那双纤纤玉手。两个房间之间的纸门敞开着，不像要关起来的样子，只是三千代的脸庞藏在暗处，无法看清。

不一会儿，平冈终于把笔抛在桌上，坐直了身子。看来他似乎费了好大的劲儿才写完这封重要的书信，不但写得两耳发红，就连眼里也布满了血丝。

"你还好吧？最近多亏你帮忙了，真的非常感谢。本想亲自登门向你道谢的，却一直没有过去。"

平冈说这话的语气，一点也不似在为自己辩解，倒有点像在挑衅代助。他身上只穿着和服，里面没穿衬衣，也没穿衬裤，就那样盘腿而坐，胸前的领口也没合拢，露出了少许胸毛。

"还没安顿下来吧？"代助问。

"安顿什么，恐怕这辈子都没法安顿啦。"平冈说着，好像非常焦躁似的从鼻孔里连连喷出烟雾。

代助明白平冈为何对自己表现出这种态度，其实他并不是针对代助，而是针对整个世界，不，应该说，平冈这种态度是针对他自己，想到这儿，代助反而对平冈生出了怜悯。但是像代助这么敏感的人，平冈那语气听起来实在令人不悦，幸好代助并不想跟他计较。

"房子住得还好吗？隔间的设计好像还不错嘛。"

"嗯。哎呀！就是不好也没办法呀。虽然想搬进看中的房子，但只有炒股票才有可能吧。听说东京最近兴建的好房子，全都是炒股致富的人造的。"

"或许吧。不过从另一方面来看，造一栋那种好房子，不知有多少人家的房子要被拆掉呢。"

"所以他们才更觉得住得舒服哇。"说着，平冈放声大笑。就在这时，三千代走了进来。"最近给您添麻烦了。"她向代助轻轻打声招呼，然后在榻榻米上跪坐下来，将手里拿着的一卷红色法兰绒放在代助面前让他看。

"这是什么？"

"婴儿的衣服。以前做的，做好之后就没动过，一直收着没拿出来。刚才被我从箱底翻出来了。"三千代说着，解开衣带，把两个衣袖向左右摊开。

"你们看！"

"怎么还藏着这种东西？快点拆了做抹布吧。"

三千代也不回答，只顾欣赏着摊在膝上的婴儿和服。

"跟你身上那件，用的是同一块料子。"说着，她抬头看着丈夫。

"这件？"

平冈身上穿一件飞白布[1]的夹衣，里面套一件法兰绒褥袢，没穿内衣。

"这已经不能穿了。太热了，受不了。"

代助这时才终于看见从前的平冈。

"夹衣下面还穿法兰绒，的确有点热。该换褥袢了。"

"嗯。我嫌换衣服麻烦，所以还穿着。"

"跟他说脱下来洗一洗，他就是不肯。"

"不，马上就脱。我也穿不住了。"

说到这儿，话题总算不再绕着死掉的婴儿打转，气氛也比代助刚进门时活络了一点。平冈提议说："好久不见了，一起喝杯酒吧。"三千代表示要先收拾一下衣物，但她拜托代助一定要留下来，说完，便起身走向隔壁房间。代助望着她的背影，下定决心，一定要想办法帮她凑足那笔钱。

"找到工作了吗？"代助问。

"嗯！这个嘛，好像找到了，又好像没找到。找不到的话，我

---

1　飞白布：一种印染在布匹上的花纹，看来有点像随意擦抹上去的图案。

就休息一阵。反正慢慢地找，总是会找到的。"

平冈的语气虽显得悠游，但是听在代助耳里，只觉得他已找得心急。代助本想将昨天跟哥哥的交谈告诉平冈，现在听了他这番话，便决定暂时还是别说了，否则倒像是故意撕破了对方努力维持的颜面。更何况，关于借钱的事，平冈到现在一个字也没跟自己提过，所以也没必要挑明了说出来。只是，自己一直这么默不出声，平冈心里肯定恨死了。代助想，一定在骂我是个冷漠的家伙吧。然而，对于这类指责，他早已无动于衷。事实上，他也不觉得自己是个热情的人。如果从三四年前的角度来看现在的自己，或许会觉得自己很堕落，但如果用现在的眼光来看三四年前的自己，又会觉得，当时的自己过分强调义气，也有点滥用义气。如今的代助则认为，与其花费那种可悲的工夫，拿着黄铜镀金假装纯金，还不如从头到尾就承认自己只是黄铜，承受黄铜应得的蔑视，这样反而自在些。

代助现在甘心以黄铜的面貌示人，倒不是因为突然遭狂澜，受到了惊吓才顿悟。并不是这种类似小说情节的经历使他发生改变，而只是因为他拥有特殊的思考与观察能力，才能逐渐剥去包裹在自己外表的层层镀金。代助认为自己身上这层镀金，大都是父亲帮他镀上的。当时的父亲看起来就像一块纯金，大部分的前辈看起来也像纯金，只要是受过相当程度的教育，人人都像纯金。代助因而觉得自己这种镀金十分不堪，对此感到非常焦躁，也想快点变成纯金。

但是当他目睹那些人纯金外表下的真面目之后，又突然感到自己似乎在枉费心力。

另一方面，他也觉得，这三四年之间，自己身上发生了许多变化。平冈随着他所经历的一切，应该也有很多改变吧？若是从前的自己面对眼前的状况，他会想在平冈面前展现义气，所以就算跟哥哥吵架，与父亲争执，也一定会想办法帮忙平冈解决问题吧，还会跑到平冈家来，拿自己为他所做的一切来吹嘘一番。不过，会期待他那样做的人，毕竟只是从前的平冈，现在的平冈似乎并未把朋友放在眼里。

想到这儿，代助只拣些重要的事随便说了一两句，便跟平冈开始闲扯，聊了一会儿，酒菜端了上来，三千代亲手端起小酒瓶替代助斟酒。

平冈渐渐有些醉意，话也变多了，不过这家伙无论喝得多醉，却从来不会失态，反而显得兴致勃勃，态度里充满欢娱的气氛。每当他喝到这种程度时，不但嘴巴会比其他醉鬼更加能言善道，有时甚至还提出一些严肃的问题，以跟对方较量口才为乐。代助想起从前常把啤酒瓶排在自己跟平冈两人之间，然后展开一场唇枪舌剑。但是令他感到不可思议的是，每次平冈喝成这样时，他才觉得平冈比较容易交流。而且平冈自己也常嚷嚷说，咱们再来酒后吐真言吧！现在，他们之间的交情已比那时疏远了许多，也很难再拉近了。对此两人心中都很明白。平冈到达东京的第二天，当他们分隔三年之后又重新聚首时，代助和平冈都发现，他们早已从对方的身边退场了。

但是今天很奇妙。平冈喝得越醉，也越像从前的他。酒精转到他体内的某些部分，似乎让当下的经济和眼前的生活给他带来的痛苦、不平、焦躁……全都一起麻痹了。平冈发表的谈话内容一下子飞跃到其他的某种层面。

　　"我是失败了。但我就算失败，还是继续工作，将来也会继续干活。你看到我失败，就在心里讥笑我……你说不会笑，但这种话，其实就等于在笑，不过我也无所谓啦。对吧？你就是在笑我。你虽然讥笑别人，可是自己不也一事无成？你对这个世界总是照单全收。换成另一种说法，你就是个无法展现自我意志的男人。你说自己没有意志？那是说谎。因为你也是人哪。你肯定经常心怀不满，这就是最好的证明。我这个人呢，必定要在现实社会里展现自我意志，还得要掌握到现实社会已按照我的想法有所改变的确实证据，否则我根本活不下去。一定要这样，我才觉得自己有存在的价值。而你却只会用脑袋思考。就因为你只会胡思乱想，所以脑袋里面和脑袋外面的世界是分开的，分别各自存在。但你却一直忍耐这种极端不协调的状态，这种隐忍，就是一种无形的极度失败。为什么？你听我说呀。如果我碰到这种极端不协调，会向外寻求发泄，而你却忍着，把它压到心底。或许你只要学我发泄掉，失败的程度就能减轻一点吧。然而，现在却是你在耻笑我，我则不能笑你。不，应该说，我虽然很想笑你，但以世俗的眼光来看，我是不可以笑你的，不是吗？"

　　"你可以笑我呀。因为在你笑我之前，我已经在笑自己了。"

"别骗人了。三千代，你说是吧？"三千代从刚才就一直默默地坐在一旁，丈夫出乎意料地征求她的同意时，不禁微微一笑，转眼看着代助。

"三千代，我是说真的。"代助说着，伸出酒杯，接了一杯酒。

"你就是说谎。不管我老婆怎么帮你辩解，都是谎话。反正你这家伙既嘲笑别人，也嘲笑自己，你的脑袋可以双管齐下地活动，所以我也搞不清真假的分别了……"

"别开玩笑啦。"

"才不是开玩笑呢。我是说真的。其实你从前不是这样的。以前，你不会做这种事，现在完全不同了。三千代，对吧？长井在任何人眼里看来，都是神气兮兮的。"

"可是我从刚才一直在旁边看着你们，好像你才比他神气呢。"

平冈哈哈大笑起来。三千代端起小酒瓶走向隔壁房间。

平冈夹起小膳桌上的酒菜吃了几口，低着脑袋，嘴里嘎啦嘎啦地嚼着，半晌，才抬起醉醺醺的两眼说："难得今天醉得开心。喂！你好像并不开心哪。这怎么行呢？我都变回从前的平冈常次郎了，你不变回从前的长井代助，说不过去呀。请你务必回到从前的模样，开怀畅饮。我现在就开始喝，你也多喝些吧。"

代助从这段话里，听出平冈真的很努力地想要恢复从前那种率直和天真。他被这段话打动了，但同时又觉得，这不是等于强迫自己把前天吃下肚的面包吐出来还给平冈吗？

"你这家伙呀，每次一喝酒，虽然满嘴的醉话，头脑大致还是清醒的，所以我就不客气对你说了。"

　　"对了！这才像长井啊！"听到这句话，代助突然又懒得再跟平冈啰唆了。

　　"喂，你还清醒吧？"代助问。

　　"清醒得很。只要你是清醒的，我永远都清醒。"说完，平冈睁眼看着代助的脸孔。这家伙确实如他自己所说的那样清醒。

　　代助这才开口说道："从刚才到现在，你口口声声攻击我，一直说我不工作，我都没说话。我确实就像你说的那样，一直没工作，所以才没有搭腔。"

　　"你为什么不工作？"

　　"为什么不工作？这也不能怪我。应该说是时代的错误吧。说得更夸张一点，我是看到日本跟西洋关系不好，所以不找事做。先不说别的，哪个国家会像日本这样，借了一屁股债，弄成这副穷兮兮的模样？你想想看，这笔债哪年哪月才能还清？当然啦，外债嘛，迟早是会还的。但也不能老是指望外债呀。可是日本这个国家，不向西洋借钱，根本就无法支撑下去。这样一个国家，还要以一等强国自居，拼命想要打肿脸，挤进一等强国之列。结果变成表面看起来像是一等强国，实际上，各方面发展的深度早已大幅度降低。正因为日本这么爱面子，更令人悲哀。这就像青蛙吹大肚皮要跟牛比赛谁巨大。我告诉你吧，肚皮马上就会吹破的。等着瞧好了！而且吹破肚皮带来的影响，马上就会落在我们每个人的头上。但是像我们这样受到西方压迫的国民，却根本没有工夫多用脑筋思考，也想不出什么对策。全体国民受的是最低限度的教育，干着上面指派的工作，全都忙得团团转，全国人民现在都是神经衰弱的患者。你和周围的人聊聊看，我告诉你，那些人大都是笨蛋。他们脑子里能想的，除了跟自己有关的事，还有自己今天这一刻该做的事，其他什么都不思索。可是这也很无奈，他们早就疲倦得无法思考了。精神的疲惫和肉体的衰弱，总是会带来不幸。不仅如此，道德的败坏立刻就会随之而来。你再放眼四望日本全国各个角落，看不到一块发光的土地吧？整个世界一片漆黑。我一个人站在那世界里，能说什么？又能做什么？毫无一点办法！我本来就是个懒散的人。不，应该说，是跟你开始交往之后，才变得懒散了。那时，我在你面前装出一副很有办法的架势，你以为我前途无量了。当然啦，如果今天的日本社会在精神、道义或体质等各方面，大致尚属健全的话，我还真是前途无量。那样的话，我会有干不完的差事，也能找到各种帮我驱除懒散的刺激。然而，目前这种状态是不行的。如果世界一直像现在这样，我大概就只能一个人活着，然后就像你说的，我会毫不抗拒地接受整个世界。只要能在这世界里，不断接触到最适合自己的东西，就已心满意足了。我可不会强迫别人接受我的想法。”

　　说到这儿，代助停下来吸了口气，转眼望着三千代，她似乎感到很无聊。代助很客气地问道：“三千代，你觉得我的想法如何？

像我这样优哉游哉，不是很好吗？不赞成我的想法吗？"

"我觉得你这种又像厌世、又像优哉游哉的想法，有点难懂。我可一点也不明白。不过，我看你很像是在自欺欺人哟。"

"是吗？哪个部分？"

"哪个部分啊？欸，你说呢？"三千代看着丈夫说。平冈正把手肘压在大腿上，撑着脸颊沉默不语。尽管嘴里没说半句话，却举手伸出酒杯送到代助面前。代助也默默地接过酒杯，再由三千代为他斟上一杯酒。

代助把酒杯送到唇边时想着，也不需要再往下多说什么了。刚才说了那么多，原本也不是想让平冈接受自己的想法，而且今天也非为了听取平冈的意见才到这儿来。代助从一开始就很明白，自己跟平冈已注定永远都得站在对立的两边，他决定结束斗嘴，把话题拉到一般社交方面，这样三千代也能一起参与闲聊。

不过，平冈这家伙只要几杯黄汤下肚，便喜欢紧追不舍地与人争论。现在他已挺起红通通的胸膛，连那胸毛深处都已泛红。只听平冈说道："有趣！真有趣！如我所见，那些正在社会某个角落跟现实奋斗的人，他们可没闲工夫想你说的这些。你说日本贫穷也好，孱弱也好，反正只要忙着干活，什么都能抛到脑后。你说整个世界都在堕落，但我们活在其中却毫无所觉。或许像你这种闲人，看到日本贫穷，或看到我们堕落会受不了，但你这番话，应该等你变成跟这个社会无关的旁观者之后再说。换句话说，你就是因为还有闲情逸致欣赏镜里的自己，才会有这种感觉。不管是谁，只要是忙起来，哪还顾得了自己的脸孔啊？"

平冈啰里啰唆地说了一大堆，突然想起这种比喻，似乎觉得找到了有力的铁证，便得意地暂时闭上了嘴。代助无奈地露出一丝浅笑，不料平冈又立刻补充道："你就是因为不缺钱，才会完全不懂。不愁衣食嘛，当然不想工作。总之呀，你这样的公子哥儿，只有嘴里说得好听……"

听到这儿，代助对平冈感到有点厌恶，便打断他的话。

"有事做是不错，但是工作应该超越糊口的层面才有价值，所有神圣的劳动都不是为了面包。"

平冈眼中露出了不悦，他不可置信地窥视着代助。

"为什么？"平冈问。

"为什么？只为糊口的劳动，并不是为劳动而劳动。"

"你这种逻辑学试题里才会出现的理论，我可不懂。可否改用更通俗易懂的说法阐述一下？"

"就是说呀，为了糊口的职业，很难真诚以对。"

"我的想法跟你正好相反。正是因为要糊口，才会拼命工作呀。"

"或许会愿意拼命地工作，却不见得能够真诚地工作。如果说是为了糊口而劳动，那糊口与劳动之中，究竟哪个才是目的？"

"当然是糊口啦。"

"看吧。如果是以糊口为目的的劳动，当然就采取容易填饱肚子的方式来劳动，对吧？如此一来，不论从事哪种职业，或是如何劳动，都不重要了，结论就是，只要能换取面包就行，不是吗？劳动的内容、方向，甚至作业顺序都掌握在别人手里，这种工作就是堕落的劳动。"

"你又在空谈理论了。真是的！就算是这样，也没什么不好呀。"

"那我就举个最好的例子给你听吧。这个故事发生在很久以前，是我从书上看来的。据说织田信长家里请来一位颇有名气的厨师，信长刚开始吃他的料理，觉得味道很糟，就把他叫来骂了一顿。那厨师首先端上最好的菜肴，结果却遭到主人责骂，后来就只做些次等或三等的料理送上去，不料竟受到主人称赞。你看看这位厨师，或许这男人是为了填饱肚子而拼命干活，但是从他的烹饪技艺这个角度来看，原本该为劳动而劳动的他，不是很不诚实吗？难道不能说是一位堕落的厨师？"

"可是，这也是没办法的事。他如果不那样做，就会丢了饭碗呀。"

"所以啦，不愁衣食的人若不是为了兴趣，是不会认真工作的。"

"如此说来，没有你那样的身份，还谈不上神圣的劳动呢。那你更有义务去劳动啦。三千代，对吧？"

"对呀！"

"怎么我觉得说了半天，又绕回开头的地方了，所以我才说争论是没有价值的。"说着，代助搔搔脑袋，他跟平冈之间的争论这才结束。

# 七

代助正在浴室洗澡。

"老师，水烧得够热吗？要不要再添些柴火？"门野的脸孔突然出现在门口。代助想，这家伙，对这种事情倒是挺机灵的。但他依然一动也不动地沉浸在热水里。

"不必……"他说。

"……了吗？"门野紧接代助的语尾反问，说完，便转身走回起居室去了。代助觉得门野这种答法十分有趣，独自嘻嘻嘻地笑了起来。代助天生感觉敏锐，别人感觉不到的，他都能深切体会，所以常被自己这种特质搞得十分苦恼。譬如有一次，朋友的父亲去世了，代助前往参加葬礼，当他看到身穿丧服的朋友手握青竹，跟随在灵柩后面时，不知为何突然觉得那姿态非常可笑。他花了好大一番工夫才忍住。还有一次聆听父亲说教时，代助不经意地看了父亲一眼，心里忽然很想放声大笑，害得他几乎撑不下去。接着又想起从前家里还没有浴室的时候，他总是到附近的钱汤洗澡。那儿有个身材魁梧的三助[1]，每次一看到代助，立刻从里面跑出来嚷道："我来帮您擦背。"说完，便在代助背上使劲地洗擦起来。代助每次碰到他，总觉得那是一名埃及人在为自己服务，不论怎么看，都不觉得那是日本人。

除了这几个例子，代助还遇过另一件怪事。有一次他看到书上说，一位叫作韦伯[2]的生理学者能够随意增减自己的心跳。代助以前也很喜欢拿自己的心跳做实验，所以挑了一天，心惊胆战地试验了两三回，不料心跳真的变成韦伯所说的那样，代助吓了一大跳，连忙停止了实验。代助静静地浸泡在热水里，不经意地举起右手放在左边胸膛上，耳边隐约听到两三声扑通扑通的"命运之音"，他立刻想起了韦伯，赶紧换个位子，坐在水龙头下面。他盘腿静坐，呆呆地凝视双脚。看着看着，觉得他的脚越来越奇怪，简直不像长在身上，而像一对跟自己毫无关系的东西随意横卧在眼前。以前他从没发现这双脚竟丑得如此不堪入目。毛茸茸的腿毛尽情滋长，腿上遍布青筋，看来就像两只怪异的动物。

---

1 三助：日本钱汤里专门帮顾客洗背梳头的服务人员。因其主要工作共有三项：挑柴、烧水、待客，故名"三助"。一般先从挑柴开始做起，视其工作表现，再逐步升级，级别最高的三助才能替顾客擦背。江户时代的钱汤最初是由女性替顾客擦背冲洗，名为"汤女"，后因"汤女"兼营性风俗业，江户幕府规定改由男性代替。

2 韦伯（1795-1878）：德国生理学家，解剖学家。因发现刺激强度与感觉之关联的"韦伯法则"，而成为科学史上的名人。

代助重新钻进澡盆，心中不禁自问，难道真的像平冈说的那样，我是因为闲得无聊，才会产生这些联想？洗完了澡，代助走出浴室，望着镜中的自己，这时，他又想起了平冈说过的话。他拿起厚重的西洋刮胡刀开始刮掉下巴和面颊的胡楂时，锐利的刀刃在镜中闪着银光，带给他一种发痒的感觉。这种感觉继续增强的话，就跟站在高塔顶端向下张望时一样。代助一面体会着这种感觉，一面忙着把满脸胡子刮干净。

代助洗完了脸，走过起居室门口时，听到室内传来说话声。

"老师真的好厉害。"门野对老女佣说。

"我什么地方厉害？"代助停下脚步，看着门野。

"啊！您已经洗完了。好快呀。"门野答道。听了这话，代助也就不想再问第二遍"我什么地方厉害"，直接走向自己的书房，坐在椅子上小憩。

代助边休息边思量，自己的脑袋总是在那些乱七八糟的事情上转来转去，长此以往，身体都要搞坏了，我还是出门旅行几天吧。别的不说，刚好也能趁这机会躲掉最近冒出来的婚姻问题。想到这儿，他又想起了平冈，不知为何，心里总是放不开，于是又立刻打消旅行的计划。但是他仔细回味一番，又觉得自己心里放不下的，其实并非平冈，而是三千代。自己的心思梳理清楚了，代助倒也不觉得这是什么不道德的事，反而心情很愉快。

代助跟三千代相识，已是四五年前的事情了。那时他还是个学生，长井家拥有的社会地位，使他结识了很多当时社交界有头有脸的青春名媛，不过三千代跟那些女子并非同类。若论外貌，她比那些女子更加朴实无华，气质也更为沉稳低调。代助当时有一位姓菅沼的同学，不但跟代助交情很好，跟平冈也走得很近，三千代就是菅沼的妹妹。菅沼的老家在东京近郊，他到东京求学的第二年春天，为了让妹妹也能受教育，便搬出寄宿家庭，再从老家接来三千代，跟她一起在外面租屋生活。他妹妹当时刚从国民中学毕业，年龄据说是十八岁，但是和服衣领上包覆的护布还是孩童才用的鲜艳花布，和服肩部的缝法也像童服一样，预留了许多备用布料。三千代到达东京没多久，就进入一家女子高中就读。

菅沼家位于谷中的清水町，是一栋没有庭院的屋子，站在回廊上，可以看到上野森林里那棵古老而高大的杉树。从远处望过去，那棵树的颜色很奇怪，有点像铁锈，树枝几乎已经完全干枯，靠近顶端的叶子差不多都掉光了，只剩下一副光秃秃的骨架。每天一到黄昏，许多乌鸦飞过来，聚集在树枝上叫个不停。菅沼家隔壁住着一位年轻画家，门前是一条连汽车也很少通过的窄巷，居住环境倒是十分清幽雅静。

代助常到菅沼家去玩，第一次见到三千代的时候，她只向代助行个礼，便躲开了。代助那天对上野森林发表一番看法之后，也立刻告辞离去。第二次、第三次到菅沼家拜访时，三千代只为客人端上一杯茶，就退了出去。主要因为房子很小，她也只能躲在隔壁的房间。代助和菅沼聊天时，一直觉得三千代就在隔壁倾听自己讲话，这种念头始终无法从他心中挥去。

后来是因为什么才跟三千代讲上话，代助现在已经不记得了。总之是一件很琐碎的小事吧。琐碎到连一点印象都没在脑中留下。这对饱读诗词小说的代助来说，反而有一种新鲜感。不过后来跟三千代开始讲话之后，两人的关系却又跟诗词小说里描写的一样，立刻变得非常亲密。

平冈也跟代助一样，经常往菅沼家跑，有时也和代助一起来玩，所以没过多久，平冈也跟三千代变成了好朋友。三千代经常跟着哥哥，还有他这两位朋友，一起到池之端[1]等地去散步。

他们四人一直维持着这种关系，前后将近两年。后来到了菅沼毕业那年的春天，他母亲从家乡到东京来玩，暂住在清水町。以往菅沼的母亲每年会到东京来玩一两次，每次都在儿子家住上五六天。但这次到了即将返乡的前一天，却突然发起烧来，躺在床上无法动弹。过了一星期之后，才确诊是斑疹伤寒，立刻被送进了大学附属医院。三千代也住进病房照顾母亲。患者的病况曾有过一些起色，不久又突然恶化，之后就一病不起，离开了人世。更不幸的是，身为哥哥的菅沼到医院探病时染上了斑疹伤寒，眨眼之间也去世了。如此一来，菅沼家就只剩下父亲一个人留在家乡。

---

1　池之端：东京都台东区的地名，即现在一般所谓的下谷地区。

菅沼和他母亲去世时，父亲曾到东京来处理丧事，因此认识了儿子生前的好友代助和平冈。他带女儿回家乡之前，也和三千代一起到代助和平冈家拜访，向他们辞行。

那年秋天，平冈跟三千代举行了婚礼。当时在他们之间帮忙穿针引线的，就是代助。虽然大家以为是由家乡的长辈出面撮合，而且那位长辈还在婚礼上担任介绍人，但实际上，负责跟三千代联络、商量的人却是代助。

婚礼后没多久，新婚夫妇就离开了东京。三千代那位原本留在老家的父亲，也因为一个意外的理由，不得不离开家乡，搬到北海道去了。所以眼下的三千代，是落在一种孤苦无依的处境。代助心中非常希望能够帮她一把，让她能在东京安顿下来。他想了半天，最终决定再找嫂嫂商量，希望嫂子能帮他弄到上次提过的那笔钱。代助也打算再跟三千代见一面，向她详细探听一下内情。

然而，就算自己到平冈家登门拜访，三千代却不是那种随便向人诉苦的女人，就算代助打听出那笔钱的用途，但平冈夫妇的心底究竟做何打算，却很难问出来……而代助现在细细分析自己的内心后才发觉，其实这一点，才是他真正想弄明白的。这也是他不能不承认的事实。所以说实在的，自己也没必要再去研究他们那笔钱的用途了。那些表面的理由，听不听都一样，反正自己只是想借钱给三千代，帮她解决问题罢了。代助从没想过以借钱为手段，借此获取三千代的欢心。因为他在三千代的面前，根本没有闲情玩弄什么权术或策略。

更何况，要趁平冈不在家的时候打听他们至今发生过什么事，特别是关于经济方面的问题，这又是多么困难的任务！代助心里很明白，平冈在家的话，根本什么也问不出来，就算能问出什么，也不能完全相信。平冈那个人总是出于各种社会性考虑，而在代助面前打肿脸充胖子。即使不是为了逞强，平冈也会因为其他理由而保持沉默。

代助决心先找嫂嫂谈谈看，但他心里也没底。因为到现在为止，自己虽曾一小笔一小笔地向嫂子伸过手，但像这样突然要借一大笔钱，却还是头一回。不过梅子手里应该有些可以随意周转的财产，或许不至于拒绝自己吧。如果嫂子不肯借，他也还可以借高利贷。只是代助并不想走到这一步。但转念一想，反正平冈迟早会说破这件事，到时候他若强求自己当他的保人借钱，他也很难断然拒绝，还不如干脆直接借钱给三千代，让她欢喜一下也好，而且他也会觉得很愉快！想到这儿，代助的脑中几乎全被这种超乎常理的盘算占据了。

那天是个吹着暖风的日子。布满在天空的云层总也不肯散去，下午四点多，代助离家搭电车到哥哥家。车子快到青山御所¹时，他看到父亲和哥哥都坐着曳纲人力车²从电车左侧飞奔而去，他们完全

---

1　青山御所：原本是明治天皇的母后英照皇太后的住处，皇太后去世后改名青山离宫，通称青山御所。位于东京港区西北部。

2　曳纲人力车：人力车的牵引棒上加挂一条绳索，由两名车夫一起向前拉，速度比一名车夫拉得快。

没注意到代助，代助也没来得及打招呼，人力车就已擦肩而过。电车到了下一站，代助从车上下来。刚走进哥哥家的大门，就听到客厅传来钢琴声。代助站在院中碎石上伫立半晌，立即转身向左，往后门走去。后门的木格推门外面，有一只大型英国犬躺在那儿。狗儿的名字叫作赫克特[1]，大嘴上套着皮口罩，一听到代助的脚步声，狗儿便晃着长毛耳朵，抬起长满斑纹的脸孔，拼命摇起尾巴。

代助朝后门旁的书生房里偷窥一眼，一面踏上门槛，一面跟房间里的书生谈笑了几句，便直接走向洋式客厅。一拉开门，看到嫂嫂坐在钢琴前正舞动着两手。缝子站在嫂子身边，身上穿着袖管极长的和服，头发则跟平日一样披在肩头。代助每次看到缝子这发型，就想起她坐在秋千上的模样。黑色发丝和粉红丝带，还有黄色的绉绸腰带，一起随着阵风飘向天空，那鲜明的影像至今仍然深刻地留在代助脑海里。

这时，母女俩一起转过头来。

"哎呀？"缝子跑上前来抓起代助的手，用力将他拉向前方。代助跟着她走到钢琴前面说："我还以为是哪位著名演奏家在弹琴呢。"梅子没说话，只耸起眉头，笑着连连摇晃两手，不让代助继续说下去。接着，又主动对代助说："阿代，你弹一下这段让我瞧瞧。"代助沉默地坐在嫂嫂的位子上，一面看着琴谱，一面熟练地舞动十指。

---

1　赫克特：希腊神话里的人物，是特洛伊王子，帕里斯的哥哥，也是特洛伊第一勇士。夏目漱石自己养的狗就取了这个名字。

弹了一阵之后，他说："大概是这样吧。"说完，代助从椅子上站起身来。

接下来大约半小时，梅子跟女儿轮流坐在钢琴前反复练习相同的部分。过了好一会儿，梅子才说："好，就练到这儿吧。我们到那边去吃饭吧。叔叔也一起来呀。"说着，梅子站起身来。

房里的光线早已转暗。从刚才到现在，代助耳里听着琴音，眼睛注视着嫂嫂和侄女雪白的手指来回飞舞，偶尔也把视线转向门框与屋顶之间的镂花木雕画，在这段时间里，他几乎忘了三千代和借钱的事。走出客厅时，代助无意中回头，只见昏暗的房间里，那幅画上的深蓝浪涛卷起点点白沫，看得十分清晰。这是代助请人画上去的，波涛汹涌的海上，层层金云堆积在空中。如果仔细观察就能发现，那团云朵的轮廓画得非常巧妙，看来极像一座巨大的裸体女神，她的发丝凌乱，身体飞跃，好似正在狂飞乱舞。代助当初请人画这幅图像，原想体现华尔基里[1]站在云端的英姿。他在脑中描绘这幅看不出是云峰还是女巨人的巨大云彩画时，曾经暗自窃喜。谁知木雕画完成，嵌上墙壁之后才发现，成品跟他的想象相差得实在太远了。代助随着梅子踏出房间时，华尔基里几乎失去了踪影，深蓝的波涛也已消失，只看到一大团白沫构成的灰白。

起居室已经点亮电灯。代助跟梅子一起吃了晚餐，两个孩子也

---

1 华尔基里：北欧神话中的女神，也叫"女战神"，她的坐骑是生着一对翅膀的神马，她的职责是负责挑选战死者引往天堂。

跟他们同桌。饭后，代助叫诚太郎到哥哥的房里拿来一根马尼拉烟，边抽烟边跟嫂嫂闲话家常。不一会儿，孩子该预习明天的功课了，母亲提醒他们各自回房准备课业，两个孩子这才走出房间。

代助想，猛然开口借钱，不免突兀，还是从无关紧要的事情谈起吧。他先说起刚才看到父亲和兄长坐着曳纲人力车匆匆而过，再说到上次哥哥请他吃饭，接着又问嫂嫂："上次怎么没见您到麻布来参加园游会？"然后又说父亲写的汉诗大都形容得过分夸张，等等。代助跟嫂嫂一问一答地聊着，突然从嫂嫂嘴里听到一件新鲜事。其实说起来也不算什么，就是父亲和兄长这阵子突然变得很忙，整天到处奔走，尤其是最近四五天，简直忙得连睡觉的时候都没有。"大概是发生了什么事吧？"代助装出平静的表情试探地问道。嫂嫂也用平时的语气说："对呀！发生什么事了吧。""可是父亲和哥哥都没对我说什么，我也不知道哇。"代助答。"阿代，比那更重要的，是上次提到的对象……"嫂嫂才说到这儿，家里的书生走进起居室来。

"老爷刚来电话说，今晚也要很晚才能回家。如果某人和某人来了，要想办法请他们到家里招待一下。"说完，书生又走了出去。代助生怕嫂嫂又把话题扯回他的婚姻问题，那可就麻烦了，便直截了当地说："嫂子，我今天来，是有点事想请您帮忙。"

梅子十分真诚地倾听了代助的说明。前后大约花了十分钟，代助才将经过交代完毕，最后又向梅子说："所以我就厚着脸皮来找您借钱啦。"代助刚说完，梅子脸上露出严肃的表情。

"这样啊。那你打算什么时候还钱呢？"代助做梦也没想到，梅子会向自己提出这种问题。

他跟刚才一样，依旧用手指戳着下巴，直愣愣地观察着嫂嫂的神情。

梅子的表情显得比刚才更加认真，这时她开口说："我没有讥笑你的意思哦。你可不要生气。"

代助当然不会生气。他只是没料到叔嫂之间会有这种问答。既然话都说出口了，还要彼此敷衍着说什么"借钱""还钱"，只会令他更加难堪，所以眼前这个暗亏，他也只能认了。梅子看到代助的反应，觉得小叔子已掌握在自己手掌心，接下来的话，也就好说了。

"阿代，你平时就没把我放在眼里……哦，我可不是在讽刺你哦。因为事实就是这样，你也没法否认，对吧？"

"被您这么严肃地诘问，叫我怎么回答呀？"

"好啦，你也别装了，我心里可雪亮得很。所以说，你就老老实实地承认吧。不然我们也谈不下去了。"

代助嘻嘻地笑着没说话。

"瞧，我没说错吧。不过这是当然的嘛，我也无所谓啦。因为不管我再怎么装威风，也比不过你呀。再说到目前为止，咱们对彼此的交情都还算满意，互相也没有任何不满。这些也就不多说了，不过，我看你就连父亲，也没放在眼里吧。"

代助对嫂嫂这种直率的态度非常欣赏。

"对呀！我是有点鄙视他。"代助答道。

梅子非常开心地哈哈大笑起来，接着又说："连你哥哥也没放在眼里吧。"

"哥哥吗？我对兄长可是十分敬重的。"

"别骗我了。反正都说开了，就全部说出来吧。"

"这个嘛，或许也不能说完全不鄙视他啦。"

"看吧！全家人都没被你放在眼里呢。"

"抱歉，不好意思啦。"

"何必这么客气。在你看来，大家都有被你鄙视的理由嘛。"

"别再取笑我了。嫂子今天真是伶牙俐齿呀。"

"我是说真的呀。这有什么关系，咱们又不是吵架。不过呀，既然你这么了不起，为什么需要跑来跟我借钱呢？这不是很奇怪吗？哦！如果你以为我在找碴，可能会很生气，但我并不是这个意思。我只是想提醒你，即使像你这样不可一世的人，要是手里没钱，也只得向我这种人低头。"

"所以从刚才起，我一直都在向您低头呀。"

"你还是没有认真听我讲话。"

"我认真起来就是这样啊。"

"喔，或许这也是你的伟大之处。不过，要是谁也不借你钱，你就无法帮助刚才提到的那位朋友，结果会怎么样呢？这岂不是表示，不管你多伟大也没用，不是吗？这跟一个人力车夫帮不上朋友的忙，是完全一样的呀。"

　　代助从没料到嫂嫂能针对自己的处境，说出如此贴切的看法。其实，从他打算设法筹钱的那一刻起，他已隐约发觉自己这个弱点。

　　"我完全就是个人力车夫，才会来求嫂子帮忙啊。"

　　"真是没办法。你也太了不起了。自己去想办法筹筹看呀。如果你真的是车夫，或许我也不会拒绝，但我真不想把钱借给你。你这样不是太过分了吗？每个月都靠父兄接济，现在连别人需要的，你也应承下来，还要我拿出钱来借给别人。这种事，任谁也不会答应吧？"

　　梅子这话说得的确有理，然而代助却完全没听懂其中的道理。他只觉得猛一回头，才发现嫂子原来是跟父亲和兄长一样的。现在他也得跟着回头，和大家一样做个世俗之人才行。今天从家里出来时，他原本就担心嫂嫂不肯借钱，但这种担心并没让他下定决心自己去赚钱。因为借钱这件事在他眼里看来，并没什么大不了。

　　梅子却很想趁机刺激刺激代助。可惜代助已把梅子心中的如意算盘摸得一清二楚，而且他心里越明白嫂子的打算，就越不想为了这件事引起争执。所以他决定不再继续谈钱，而把话题又拉回到婚事上。这段日子，为了最近论及婚嫁的那位对象，代助曾被父亲惹恼过两次。父亲那套理论，永远都在坚持遵守老规矩，凡事必须严守义理，不过这次对于代助的婚事，父亲却表现得十分开明。父亲只表示，由于对方继承了救命恩人的血统，能跟这样的对象结合，也算是一段佳话，所以他极力怂恿代助迎娶那名女子。父亲还说，若是能够促成这段姻缘，自己也算聊表心意，对恩人有所回报了。但是从代助的角度看来，父亲所说的什么"佳话""报恩"，根本都是歪理。其实代助对那女孩并没有任何不满，所以他也懒得跟父亲争论，反正大人叫他娶，就娶回来吧。这两三年以来，代助已养成习惯，对任何事都看开了，即使对于自己的婚姻，他也觉得不必看得太严重。代助对佐川家女儿的认知只限于照片，但他觉得那样就够了……本来嘛，照片里的女孩都是最美的……所以，既然准备要娶对方，代助也不打算提出故意为难的条件，只差还没主动又明确地说出"我会娶她"这句话而已。

按照父亲的说法，代助这种不明不白的暧昧，就跟口齿不清的白痴向人打招呼一样。而把结婚看成人生大事的嫂嫂，则认为代助的行为令人难以理解。因为在嫂嫂的眼里，人生的一切都是婚姻的附属品。

"我看哪，你也不是打算终身不娶吧。别再这么任性了，得过且过，见好就收吧。"梅子说这话时显得有点焦急。

代助对自己的未来并没有明确的计划，究竟是一辈子打光棍？还是找个女人同居？或者，干脆跟艺伎厮混？他完全没想过这些。但代助可以确定的是，自己不像其他光棍那样对结婚感兴趣。而造成这种现象的理由，归纳起来共有三点：一是因为他天生不会专注于某种事物，二是由于他思想敏锐，迄今为止，他的大部分时间都在思考如何为日本现代社会破除幻象，而最后一个理由，则是代助跟别人比起来手头较宽裕，早已接触过许许多多某种行业的女人。但他又认为自己不必这样自我剖析。他只想倚仗"自己对结婚没兴趣"这项明确的事实，让婚姻顺其自然地尽量拖延下去。所以在代助看来，嫂嫂这种自始认定结婚是人生不可或缺的大事，并竭尽心力想要达成目标的想法和做法，不仅违背自然，不合常理，甚至还令他感到俗气。

代助原本也不打算向嫂嫂解释自己这套逻辑，只因她逐渐开始施加压力，代助有一次曾苦着脸问道："所以说，嫂子，我是非娶老婆不可了？"代助提出这疑问时，当然是非常认真的，谁知嫂嫂却很意外，以为他这句话是在取笑自己。

这天晚上，梅子又把平时说过无数次的旧话重提了好几遍，最后还对代助说："这可奇怪了。你竟然这么讨厌结婚……尽管你嘴里说不讨厌，但你一直不肯结婚，岂不等于就是讨厌？难道你已经有意中人了？那就告诉我她的名字吧。"

到现在为止，代助从没将喜欢的任何女人当成结婚对象考虑过，但这天晚上听到嫂嫂这句话时，不知为何，"三千代"这个名字却突然浮现在他脑中。接着，脑中又自动冒出这句话："所以请您把刚才提到的那笔钱借给我吧！"……然而，他并没有开口，只是坐在嫂嫂对面露出满脸的苦笑。

# 八

　　代助向嫂嫂借钱的计划没有如愿。回家时，夜已经深了，他费了好大的劲儿，才在青山大道赶上最后一班电车。奇怪的是，他跟嫂嫂聊到深夜，父亲和兄长却一直没有回来。只是在聊天当中，嫂嫂被叫去接过两次电话。但她的神情跟平日没有两样，所以代助也就没有主动询问。

　　那天晚上，阴雨欲来的天空看起来跟地面的颜色一样。代助孤零零地站在红色站牌旁等待电车，不一会儿，远处出现了一粒星火，黑暗中，那点星火上下晃动着从远处逐渐靠近，给人非常孤寂的感觉。代助上车后才发现，车中空无一人。他坐在身穿黑制服的车掌和司机之间，沉浸在某种声响当中向前移动。正在行进的电车外一片漆黑，代助独自坐在明亮的车厢里，感觉车子载着自己不断向前，好像永远都没有下车的机会了。

　　电车驶上神乐坂，寂静的道路一直向前延伸，两旁排满两层楼的民房，遥远的前方看起来细长又狭窄。电车开到半山腰，只听见耳边突然传来一阵声响，很像狂风刮在房梁上的声音，代助站起身，抬头仰望周围昏暗的屋舍，再把视线从屋顶转向天空，一种恐怖感立即袭上心头。因为他听到窗户、纸门和玻璃窗正在发出互相撞击的声音，而且那声音越来越激烈。哇！地震！代助意识到这件事的同时，伫立的双脚忽然失去了力量。他觉得左右两旁的二层楼房即将倒塌，眼前这段山坡也会被房舍完全掩盖。就在这时，右侧一户人家的院门突然推开。"地震！地震！好大的地震哪！"一个男人抱着小孩从门里跑出来。代助听到男人的声音，心里才比较踏实。

走进家门时，老女佣和门野都很兴奋地谈论着刚才的地震，但代助认为他们的感受远不如自己深刻。上床后，他仍在思考如何处理三千代托付给自己的难题，但他并没把全副心思投进去。不一会儿，他又开始猜测父亲与兄长最近究竟在忙些什么。想了半天，他决定要暂时延后婚事，想着想着，代助终于走进了梦乡。

第二天，有关"日糖事件"[1]的报道第一次出现在报纸上。新闻里披露了制糖公司高官利用公费向几名国会议员送红包的内幕。门野听到高官跟国会议员已经全部逮捕，又像以往一样连连大喊："过瘾！过瘾！"代助却不觉得这种事有什么过瘾。过了两三天，抓去调查的人越来越多，社会上都在谣传，这是一件极轰动的社会丑闻。

---

1　日糖事件：指大日本制糖公司要员与国会议员之间的贿赂丑闻。1909 年 4 月 11 日，多位众议院议员与公司要员受到检举。当时的报纸连续每天报道这个新闻。

某家报纸声称，这次逮捕行动其实是做给英国人看的。因为英国大使买了大量日糖股票，却因投资受损而心生不满，日本政府只好以这种方式向英国表达歉意。

事实上，"日糖事件"爆发前不久，还发生过另一事件。一家叫作"东洋汽船"的公司曾宣布分红比例为百分之十二，但后来到了会计年度下半期，公司又提出累积八十万元亏损的报告。代助还记得这件事，当时报纸曾对这份报告发表评论，认为根本不足以相信。

代助虽然对父亲和兄长经营的公司一无所知，却经常思量着，说不定哪天他们的公司就会出什么事呢。他不相信父亲和兄长都是完美无缺的圣人。不仅如此，他甚至怀疑，说不定深入调查一下，他们也都有被捕的资格。就算不到被捕的程度，代助也不会像其他人那样，认为父兄的财产是靠他们的头脑和本事挣来的。明治初期，政府为了鼓励人民移居横滨，曾宣布赠予土地给移居者，当时免费获得土地的那些人当中，有些人现在已变成大财主。但他们致富的过程，只能算是上天赋予的偶然吧。而像父兄创造的这种只让个人享福的偶然，代助认为是在策略性的人造温室里培养出来的。

正因为代助向来抱着这种想法，他看到报上的消息时，心里一点也不惊讶。老实说，他也没那么傻，不会为父兄的公司操心。只有三千代那件事，才令他感到牵挂。但他又觉得空着手见三千代总是不太好，所以下定决心，先在家里读书打发时间，等个四五天再想办法吧。但奇怪的是，不论是平冈还是三千代，之后都没再来找他谈借钱的事。其实代助心底一直期待着三千代还会为了那笔钱，单独来找他听回音。然而，这个愿望却始终没有成真。

等到了后来，代助也觉得有点厌烦了，他决定出门散散心，所以搜集了一些介绍娱乐情报的刊物，打算去哪儿看场话剧。这天，代助从神乐坂搭上外濠线，到御茶之水下车后，却又改变了心意，决定转往森川町，拜访一位叫作寺尾的同学。这位男同学一毕业就向大家宣布，因为他讨厌教书，于是决定踏入文坛，要当一名作家。他不顾旁人的劝阻，一脚踏进了这个危险的行业。从他开始写作起，至今也快要满三年了，却还没写出个名堂来，整天都忙着写稿糊口。代助也被他逼着写过一篇有趣的文章。那时因为是帮相熟的杂志拉稿，寺尾怂恿代助说："你写吧！随便什么内容都行。"但是那篇文章的最终命运却只在杂志店门口露了一个月的脸，随即便永远地离开了尘世。从那以后，代助再也不肯提笔写作了。寺尾每次碰到他，还是再三怂恿道："写吧！继续写呀！"而且总是把"你瞧瞧我"这句话挂在嘴上。代助听过别人对他的评语，都说寺尾那家伙已经深陷其中，无法自拔了。寺尾很喜欢俄国文学，尤其喜欢无名作家的作品，他的嗜好就是把手里仅有的一点钱拿去买新书。从前他气焰极高的时候，代助半开玩笑地调侃过他："文学家患了'恐俄症'[1]是不行的。不曾亲身经历日俄战争的人，没有发言的资格。"寺尾

---

1　恐俄症：专指针对俄国所怀着的恐怖感觉。这个名词在当时是用来揶揄那些崇拜俄国文学的日本作家。

听完露出严肃的表情说："打仗什么时候不能打？但是打完以后，国家弄得像日俄战争后的日本这样百废待举，岂不糟糕？与其那样，还不如罹患'恐俄症'呢，虽然缺少骨气，却很安全。"说完，寺尾依然继续鼓吹俄国文学。

代助从寺尾家的玄关走进客厅，看到寺尾坐在房间中央的"一贯张"[1]书桌前面，嘴里直嚷着头疼，额上绑了一条头巾，两只袖子高高卷起，正在为《帝国文学》[2]写稿。代助连忙问他："如果会妨碍你工作的话，我下次再来拜访。""不，不必回去。"寺尾向代助招呼说："从早上到现在，我已经赚到了五五两块五了。"半晌，寺尾终于解开头巾，开始发表高见，一张开嘴，就先把当今日本作家和评论家全都痛骂一遍，骂得连眼珠都差点弹了出来。代助在旁边听得津津有味，心里却又觉得，寺尾这家伙可能因为没人赞赏自己，才恼羞成怒，先把别人贬得一文不值吧。代助便劝他道："你可以发表这些看法呀，这样岂不更好？"寺尾却笑着说："那可不行。"

"为什么呢？"代助反问。寺尾却不肯作答。不一会儿，寺尾才说："当然啦，要是能像你过得这么轻松自在的话，我就能畅所欲言了……问题是，我得填饱肚子呀。反正我这也不是什么正经职业。""你这工作很不错呀。好好儿地干吧！"代助鼓励着寺尾。谁知寺尾竟

---

1　一贯张：正确名称为"一闲张"，将纸贴在器物上，再涂上油漆，制成的漆器，由浙江杭州的匠人飞来一闲在江户初期传入日本。

2　帝国文学：帝国大学文科师生共同组成的帝国文学会的会刊，创办于1895年1月。

回答说："哪里！这工作才不好呢。我正想着，无论如何也得干些正经事才行。如何？你能不能借我点钱，让我做点正事？""不行，等你觉得现在的工作就是正经事的时候，我就借钱给你。"代助调侃着答道，说完，便从寺尾家走出来。

走上本乡大道之后，刚才从心底升起的倦怠感一直没有消失，又觉得不论往哪儿走都不对劲，也就不想再拜访谁了。代助从头到脚检点了自己一遍，觉得全身的反应都像是得了严重的胃病。走到本乡四丁目之后，代助再度搭上电车，一直坐到传通院门前。一路上，随着车身摇晃，他感到自己五尺数寸的躯体内，那些装在巨大胃袋里的秽物，也在随着车身来回翻腾。

三点多的时候，代助心不在焉地走进家门，刚踏进玄关，门野便向他报告说："刚才老家那边派了信差过来。信放在您书房的桌上。收条是我写的。"

书信放在一个古色古香的信匣里，木匣的表面涂着鲜红油漆，匣上没写收信人的姓名。黄铜的拉环用棉纸条系住，打结处还用黑墨点上画押的花纹。代助只向书桌望了一眼，立刻明白这封信是嫂嫂送来的。她向来喜欢照着旧习俗办事，经常搞些出人意料的花样。代助一面把剪刀的刀尖戳进棉纸打结处，一面暗自叹道："真是自找麻烦！"

匣里装着的那封信却跟盒子的作风完全相反，是用简单的白话文写成。"上次你特来找我帮忙，却没让你如愿，实在很抱歉。后来我反省了一番，发觉自己当时说了些失礼的话，心里实在非常过意不去。盼你能够海涵。为了表达我的心意，现在交给你这笔钱。但我没办法凑到你需要的全额，只能给你两百元。请尽快送钱到朋友家去吧。这件事我没告诉你哥哥，请你也要小心。另外关于娶亲这件事，你既然答应认真考虑，请深思之后给我答复。"

信纸里还卷着一张面额两百元的支票。代助望着支票，看了老半天，心里对梅子有点歉疚。那天晚上，代助正要告辞离去时，嫂嫂问道："那你不要钱了？"自己厚着脸皮开口借钱时，嫂嫂那样不顾情面地拒绝自己，等他放弃借钱准备离去时，不肯借钱的嫂子又对他关心起来，还主动提起了钱。代助由此看到了女性天生具备的柔美和婉约，但他不敢利用这种婉约，因为他不忍玩弄这种柔美的弱点。"哦，不用了。总会有办法的。"代助说完，便离开了哥哥家。嫂嫂肯定把自己的回答当成了气话，而这种回答又不知如何，助长了梅子平日的果断，因此才派人送来了这封信。

代助立刻写了一封回信，尽可能地写了一大堆热情洋溢的字句表达自己的感谢。他对自己的兄长从没生出过这种情绪，对父亲也不曾有过，更别说对世上其他人，当然也从来不曾萌生这种感觉。其实，就算是对梅子，他最近也很少有这种感觉。

代助很想立刻去找三千代。说实在的，两百元这数字令他有点拿不出手。代助甚至在心底抱怨嫂嫂，两百元都给了，何不按照我说的数字，满足我的心愿呢？不过，代助脑中想着这些的时候，他的心已经远离梅子，开始朝向三千代靠近。再说，代助向来认为，不论多么果断的女人，感情方面总不会这么干脆。但他也不觉得这有什么不好。不，代助反而认为女人的这种表现，要比男人的毅然决然更引人同情呢。从这个角度来看，女人的这种特性是令人欣喜的。所以说，如果这两百元不是梅子给的，而是从父亲手里拿到的，代助或许会觉得父亲的经济手腕不够干脆，可能还觉得不悦吧。

代助晚饭也没吃，立刻走出家门。从五轩町沿着江户川边走向对岸时，刚才散步回来后的倦怠感消失了。待他爬上山坡，穿过传通院旁那条小巷时，只见庙宇之间矗立着一根瘦瘦高高的烟囱，正朝着云层极厚的天空吐出污秽的浓烟。看到眼前这幅景象，代助觉得非常不堪，因为他联想到国内先天条件不足的工业正在为生存而拼命吞吐着空气。代助实在无法不把住在附近的平冈和这烟囱，以及黑暗的未来联想到一块儿。看到眼前这种状况，他心底最先升起的是美丑的概念，而非同情。眼前这一瞬间，代助只感受到满天悲惨的煤烟带来的刺激，差一点就把三千代抛到脑后去了。

平冈家的玄关脱鞋处，一双女性的千层底草履随意丢在地上。代助刚伸出手拉开了木格门，三千代的和服下摆发出的布料摩擦声立刻传进耳中，只听她从里间快步走出来。这时，进门处那块两个榻榻米的空间已经很暗，三千代在黑暗中跪在门口，向来客躬身问候。看来她似乎还没搞清来客究竟是谁，待她听出客人是代助时，才用很低的声音说："我还以为是谁呢……"代助看着三千代朦胧的身影，觉得她比平时更美了。

"平冈不在家。"代助听到这句话时，心里有一种异样的感觉，好像这样一来，说话就方便了，另一方面又像是不能随便乱说了。三千代倒是跟平时一样沉稳。幽暗的房间里，房门紧闭，两人就那样跪坐着，连油灯也没点。"女佣也出门了。"三千代说。接着又告诉代助，她刚才外出办事，回来之后，才刚吃完晚饭。聊了一会儿，两人才把话题转到平冈身上。

果然，代助预料得没错，平冈仍在到处奔走。但据三千代说，最近这个星期，平冈都没有出门，嘴里总嚷着太累，整天不是睡觉就是喝酒，若是没有客人上门，他就喝得更凶，而且动不动就发脾气，总爱找碴骂人。

"他跟以前不一样了，脾气变得好暴躁，真不知该怎么办。"三千代说这话时，有点像在乞求代助的同情似的。代助默然无言。这时，后门传来一阵嘎吱嘎吱的声音，是女佣从外面回来了。不一会儿，女佣端来一盏斑竹灯座的油灯。走出房间时，女佣伸手拉上纸门，并且偷瞄了代助一眼。

代助从怀里掏出那张对折的支票，直接放在三千代面前。"太太！"他呼唤道。这是代助第一次称呼三千代为"太太"。

"这是你上次托我筹措的那笔钱。"三千代没说话，只抬起眼皮望着代助。

"其实我是想立刻帮你想办法的，但一时想不出来，才会拖到现在。事情进行得怎么样？有点眉目了吗？"代助问。

听到这儿，三千代的声音突然变得轻微又低沉，而且好像满腹幽怨似的说："还没呢。哪有什么办法呀？"说着，一双眼睛直愣愣地望着代助。

代助拿起那张对折的支票，摊了开来。"只有这个数目，恐怕不够吧？"三千代伸出手，接过了支票。

"多谢了。平冈会很高兴的。"说完，她将支票轻轻放在榻榻米上。

代助把自己借到钱的经过简单扼要地说了一遍，接着又向三千代解释道："别看我的日子过得很悠闲，其实除了自己的花费外，就算看到别人有急需，我想伸出援手，也没有这种能耐。希望你不要见怪。"

"这点我也很明白。只是，我这回真的是束手无策了，才求你帮忙。"三千代露出令人怜悯的表情向代助表达歉意。

代助便叮嘱道："只有这个数目，能不能解决问题呢？如果说实在不够，我再想想别的办法。"

"想想别的什么办法？"

"拿图章借高利贷。"

"哎哟。做那种事！"三千代像要阻止似的立即说道，"那可使不得！"代助这时才问起他们陷入困境的经过。原来一开始就是因为借了那种恶性高利贷，利息越滚越多，结果终于无法翻身。据说平冈当初刚到外地赴任时是个很勤劳的人，工作态度也很认真。

岂料三千代生产后，得了心脏衰弱的毛病，从那时起，平冈便露出好吃懒做的本性，开始在外面花天酒地。最初他还不敢表现得太过分，三千代也觉得，或许他只是为了交际，不得已而为之，也就睁一只眼闭一只眼，不跟他计较。谁知平冈越玩越不像话，甚至失了分寸，弄到后来，连三千代都开始为他担心。而忧虑又让三千代的身体更加一落千丈，平冈看她身体越来越弱，也就更加肆无忌惮地四处浪荡。"并不是他对我不好，我自己也有错。"三千代特意说明着，脸上却露出悲寂的表情。"我不知反复思考过多少遍，当初那孩子若是还活着就好了。"三千代自语着。

代助听到这儿，多少也听出他们经济困顿的背后，其实还隐藏着夫妇之间的难题，但他不便继续多问，只在临走之前，鼓励三千代说："别这么气馁！像从前一样打起精神来吧。欢迎你偶尔来我家来玩玩。"

"对呀。"三千代露出了笑容。两人都在对方的脸上看到了往日的彼此。这天晚上，平冈一直都没回家。

隔了两天，平冈突然拜访代助。这天的天气比较热，干爽的阵风不断从晴朗的天空吹来，放眼望去，空中一片蔚蓝。早上的日报刊登了菖蒲开花的消息。回廊上，代助买来的大型盆栽君子兰的花瓣终于全都凋谢了。一片片粗如腰刀的绿叶已从花茎两旁抽芽长高，老旧的叶片在日光照耀下，泛出黑亮的油光。代助发现其中一片老叶不知为何在距离花茎十二三厘米处突然折断了。他觉得看起来很不顺眼，便拿着剪刀走到回廊边，从折断处的前方剪断叶片，顺手往外一扔。只见叶片上肥厚的切口顿时渗出许多汁液，代助凝神注视，不一会儿，回廊地面传来"啪哒"一声，原来是那些涌出的浓稠绿汁从切口滴落下来。代助懒得理会滴落地面的汁液，鼻子凑向零乱的叶片间，闻一闻液体的气味。半晌，他从袖管里掏出一块手帕，擦拭剪刀的刀刃，就在这时，门野过来向他报告："平冈先生来了。"听到这话时，代助脑中既没有平冈，也没有三千代，整个脑袋全被奇异的绿色汁液占据了，情绪也处于一种远离尘世的状态。听到平冈这名字的瞬间，代助的思绪和情绪立即化为泡影，心中不知为何不太想见平冈。

"要请他进来吗？"门野追问道。代助"嗯"了一声，转身走进客厅。不一会儿，平冈被人领进屋来，代助抬眼望去，看到他已穿上夏季西装。衣领的衬里和白衬衣看起来都是新的，脖子上还套着流行的丝织领带，一副洋派时髦打扮，任谁看了都不会相信他是游手好闲的浪人。

代助跟客人聊了一会儿，才知道平冈求职的事情依然没有进展。"最近就算到处奔走，大概也不会有眉目，所以我每天就像这样，到处逛逛，或是在家睡大觉。"说着，平冈故意放声大笑起来。"那也可以呀。"代助答完，只跟他聊些有的没的打发时间，但老实说，两人心底都怀着某种紧张的情绪，与其说是随意闲聊，不如说他们是为了回避问题才胡乱交谈。

平冈绝口不提三千代和借钱的事，代助三天前造访他家的事，也一声不吭。代助最先也装作无所谓，不想特别提起，但是看平冈一副与己无关的模样，代助反倒有点不安。

　　"不瞒你说，两三天前，我去过你家。你刚好不在。"代助主动说起这件事。

　　"嗯，我听说了。这次又得感谢你了。多亏有你帮忙……不，其实原本就算不麻烦你，也能想出办法的，可是家里那家伙就爱穷操心，结果给你添了麻烦，对不住哇。"平冈冷冷地向代助表达了谢意，接着又说，"我来也是想向你说声谢谢，不过真正该道谢的那个人，迟早也会亲自登门造访吧。"听平冈的语气，似乎是想跟三千代划清界限。

　　"需要弄得这么复杂吗？"代助只答了一句，这件事便算到此为止。两人随即又把话题扯到他们都熟悉却又不怎么有兴趣的事情上。

　　聊了几句，平冈突然说："我可能不会再往企业界求发展了。干我这行，越了解内幕就越发觉得厌恶。而且回到这儿以后，稍微奔走一番，更加没有勇气了。"平冈这番话听来颇像是他的肺腑之言。

　　"大概是吧。"代助只答了一句。平冈听他反应如此冷淡，似乎大吃一惊，又接口说道："上次也跟你说过吧，我打算进报社工作。"

　　"有职缺吗？"代助反问。

　　"现在有一个。大概没问题吧。"代助想，刚才进来时才说正在到处奔走，可是没有眉目，所以整天都在外面闲逛，现在又说报社有位子，想进去工作，简直听不懂他在说些什么，但又觉得追问起来也很麻烦，于是懒得跟他啰唆。

"那也不错。"代助表达了赞同，没再多说什么。平冈告辞离去时，代助送他到玄关，自己则靠着纸门站在门框上，伫立了好一会儿。门野也陪着主人打量平冈的背影，看到客人远去后，门野立即忍不住说道："平冈先生真是出人意料地洋派又时髦哇。我们这房子跟他那身衣服比起来，好像显得太寒酸了。"

"话不能这么说啦。最近大家都是那种打扮吧。"代助仍然站在原处说道。

"真的呢！现在这世道，只看服装是没法分辨身份了。路上看到了，还以为他是哪里的绅士呢。谁知他却住在那种奇怪的烂房子里。"门野立即随声附和。

代助没再搭腔，重新返身走回书房。回廊上，君子兰滴落的绿色汁液已变得浓稠，几乎快要干涸。代助特地拉上书房和客厅之间的纸门，一个人关在书房里。这是他的习惯，每次送走客人之后，他喜欢独自静坐片刻。尤其像今天这种心绪不宁的日子，他觉得更需要一个人静一静。

平冈终于从自己身边离去了。每次跟平冈在一起，代助都觉得他跟自己有一段距离。老实说，不只是平冈，他不论跟谁在一起都有这种感觉。其实，现代社会只是一群孤独个体的集合。虽然大地原本自然地连成一块，但是个体在地上建起房舍之后，大地就被切割成许多小块。住在房舍里的人们也被切割得四分五裂。在代助看来，文明即是区隔与孤立个体的玩意儿。

从前平冈跟代助走得近的时期，总喜欢让别人为自己一掬同情泪。或许他现在仍然喜欢那样，但他并未表现出来，所以代助也弄不清平冈真正的想法。不，应该说，平冈现在是努力装出一副不需同情的模样。也不知他是想借此表现"就算被孤立也能活下去"的耐力，还是已经醒悟，现代社会的真面目原本就是如此。反正应该是这二者之一。

而代助在跟平冈交往密切的时期，他原是个爱为别人一洒同情泪的男人，但他现在渐渐地不再那么爱哭了。倒不是由于他觉得现代人不该流泪，事实刚好相反，就因为代助不再流泪，他才变成了现代人。在西洋文明的压迫下，那些背负重压正在呻吟的个人，或正在激烈生存竞争中挣扎的个人，代助还没看过谁会真心为他人流泪。

现在的平冈在代助心里引起的疏离感，远不如他带给代助的厌恶感。代助心里很明白，对方对自己应该也怀着相同的感觉。很久以前，代助心底就经常隐约地体会到，也对此暗自震惊。当时他心中非常悲伤，而眼下，这种悲伤几乎已经消失殆尽，所以他现在才会独自躲在屋中凝视自己的黑影。他想，这就是事实，不过也没办法。代助现在的感觉也只有这样而已。

代助早已料到自己现在会沉浸在孤独的底层暗自烦恼。他认为所有的现代人都该体验一下这种感觉，这就是现代人注定承受的命运。在代助看来，他跟平冈现在变得疏远了，只不过是两人沿着平坦的道路前进到某一点时产生的结果。另一方面，代助当然早已明白，由于他跟平冈之间存在某种特殊的情况，所以两人间的疏远会比其他人更早出现。而所谓的特殊情况，就是三千代的婚姻。当初夹在他们当中说动三千代嫁给平冈的，就是代助自己。他的头脑并不笨，不至于为自己当时的所作所为感到后悔。时至今日，代助回忆起当时，甚至觉得那是一件能够照亮个人历史的光荣事迹。然而，经过了这三年，听其自然的发展已将一种特殊的结果呈现在两人面前。他跟平冈现在都得抛弃自我满足与头顶的光环，向这种特殊结果低头了。于是，平冈开始时不时地自问："当初为什么会娶了三千代？"代助则经常听到一个声音在问他："当初为何帮忙三千代张罗出嫁之事？"

这天，代助一直都躲在书房里沉思。吃晚饭的时候，门野过来喋喋不休地唠叨了一大堆："老师您今天已经读了一天的书啦。要不要出门去散散步？今晚有寅毗沙 [1] 庙会哟。演艺馆里还有中国留学生表演话剧呢。那些中国人哪，从来都不会害羞的，什么戏都能演，他们真是活得无忧无虑呀……"

---

1 寅毗沙："毗沙"指佛教的护法神"毗沙门天"，又名"多闻天王"或写成"毗沙门天"，是北方守护神、知识之神、财神，也是很重要的武神，"寅毗沙"指东京神乐坂善国寺每月的寅日为纪念毗沙门天而举行的庙会。

# 九

代助又被父亲找去面谈。其实他大致明白父亲叫自己做什么。平日代助总是躲着父亲，尽量不跟父亲碰面，尤其是最近，他更是不肯靠近里屋。因为万一看到父亲，虽然嘴里应对得十分恭敬，心里却感觉自己好像正在侮辱父亲。

身为现代社会的一分子，代助跟其他人一样，不在心底咒骂对方，就没法跟对方相处下去，他把这种现象称之为"二十世纪的堕落"。按照代助的看法，他认为这种现象是近来急速膨胀的生活欲带来的高度压力，促使道义欲走向崩溃。这种现象也可视为新旧两种欲望的冲突，所以代助把生活欲的惊人发展看成欧洲袭来的某种海啸。

生活欲和道义欲这两种因素之间必须寻求一个平衡点。然而代助深信，穷国日本的财力赶上欧洲最强的国家之前，这个平衡点在日本国内是找不到的。他心中早已不抱希望，因为那一天根本不可能降临。因此，大多数陷入这种窘境的日本绅士，只好在不触犯法律条文的情况下，或在自己的脑袋里，一天又一天反复不停地犯罪。这些绅士对彼此的罪行心知肚明，却不得不与对方谈笑风生。代助觉得身为人类的自己，既不能忍受这种侮辱，也不能这般侮辱别人。

但是代助的父亲因为思想中拥有某种特殊的倾向，他的状况就比一般人复杂一些。老先生受的是维新之前那种以武士特有道义观念为主的教育，这种教育原本就是违背常理的东西，它把人类感情、行为的标准设置在远离人类的位置，对那些经由事实发展而获得证实的浅近真理却视而不见，但是代助的父亲已被习惯控制，至今仍对这种教育十分执着。而另一方面，他所涉入的企业界却很容易受到强烈生活欲的影响，事实上，这些年来，父亲早已受到生活欲的腐蚀，从前的他和现在的他之间，应该是存在着很大的差异，可惜他不肯承认这一点。老先生一天到晚嚷嚷说，他是凭着从前的自己，还有从前的经验，才能在今天闯出这番事业。但是代助却认为，如今那种只能适用于封建时代的教育若不缩减一些影响范围，现代人的生活欲绝不可能随时获得满足。不论任何人，只要敢让两者维持原状，就得承受矛盾带来的痛苦。若是这个人感觉痛苦却不知道痛苦的原因，那只能说他是个头脑迟钝的笨蛋。而当代助每每面对父亲时，总觉得父亲若不是一个隐瞒真面目的伪君子，就是这种缺少分辨能力的大笨蛋。总之，应该是两者之一。这种念头令他很不舒服。

不过，代助善于玩弄小手腕，父亲对他毫无办法。这一点，代助心里也很清楚，也就没把父亲逼进极端矛盾的角落里去。

代助向来深信，所有道德的出发点都离不开社会现实。如果一个人的脑袋里向来就塞满了僵化的道德观，再反过来想以道德观为出发点，促使社会现实有所发展，这根本就是本末倒置的错误想法。他觉得日本学校中实施的伦理教育，完全没有意义，因为学校里教给学生的，不是旧道德，就是适用于欧美人的道德观，对那些深受激烈生活欲刺激而陷入不幸的国民来说，这些伦理教育完全就是迂腐的空谈。而受过这种迂腐教育的人，将来接触现实社会时，不免想起这类说教，心里一定觉得非常好笑，或者会认为自己受骗了。代助不仅在学校上过这种伦理课，更从父亲那儿接受最严格又最行不通的道德教育。这种教育有时令他深感矛盾的痛苦，甚至让他心生怨愤。

上次回去向嫂嫂致谢时，梅子曾提醒代助："你最好到里屋打个招呼。""父亲在家吗？"代助笑着装傻问道。"在呀！"听到嫂嫂确定的答复，代助却回答说："今天没时间。还是算了吧。"说完，便立刻告辞离去。

但今天是特地被父亲叫来，不论代助心中是否情愿，都得跟父亲见上一面。他跟平时一样，直接从边门的玄关走进日式客厅，难得看到哥哥诚吾正盘腿坐在那儿喝酒。梅子也在一旁陪伴。哥哥看到代助便说："如何？喝一杯吧？"说着，拿起面前的葡萄酒瓶向代助摇了摇。瓶里还装着不少酒。梅子拍了一下手掌，命人取来酒杯。

"你猜，这酒已经多久了？"梅子说着帮代助倒满了一杯。

"代助怎么会懂？"诚吾说着望向弟弟的嘴边。代助喝了一口，放下酒杯。点心盘里放着薄薄的威化饼，是用来代替下酒菜的。

"味道非常好哇。"代助说。

"所以说，叫你猜猜年份呀。"

"有些年份了吗？居然买了这么好的东西。等一下我回家时带一瓶回去哦。"

"抱歉，只剩下这瓶了。还是别人送的呢。"梅子说着，走到回廊上，拍掉落在膝上的威化饼屑。

"哥哥今天怎么回事？看来很悠闲嘛。"代助问。

"今天在家休息。最近实在太忙了，真叫人受不了哇。"诚吾拿起一根已经熄火的雪茄塞进嘴里，代助把身边的火柴划燃了，帮诚吾点火。

"我看阿代你才是悠闲得很呢，不是吗？"梅子说着，又从回廊走回座位。

"嫂子，您去过歌舞伎座了吗？还没去过的话，快去看看吧。很有意思呢。"

"你已经去过了？真不敢相信哪。你也真是够懒散的。"

"懒散可不行哟。这样会影响学业的。"

"你就会强迫别人，也不管对方心里怎么想。"梅子说完转眼望着丈夫。诚吾的眼圈红红的，"噗"的一声从嘴里吐出雪茄的烟雾。

"你说，对吧？"梅子追问道。诚吾一副嫌烦的表情，把雪茄夹在两指之间。

"你要趁现在多念点书，以后万一我们穷困了，你还能帮我们一把，对吧？"诚吾说。

"阿代，你去当演员吧？"梅子向代助问道。代助没回答，只把酒杯往嫂嫂面前一放。梅子默默地拿起葡萄酒瓶。

"哥哥，刚才你说最近忙得不得了……"代助重新提起先前的话题。

"哎哟！简直忙坏我了。"诚吾边说边横躺身子。

"跟日糖事件有关吗？"代助问。

"跟日糖事件倒是没关系，但我还是忙得要命。"哥哥的回答永远都不会比这更详细。或许他是真的不想说得太清楚，但是听在代助的耳里，却觉得哥哥根本没把这件事放在心上，才会懒得多说两句，而代助也就能轻松地继续聊下去。

"日糖这下可糟了。弄成那样之前，难道就没别的办法吗？"

"是呀。世上的事情，很难预料啦……对了，阿梅，你去吩咐直木，今天得让赫克特运动一下。他胃口那么大，整天只知睡觉，对身体可不好。"诚吾一面说，一面不断用手指摩擦着困倦的眼皮。

"我该进去听父亲教训了。"代助说着又将酒杯伸向嫂嫂面前。梅子笑着帮他斟了酒。

"要谈你的婚事？"诚吾问。

"嗯，我想大概是吧。"

"我看你还是娶了吧。何必让老人家这么操心呢？"说完，诚吾又用更明确的语气补充道，"小心点哦。现在那儿有点低气压呢。"

　　"不会是最近忙着奔走的那事吹来的低气压吧？"代助起身时又追问道。

　　"谁知道哇。照这样看来，我们跟那些日糖的高官也差不多，说不定哪天会被抓起来呢。"哥哥依旧躺着说道。

　　"别乱说呀。"梅子斥责道。

　　"所以说，低气压还是我的游手好闲带来的吧。"代助笑着站起身来。他顺着走廊穿过中庭，来到里屋，看到父亲正坐在紫檀木桌前读着一本中国古书。父亲喜欢欣赏诗词，闲暇时经常捧读中国诗人的诗集。但有时，父亲读诗也可看成他心情不佳的征兆。每当遇到这种情形，就连哥哥那么感觉迟钝的人，也知道最好不要靠近父亲身边。若是不得不跟父亲碰面，哥哥就会拉着诚太郎或缝子一起去。代助走到回廊边时，也突然想起这件事，但又觉得不必那么麻烦，便直接穿过日式客厅，走进父亲的起居室。

　　父亲看到代助，先摘掉眼镜，手里念了一半的书覆在眼镜上，然后抬眼望着代助，嘴里只说了一句："你来了。"语气听起来似乎比平时温和。代助双手放在膝头，心想，哥哥刚才那么严肃的表情，是故意吓我的吧？想到这儿，代助觉得被哥哥骗了，心里颇不是滋味，却也只好陪着父亲闲聊一阵，两人谈的不外是"今年的芍药开得较早""听着采茶歌就想打瞌睡的季节到了""某处有棵很大的藤树，开出的花穗长达一百二十多厘米"等。父子俩天南地北聊了很久，代助想，这样也好，尽量扯得越久越好，所以就很捧场地不断随声附和，聊了半天，最后父亲终于想不出话来，便对代助说："今天叫你来，是有话要对你说。"

从这时起，代助便不发一语，只是恭恭敬敬地聆听父亲讲话。老先生看代助这态度，也就觉得自己必须跟他讲一段长篇大论才行。但他讲了半天，几乎有一半以上的时间都是在重复旧话。不过代助仍然非常仔细认真地听着，好像他今天第一次听到似的。

从父亲这段篇幅很长的谈话里，代助听出两三点不同于以往的见解。其中之一就是，父亲向他提出一个极为严肃的疑问："你今后究竟打算怎么办？"到现在为止，向来只轮得到代助听从父亲的吩咐，而他也早就习惯把这些吩咐当成耳边风，随便敷衍一番，但今天听到父亲提出这种大哉问，他反而不敢随意作答了。因为父亲若是听到他胡乱回答，肯定会大发雷霆。但他若是老实作答，结果就会变成自己必须在这两三年之间，继续听从父亲的指挥。代助可不想为了回答这个大哉问，将自己的未来摊开来谈。他觉得不要说破，对自己最有利。但要让父亲明了并接受这番道理，却需花费极多时间，很有可能花上一辈子都嫌不够呢。代助也很明白，若要让父亲听了高兴，只要说自己想为国家与天下干出些大事业，同时还得强调，结了婚的话，就没法创造大事业了。只是这种话对代助来说，有点自取其辱，就算脸皮再厚，他也说不出这种蠢话。思来想去，代助这才不得已地答道："其实我心里早已拟订了各种计划，我打算理出头绪之后，再向父亲请教。"说完之后，代助觉得有点滑稽，也很无奈。

接着，父亲又问："你不想要一笔钱作为自立门户的基金吗？""那当然是想要的。"代助答道。父亲立刻提出条件说："只要你娶佐川家的姑娘就有了。"但父亲这话却说得很暧昧，没有说明这笔钱究竟是佐川家姑娘会带来，还是从父亲这里领取。代助很想问明白，却又不知从何问起。更何况，他也觉得没必要弄个水落石出，就没再多问。

接下来，父亲再问代助："有没有考虑过干脆出国念书呢？"代助表示赞同说："好哇！"不过，这个计划也是有先决条件的，那就是代助必须先结婚。

"我真的有必要娶佐川家姑娘？"代助最后向父亲提出疑问。只见父亲的脸孔立刻涨红起来。代助完全不曾打算激怒父亲。他最近奉行的信条是：争吵是一种人类堕落的行为。激怒别人也算争吵的一部分，而且跟激怒别人比起来，他人的怒容映入眼中带来的不快，更会给自己的宝贵生命造成莫大伤害。他对罪恶拥有自己独特的见解，但他并不因此认为"只要是顺应自然的行为就不必受罚"。代助始终坚信，杀人者得到的惩罚，就是从死者肉身喷出的血海。因为他觉得，不论是谁看到飞溅的鲜血，清静的心境必定陷入混乱。代助自己就是这样一个神经敏锐的人。当他看到父亲脸色变红时，心头就莫名其妙地感到不悦。但他完全不想以听命于父亲的方式来加倍弥补自己的罪过，因为代助这个人同时也非常尊崇自己的思想。正当代助暗自思索的同时，父亲则用十分热切的语气劝说他。老先生首先提到自己年事已高，经常为孩子的未来操心，而替儿子娶个媳妇，则是他身为父亲的义务。至于媳妇该具备哪些条件，做父母的总是比子女设想得更周到。父亲接着还说，有时别人对你表现好意，你会觉得别人多事，但将来总有一天，你还会盼望有人来管你的闲事呢。父亲言简意赅地跟代助讲着道理，代助也表现得十分认真，专心聆听着父亲说明，但是父亲说完之后，代助仍不愿表示应允。

于是，老先生故意轻松地说道："那么，佐川家这门亲事就算了吧。我看，你就娶个自己喜欢的对象也好。你有意中人了吗？"这问题嫂子也问过代助，但他现在却不能像对嫂嫂那样苦笑着应付过去。

"我并没有中意的对象。"代助回答得很明确。

"那你也稍微考虑一下我的立场吧。不要只想着你自己嘛。"父亲的语气突然变了。代助看到父亲一下子不再关注自己，而是全心想着自己的利害关系，不免大吃一惊。但他的惊讶也只是因为父亲这种激烈的变化实在太不合逻辑了。

"如果这桩婚事能给父亲带来那么大的好处，我就重新考虑一下吧。"代助说。父亲的情绪看起来更糟了。代助这个人在待人接物上，有时会紧咬道理而不肯通融，所以经常被人视为故意找碴，但其实代助是最讨厌给别人找麻烦的人。

"我也不光是为了自己，才让你成亲的。"父亲修正了自己刚才说过的话，"你那么想知道其中原委，我就告诉你，让你参考一下吧。你也已经三十岁了吧？一个三十岁的普通人，若是还不结婚成家，你大概也知道社会会怎么看他吧？当然啦，现在跟从前大不相同了，想要当一辈子光棍，那也是个人的自由。但是因为你不结婚，而给父母兄弟引来麻烦，甚至影响到自己的名誉，那你打算怎么办呢？"

代助一脸茫然地看着父亲，他完全听不出父亲究竟在指责自己哪里不对。半晌，他才向父亲说："好吧。都怪我，而且我是有点不务正业……"

代助才说了一半，父亲就打断了他的话。"我说的不是这个。"从这时起，父子俩都闭上了嘴没再说话。父亲认为眼前的沉默是代助受到打击造成的结果。

不一会儿，父亲换了温和的语气说："那你再好好考虑一下吧。"代助答了一声"是"，便从父亲的房间退了出来，重新走回日式客厅来找哥哥，却没看到人影。"嫂子呢？"代助向女佣问道。"在洋式客厅里。"女佣说。代助便又走向客厅，拉开门一看，缝子的钢琴老师也在室内。代助先向老师打个招呼，才把梅子叫到门口。

"您跟父亲说我什么了吗？"

梅子哈哈大笑了一阵，才对代助说："哎呀！进来吧。来得正是时候呢。"说着，便拉着代助走向钢琴边。

十

蚂蚁喜欢爬进日式客厅的季节到了。代助找了一个大碗，在碗里装满了水，再把一束雪白的铃兰连梗带花一起浸泡在水中。一簇簇纤细的小花遮住了绘着深色花纹的碗口。大碗稍微移动一下，小花便纷纷掉落。代助又找来一本厚重的大字典，将碗放在上面，又把枕头放在大碗旁边，仰面躺下。满头黑发的脑袋刚好躺在大碗的阴影下，花儿飘出的香气顺势飘进鼻中，代助一面嗅着花香，一面横卧小憩。

外界毫不起眼的事物经常带给代助异常深刻的刺激，反应过于激烈时，甚至连晴空的日光反射都会令他难以忍受。每当代助陷入这种状况时，他就尽量减少与人接触，不论早上还是下午，只管躲在家里蒙头大睡。而为了让自己容易入睡，他经常利用这种若有似无却夹着一缕甜味的花香。现在他闭上眼皮，不让光线照在眸子上，只用鼻孔静静地吸着空气，不一会儿，枕畔的花儿慢慢飘向梦境，

134 ____后 来 的 事

烦躁的意识吹拂四散。待他成功地陷入酣睡，神经便又重新恢复沉静，就像重生一次似的，等到再度跟别人接触时，他就能比较轻松愉快。

被父亲叫去前的两三天，代助每次看到庭院一角盛开的红玫瑰，总觉得点点鲜红刺得眼睛发疼，只好把视线移向种在洗手盆边的紫萼叶片上。那些叶子表面都夹着三四条随意又细长的白色线条，代助看到这些线条时，感觉叶片似乎正在拉长，自己也会随着那些白线毫无拘束地自由伸展。但是对代助来说，院里的石榴比玫瑰更耀眼，更令人难以忍受，那种刺眼的花色，简直就像绿叶之间发出阵阵闪光。另一方面，他觉得石榴跟自己现在的心情也不太调和。

从总体上来看，代助现在的心境覆盖着一层灰暗，就像经常出现在他心头的那种情绪一样。他现在只要看到过于明亮的物体，明暗之间产生的矛盾就令他难以忍受，即使持续凝视紫萼的绿叶，也会马上感到厌烦。

不仅如此，某种属于现代日本特有的不安，也正在不断向他袭来。这种不安也是人际间缺乏心灵联系而形成的一种近于蛮荒的状态。代助对自己这种不安的心境感到讶异。他向来不靠神明寄托心灵，因为他是个有主见的人，天生就无法信奉神明。更何况他始终相信，只要人与人之间心意相通，就没有必要依靠神明。只有在人类想要解除猜疑带来的痛苦时，神明才有存在的必要。所以说，越是信仰神明的地方，说谎的人越多。而另一方面，代助又发现，现在的日本人已变成一种既不信神也不信人的民族，他认为这种现象应该是日本的经济状况造成的。

　　四五天前，代助在报纸上读到一则扒手和刑警狼狈为奸的新闻。而事实上，如今这种警察又何止一两人？根据另一家报纸报道，如果继续深入追查下去，恐怕整个东京都要暂时陷入没有警察的状态了。读到这则新闻时，代助也只能露出苦笑。薪水微薄的刑警要对付艰难的生活，当然只能铤而走险吧。在父亲面前听到自己的婚事时，代助也曾生出类似的感觉。但那只是因为他不信任父亲，才会在心底生出一种不幸的暗示。代助并不因为自己生出这种暗示，而对父亲感到愧疚，就算他将来真的陷入不幸，也还是会赞许父亲现在的做法是对的。

　　代助对平冈的感觉也是一样。不过他对平冈心存谅解，觉得平冈的所作所为都是人之常情，代助只是不太喜欢平冈那个人而已。他对哥哥虽然敬爱，却无法信赖哥哥。嫂嫂是个诚意十足的女人，但她不是直接能让自己陷入生活困境的人，所以代助认为嫂子要比哥哥容易对付。

　　他在整个世界面前，向来也是怀着这种想法应付。尽管他非常神经质，却很少被不安的感觉弄得心神不宁。这一点，他很清楚。但现在不知为何，整个情况突然改变了。代助觉得这种变化，应该是生理带来的影响。于是他才想起有人送来这束铃兰，据说是从北海道采来的。代助解开整捆花束，泡进水里，并躺在花下小憩。

　　大约过了一小时，代助睁开乌黑的大眼，眼珠一动也不动地盯着某个点，看了好一会儿，手脚的姿势也跟他熟睡时一样，毫不动弹，仿佛死人似的。就在这时，一只黑色蚂蚁爬过法兰绒衣领，掉在代助的咽喉上。他连忙伸出右手紧压喉头，皱着眉头，用手指夹住那只小动物送到鼻尖打量起来。蚂蚁早已被他捏死。代助用拇指的指甲弹掉了黏附在食指指尖的黑色小东西，这才从地上爬起来。膝盖周围还有三四只蚂蚁正在爬行。他又拿起薄薄的象牙裁纸刀，解决掉它们之后，才拍掌叫人进来服侍。

"您睡醒啦？"门野说着走进屋来，问道，"要给您倒杯茶吗？"代助一面拉拢敞开的衣领遮住裸露的胸膛，一面平静地问："我刚才睡觉的时候，有谁来过吗？"

"有哇。有人来过。是平冈太太。您猜得好准哪。"门野不经意地说。

"为什么没叫醒我？"

"因为看您睡得很熟呀。"

"可是来了客人，我怎么能再睡？"代助加重了声调。

"您说得没错，可是平冈太太叫我不要吵醒您哪。"

"所以，平冈太太已经回家了？"

"不，也不是回家了。她说她先到神乐坂买点东西，买完之后再来。"

"那她还会回来。"

"是的。其实她刚才已走进客厅来了，原本想在这儿等您睡醒的。

但是看老师睡得这么熟，可能觉得您不会马上醒来吧。"

"所以才又出去了？"

"对呀。嗯，就是这么回事。"代助笑着用两手摸了摸刚睡醒的脸庞，起身到洗澡间去洗脸。不一会儿，只见他顶着一头湿漉漉的头发，重新回到回廊边，欣赏着院中景色。代助感觉情绪比刚才好多了，心情愉快地看着两只燕子在那阴沉沉的天空里来回飞舞。

自从上次平冈来过之后，代助一直引颈期盼三千代会来看他。但事实却不像平冈所说的那样。或许，三千代发生了什么事，所以故意不来？也可能是平冈从一开始就只是随口说说而已？代助内心怀抱着疑问，也因此感到心中的某处十分空虚，但他并不想把这空虚的感觉当成一种日常生活经验，探讨成因或对策。他觉得，若是深入窥视这种经验，或许会有更黑的阴影隐藏在底层。

代助最近尽量避免主动找平冈，散步时，通常朝着江户川的方向走去。樱花凋谢的那段日子，他总是在晚风吹拂下，在河上的四座桥[1]踱过来踱过去，几乎踏遍两岸的长堤。现在是绿荫遍地的时节，樱花早已落尽，代助时常站在桥中央，手肘撑住脸颊，欣赏那茂密的树叶间射来的水光。看着看着，他的视线顺着水面逐渐变细的光影一路向前，然后抬头仰望目白台上那片高耸的森林。只是每次返家的路线，代助不再走到桥对面登上小石川的山坡。有一天，当他

---

1　四座桥：明治时代的东京江户川沿岸是赏樱胜地。从江户川桥、石切桥、前田桥（西江户川桥）至中桥的这四座桥沿岸尤其有名。

走到弯度较缓的一段河边时，刚好看到五六十米的前方有一辆电车，平冈正从车上下来。代助觉得自己肯定没看错，所以马上转身，又朝河边的栈桥走回去。

他对于平冈的状况始终很在意。尽管他觉得平冈现在恐怕还处在衣食不稳的境地，但他也曾想象，或许平冈已在哪一行里找到了糊口维生的饭碗。只是，他并不想专为弄清真相而跟踪平冈。因为他预料自己看到平冈时，一定会毫无理由地冒出不悦的感觉。但另一方面，他又觉得，平冈其实也没那么讨厌，就算只为了三千代，也还是值得为平冈的处境操心。即使只为平冈着想，他也是衷心期盼平冈能够成功。

最近这段日子，代助怀着这样一颗残缺的心，空虚地活到了现在。刚才叫门野拿来圆筒抱枕，打算好好睡个午觉的那一刻，灿烂的宇宙带来的刺激简直快让他受不了了。代助一向都像这样过分敏锐地感受着生命。若是可能的话，他刚才真想将脑袋沉进湛蓝的深水底部。所以，当他把热乎乎的脑袋倒在枕上时，平冈和三千代几乎都从他脑中消失了。代助这才安安稳稳地睡了一个好觉。只是，正当他陷入沉睡的那段时间，似乎又感觉到有人走进房间，那人又轻轻地走了出去。直到他睡醒坐起身子时，那种感觉仍旧残留在脑中，久久无法挥去。所以代助才把门野叫来询问是否有人来过。

现在他站在回廊上，两手遮着额前，眺望正在高空欢快往返的飞燕。看了一会儿，感觉眼睛很累，便又重新回到室内。但因为听说三千代等一下还会再来，这种近在眼前的期盼早已破坏了原本平静的心情，代助既无法静下来思考，读书也读不进半个字，最后只好从书架上抽出一本大画册，摊在膝上翻阅起来。不过代助只是用手指一页页翻过，每张图画的内容甚至连一半都没看清。翻了半天，终于看到一幅布朗温[1]的作品。代助平时就很喜欢这位装饰画家的画作。他的目光跟平时一样，闪着亮光投向画页。纸上画着某处的海港，背景画了许多船只、桅杆和船帆，空白的部分画满了鲜明亮丽的云彩和蓝黑色的海水，而站在背景前方的，则是四五名裸体工人。他们身上的肌肉鼓胀得像一座座小山，肩膀到背脊之间全被肉块填满，肉块间形成的花纹就像布满旋涡的山谷。代助望着这些工人的肉体，感受到肉体力量带来的快感。看了好一会儿，画册依旧摊在膝上，代助的注意力却从眼睛转向耳朵，他听到后门那儿传来老女佣的声音，接着，又听到送牛奶的人拎着空瓶匆匆离去，瓶子发出一阵叮叮当当的撞击声。因为屋里特别安静，对听觉敏锐的代助来说，这些声音带给他格外强烈的刺激。

代助愣愣地凝视墙壁，他想叫来门野，再问问三千代说她到底什么时候才来，又怕被门野讥笑，只好作罢。他觉得自己不该表现出引颈翘首的模样，因为现在等待来访的，是别人的老婆，若是有急事要跟对方商谈，他应该随时都能上门拜访对方。一想到眼前这

---

1　布朗温（1867-1956）：英国画家，擅长色彩浓厚的宗教画、风景画、壁画。

种自相矛盾的状况，代助不免自觉理亏，而羞愧得差点从椅子上跳起来。但对于隐藏在理亏背后的各种理由，他却是心知肚明的。代助感到十分无奈，因为这种自知理亏的状态，就是摆在面前的唯一事实。就算能想出任何驳倒这种事实的说法，也只是一种自我逃避、自我蔑视的表面功夫而已。想到这儿，代助又重新坐回椅子上。

等待三千代返回的这段时间，代助简直不知道自己是如何打发过去的。不一会儿，只听门外传来女人的声音，代助的心脏忽然猛烈跳动起来。谈天论地讲道理的时候，代助是个很厉害的能手，但要较量心脏的力量时，他却是个弱者。代助最近比较不常发怒，这完全是出于头脑的控制。他觉得生气是一种轻视自己的行为，他的理智不允许他随便生气。但是除了发怒之外，代助还没有能力控制自己其他特殊情绪。所以当门野的脚步声从书房门外传来时，代助原本红润的脸颊便在瞬间失去了些许光泽。

"来这儿吗？"门野极为简短地向代助征询意见。因为门野觉得"要请到客厅去吗？"或是"要在书房见面吗？"这两种问法都很麻烦，便把问题压缩成短句。"嗯！"代助答完站起来，像要把等候指示的门野赶出去似的走向门口，同时把脑袋探向回廊。三千代站在回廊跟玄关的连接处，满脸犹豫地望着书房。

跟上次见面时比起来，三千代的脸色越发苍白了。代助用眼色和下颌向她招呼，示意她进书房来，等到三千代靠近门口时，代助才发觉她的呼吸非常急促。

"怎么了？"代助问三千代没有回答，径自走进书房。她穿着一身毛料单层和服，里面衬着襦袢，手上拎着三枝很大的白百合。进屋之后，三千代将手里的百合往桌上一扔，弯身坐在桌旁的椅子上，也不管头上新梳的银杏返髻[1]，脑袋靠在椅背上。

　　"哎哟，累死我了。"她一面说，一面看着代助露出笑容。代助拍一下手掌，想叫人送杯水进来。三千代却沉默地用手指了指桌子。桌上有一个玻璃杯，是代助刚才吃完饭，用来漱口的，里面大约还剩两口水。

　　"这是干净的吧？"三千代问道。

　　"这是我刚才喝过的。"说完，代助端起杯子踌躇着。他想从座位处拿起水倒掉，但纸门外有一扇玻璃落地窗挡住了去路。每天早上，门野总是让回廊的玻璃窗维持原样，而不肯轮流打开一两扇窗子通风。代助起身走到回廊边，一面把水洒向庭院，一面呼叫门野。却不知刚刚还在面前的门野跑到哪儿去了，叫了半天，也没听到回应。代助显得有点慌乱，转身回到三千代身边。

　　"马上帮你端水来。"说着，代助却将刚才倒空的玻璃杯放在桌上，返身朝向后门走去。穿过起居室的时候，看到门野正用那粗笨的手指从锡制茶叶罐里捏了一些玉露茶叶出来。他看到代助的身影，连忙解释道："老师，马上就好。"

---

1　银杏返髻：明治、大正时期流行的一种妇女发髻。脑后的发髻向左右弯成两个半圆，因形状像银杏的叶子而得名。

"茶等会儿再泡不要紧。先来一杯水。"代助说完,亲自走向厨房。

"啊!是吗?要喝水吗?"门野赶紧丢下茶罐,紧紧跟在代助身后。两人忙了半天,却没找到玻璃杯。"阿婆到哪儿去了?"代助问。"刚出门给客人买点心了。"门野答道。

"家里没点心的话,应该早点买好嘛。"代助边说边扭开水龙头,把水装进茶杯。

"因为我忘了事先告诉阿姨有客人要来。"门野露出可怜兮兮的表情,抓着脑袋说。

"那你去买点心也行啊。"代助走出后门,责备着门野。不料门野还有另一番说辞:"不是呀。阿姨说她还有很多东西要买。其实她走路不方便,天气又不好,还不如不去呢。"代助头也不回地朝书房走去。待他跨过门槛,刚踏进房间,就看到方才放在桌上的那个玻璃杯,正被三千代两手捧着放在膝上。杯中装着一点水,分量就跟代助刚才洒在庭院里的水差不多。代助手捧茶杯,呆呆地站在三千代面前。

"怎么回事?"代助问。三千代用跟平日一样冷静的语调回答:"谢谢。我刚喝了那里面的水,因为看起来好洁净。"

说着,她的视线转向那个浸着铃兰的大碗。碗里被代助装进了八分满的清水。细如牙签的铃兰花梗聚在水中,形成一片淡绿,花梗之间隐约可见碗底的花纹。

"你为什么喝那玩意儿?"代助讶异地问。

“水又不脏，不是吗？”三千代将手里的玻璃杯伸到代助面前，让他隔着玻璃打量杯中。

“虽然不脏，如果那是装了两三天的水怎么办？”

“不会啦。刚才我进来的时候，走到旁边闻过啦。当时，那位青年说，刚刚才把水桶里的水倒进碗里呢。不要紧的。味道很好呢。”

沉默着在椅子上坐下。他很想追问：你是为了故作诗意[1]才喝了碗里的水？还是被生理作用逼得喝了那个水？但却没有勇气开口。因为就算答案是前者，代助却不愿相信三千代会为了附庸风雅而模仿小说里的情节。所以他只问了一句：“感觉好一点了吗？”三千代的脸颊终于恢复了红润。她从和服袖里拿出一块手帕，边擦拭嘴角边述说事情原委。

“以前我都是从传通院门前搭电车到本乡购物，后来听别人说，本乡的物价跟神乐坂比起来，要贵上一成或两成，所以最近两次购物，我都到这附近来。本来上次就该到府上拜访，但那天天色已晚，

---

1  诗意：根据日本文学评论家江藤淳在《漱石与其时代第四部》（第266页）解释，当初小说在报纸连载时，文中的“铃兰”一词是用片假名写的“Lily of the valley”，熟悉西洋文学的读者应该能够立刻联想到法国作家巴尔扎克在1835年发表的不伦小说《幽谷百合》，故事内容为贵族青年费利克斯与莫瑟夫伯爵夫人的柏拉图式婚外恋。但夏目考虑到当时一般读者对西洋文学并不熟悉，所以用“诗意”来暗示“铃兰”另有所指。铃兰在西洋文学中象征优雅、甜美，因为喜欢长在阴暗处，因此也象征谦虚，以及“重获青春与幸福”之意。另一方面，铃兰的花朵纯白，总是低垂着脑袋，西洋人认为它是不吉之花，如果移植到自家庭院，必会给家人招来死亡。江藤淳认为，夏目漱石向报社提出的小说大纲里也用片假名写出了“Lily of the valley”，表示他早已决定要写一部不伦小说。而那花碗里用来浸泡铃兰的水，是代助装进去的水，三千代喝下了碗里的水，象征她即将死而复生。

便匆匆赶回家。今天为了路过这儿，我还特地早一点出门，谁知遇上你在休息，所以我决定重新返回大路去购物，等会儿回家时再顺道经过这儿。不料我才走了一半，天气竟然变了，刚爬上藁店[1]附近的坡道，就开始滴滴答答地下起雨来。我又没带伞，为了不淋湿衣服，只好鼓起劲儿拼命往前跑，才跑了两步，身体就好吃力，呼吸也很困难。

"但我现在已经适应过来了。你别担心。"三千代说着转眼望向代助，脸上露出凄凉的笑容。

"心脏病还没彻底痊愈吗？"代助非常怜悯地问道。

"彻底痊愈这种事，这辈子都不可能了。"三千代这话虽然听来绝望，语气却不悲观。只见她举起手，手掌向前，看了一眼套在纤纤玉指上的戒指，又把手帕揉成一团，重新塞回袖管里。代助垂下眼皮，俯视着女人额头和鬓角连接的部分。

半晌，三千代像是突然想起什么似的，开口向代助道谢，感谢他上次送来那张支票。说这话时，她的颊上仿佛泛起一丝红晕。视觉极为敏锐的代助看得非常清楚。他把这种现象看成借贷关系造成的羞愧，所以立刻转移了话题。

三千代刚才拿来的百合依然放在桌上，甜蜜又强烈的香气弥漫在两人之间。代助觉得这么浓烈的刺激放在自己鼻尖简直难以忍耐，

---

1　藁店：神乐坂附近的一条小巷，即今日新宿区的袋町。

却又不忍当着三千代的面随便丢掉花儿，便随口问道："这花儿是怎么回事？你买的？"

三千代默然地点点头。

"很香吧？"三千代说着，鼻子凑到花瓣旁，猛地吸入香气。代助忍不住撑直两腿，身体向后一仰。"不能靠得那么近闻它呀。"

"哎哟！为什么呢？"

"为什么？没有什么理由。反正就是不能这样闻花。"

代助微微皱起眉头。三千代把脸孔退回原先的位置。

"你不喜欢这花儿？"

代助依然让椅子脚向后倾斜着，身体也向后仰着，嘴里没说话，脸上却露出微笑。

"早知这样，我就不必买了。真没意思，害我绕了那么远的路。不但淋了雨，还搞得我上气不接下气。"

户外的雨势变大了。雨点不断汇集到檐下的排水管里，发出哗啦哗啦的水声。代助从椅子上站起来，拿起面前的百合，用手扭断了绑住根部的湿稻草。

"是送给我的吗？那得赶紧插在水里。"代助说着，便把花柄插进刚才那个大碗里。但是枝梗太长，根部几乎冒出水面，代助便抓起滴着水的花梗，又从书桌抽屉拿出一把剪刀，咔嚓咔嚓剪了几下，将花梗剪成原来的一半长度。这样一弄，三朵巨大的百合就全都躺在一簇簇的铃兰上面了。

"好，这下可以了。"说着，代助把剪刀放在桌上。

三千代凝视着那堆插得怪异又混乱的百合，看了好一会儿，突然提出一个奇妙的疑问："你从什么时候起不喜欢这花儿的？"

原来从前三千代的哥哥还在世的时候，有一天，代助不知为何曾经买过几枝长梗的百合到她谷中的家里拜访。当时，代助还叫三千代将一个外形怪异的花瓶弄干净，然后郑重其事地把自己买来的花儿插在瓶里，好让三千代和她哥哥抬起头来就能欣赏到放在凹间的花瓶。这件事，三千代直到现在都还记得很清楚。

"你那时不也把鼻子凑上去闻过吗？"三千代问。代助这才想起从前这一段，脸上露出无奈的苦笑。

不一会儿，雨越下越大了。远处传来雨点敲击房屋的声音。门野进来问道："有点变冷了。要不要关上玻璃窗？"门野关窗的这段时间，代助和三千代一起把脸孔转向庭院。青翠的绿叶全被淋得湿漉漉的，一股沉静的湿气越过玻璃窗，直向代助的脑袋吹拂而来。仿佛浮游在尘世的物体全已随着雨点落向大地。代助觉得心情难得地轻松自在。

"这雨下得真好。"他说。

"一点都不好。我可是穿着草履来的。"三千代露出幽怨的神情，抬头仰望从檐下排水管滴落的雨点。

"等一下你回去的时候，我叫车送你就行了。别急着回去。"三千代看起来却不像能待很久的样子，她用眼睛凝视着代助，埋怨道：

"你还是跟从前一样悠闲嘛。"但是说完之后，她的眼角却浮起一丝笑意。从刚才到现在，平冈的脸孔一直隐隐约约地藏在三千代背后，这一刻，代助心底的瞳孔却清晰地看到平冈那张脸。代助觉得有某种东西突然从暗处向自己逼近。说来说去，三千代毕竟还是个拖着甩不掉的黑影往前走的女人。

"平冈怎么样了？"代助故意装出不经意地问道。三千代的嘴角似乎撇了一下。

"还是老样子啦。"她说。

"还是没有任何着落吗？"

"那方面倒是可以放心。好像下个月就能进报社工作了。"

"那很好哇。我一点都没听说呢。如果真是那样，岂不就暂时没问题了？"

"是呀。嗯，确实值得庆幸呢。"三千代一本正经地低声答道。代助觉得此刻的三千代非常惹人怜爱。他又继续问道："那么另一方面，最近没再惹什么麻烦吧？"

"另一方面……"三千代沉吟半晌，突然红了脸。

"其实，我今天就是来向你道歉的。"三千代边说边重新抬起垂下的脸孔。

代助不愿再露出任何尴尬的表情刺激这个女人，也不想特意说些迎合对方的辞令，让她更加难堪，所以，代助只是静静地倾听三千代叙述。原来，不久前代助借给她的两百元，本该立刻拿去还钱，但是因为刚搬了新家，各种花费也很多，所以她前阵子就开始拿那笔钱添置新家的用品，本想着以后再把钱补回去，可是后来又迫于每日的衣食，完全顾不了那么多了。虽然她心中觉得非常过意不去，却因手头不便，也只好暂时挪用，就这样，零零碎碎地花了一段日子，那两百元竟然全都花光了。老实说，若不是靠着这笔钱，他们夫妇俩也不可能过到今天。现在回想起来，若是手边没有这笔钱，或许也会去想别的办法，但就是因为有了这笔钱，遇到困难时，才能应付过去，而最重要的那笔写了借据的债，却还原封不动地欠着。三千代最后自责地说，这都不能怪平冈，全是她的错。

"现在想想，真的很对不起你，心里实在是后悔莫及呀。不过当初向你借钱的时候，我绝对没想要欺骗你，请原谅我吧。"三千代露出痛苦的表情向代助解释着。

"那笔钱反正是给你的，你要怎么用，不会有人说什么。只要能派上用场就好，不是吗？"代助安慰道，他特别把"你"这个字说得既缓慢又响亮。

但是三千代却只答了一句："你这么说，我就放心了。"雨一直下个不停。三千代告辞的时候，代助按照刚才的承诺，叫了一辆车送她回去。气温很低，他想让三千代在毛料和服外头再披一件男人外套，她却笑着婉拒了。

# 十一

　　日子过得很快，不知从何时起，路上行人已把绉纱外套[1]穿上身了。最近这两三天，代助一直在家忙着查资料，完全没空走到院里张望一下门外的景致。当他戴着冬帽走上大街后，立刻感到头顶十分燠热。身上这件毛料和服也该换了，他想。但才走了五六百米，却看到两个穿夹衣的路人。哦？代助正在纳闷，马上又看到新开的冰店里，一个书生手捧玻璃杯正在喝什么冰凉的饮料。代助这时突然想起了诚太郎。

　　最近，他比从前更喜欢诚太郎了。因为他觉得跟外人聊天就像跟一层人皮讲话，令他难以忍受。不过，当他反躬自省一番之后却又发现，自己才是人类当中最令人无法忍受的类型呢。或许，这就是长期沉浸在生存竞争中得到的惩罚吧？一想到这儿，他还真是高

---

1　绉纱外套：绉纱是一种透明的薄绸。只有在夏季7月和8月这段短暂的时间里才会穿着绉纱缝制的和服外套。

兴不起来。

诚太郎最近对踩大球十分热衷。这完全是因为代助上次带他去浅草的奥山[1]看表演才受到的影响。诚太郎这种专心投入某种活动的特质，主要是继承了嫂嫂的性格，但他也是哥哥的孩子，除了专心投入之外，也拥有一种不受任何拘束的傲然。每次跟诚太郎聊天，代助都能感受到他的灵魂毫无拘束地奔向自己，这让代助非常愉快，因为在现实生活里，代助的精神总是处于一种昼夜紧绷的状态，令他十分痛苦。

今年春天，诚太郎就要进中学了。之后，身体会立刻抽高，再过一两年，声音也会发生改变。然后呢，他会长成什么样？这是谁也无法回答的问题，但可以肯定的是，诚太郎终究会为了活得像个人类，而被人类厌恶，这种命运迟早也会降临在诚太郎身上。到了那时，诚太郎大概就能安分地穿上平凡的服装，像个乞丐似的混迹在人潮当中蹒跚乞讨吧。

代助一路朝外城河走来。他记得不久前，对面的河堤还开满了杜鹃，红白两色的花丛与青绿的底色交织成美丽的图案，现在早已不见踪迹，只剩下长满野草的陡峻斜坡，还有沿途排向远方的几十棵大松树。艳阳高挂空中，天气十分晴朗，代助原想搭电车回老家一趟，因为回家之后可以跟嫂嫂笑闹一番，还可以跟诚太郎玩一会儿，

---

1　浅草的奥山：指浅草公园北侧观音堂后方的地区。这里聚集着许多专门表演游艺、杂耍的演艺场，也是浅草娱乐区的代称。

但他现在又突然不想去了。代助决定一边欣赏路旁的松树一边沿着城河往前走，直到自己走不动为止。

他走到新建的城河关卡前，只见无数电车正在面前来往穿梭，看得眼花缭乱。他决定横越城河，再从招魂社[1]旁那条大路转往番町。然而，正当他在路上左弯右拐，忙着赶路时，突然又觉得自己这样漫无目的地游荡，实在非常愚蠢。因为他一向认为，只有贱民才会为了某种目的而拼命赶路。不过代助现在却又觉得，似乎还是有目的的贱民比自己更伟大。真是的！这时他发现倦怠感又找上门来了，便决定打道回府。刚走到神乐坂附近，忽然听到一家商店的大型唱机正在播放音乐。那种饱含金属刺激的乐声震得他整个脑袋都在嗡嗡作响。

代助刚踏进家门，立刻又听到门野趁主人不在家，正直着嗓门大唱琵琶曲[2]。幸好门野很快就听到主人的脚步声，立即住了嘴。

"哎哟，您回来得好快呀。"门野口中嚷着，一面赶到玄关迎接。代助没说话，只把帽子随手一挂，便从回廊走进书房，还特地把纸门关得紧紧的。紧跟在主人身后的门野倒了一杯茶端上来。

"门要关上吗？您不热吗？"门野问。代助从袖管里掏出手帕正在擦拭额头的汗水，嘴里却命令道："把门关紧！"门野露出讶异的表情，拉上纸门走出房间。代助独坐在黑暗的房间里发呆，一

---

1　招魂社：即现在的靖国神社。
2　琵琶曲：一种以琵琶为伴奏的曲调。日俄战争后最流行的是萨摩琵琶曲和筑前琵琶曲。

坐就是十几分钟。代助的皮肤很好，总是散发着人人称羡的光泽，他全身都是柔嫩的肌肉，是劳动阶层者身上看不到的。在健康方面，代助一直很幸运，几乎从他出生到现在，从没生过什么大病。因为他比任何人都重视自己的健康，而且始终认为，必须拥有这种身体，人生才有意义。事实上，代助的头脑也跟他的肉体一样健全，只是脑袋里整天都被一堆理论搅和得苦不堪言。除此之外，有时他还觉得脑袋里好像挂着一个层层堆起的巨大箭靶。特别是从今天一早开始，这种感觉特别强烈。每当陷入这种状况，也就是代助思考"我为何降生到世上来"的时刻。到现在为止，代助已在这个大哉问的面前思考过无数遍。之所以深思的理由，一方面只是单纯地出于哲学上的好奇，另一方面也因脑中塞满了色彩过于缤纷的尘世带来的焦虑，此外，还有一个理由，就是像今天这种倦怠感所造成的结果。每当代助开始思考这个大哉问，最终总是得出相同的结论。但这个结论并未解决问题，反而应该说，他的结论总是否定了问题本身。因为根据代助的想法，人不是为了某种目的才生到世上来，而应该反过来，人是在出生之后，才开始拥有某种目的。如果从某人出生时，就把某种客观目的强加在他身上，这种做法等于从某人诞生的那一刻起，剥夺他生而为人的自由。也因此，他认为人生在世的目的，必须由诞生到世上来的这个人亲自去寻找。然而，即使是由他自己寻找，却也不是那么容易找得到。因为追寻自我存在的目的，等于向社会大众公开自己以往走过的人生道路。

代助即是以这种思想基础为出发点，将自己的行为视为人生目的。譬如他因为想走路而走路，走路就是他的目的。又譬如他因为想思考而思考，于是思考即是他的目的。如果走路或思考不是为了行为本身，而是为了其他目的，这种活动就是堕落的行为，同样，不是以行为本身为目的的行为，全都是堕落。换句话说，把自己所有的行为当成工具用来谋求利益，这等于在摧毁自我存在的目的。

因此到现在为止，每当代助脑中生出愿望或欲望时，他会把达成目标视为自己存在的目的。即使是两种互相抵触的愿望或欲望同时在心底纠缠，他也视为自己存在的目的，并将这种现象解释成一种矛盾对目的造成的损失。说得更直接一点，代助不论做什么，总是把一般所谓毫无目的的行为当成自己的目的。而他心里也认为，若从诚实这个角度来看，自己这种做法是最符合道德标准的。

代助尽最大努力贯彻这种做法，有时甚至在执行过程中，早已被他抛到脑后的问题会莫名其妙地冒出来，他会开始思考"我现在究竟为什么这么做"之类的疑问。举个最好的例子，譬如他在番町散步时，有时就忍不住自问："为什么我一直在这儿走来走去？"

每当心里冒出这种疑问时，代助便很明白，这是因为自己体内活力不够，缺少勇气与兴致贯彻自己希冀的行动。每次活动才进行了一半，他就开始怀疑这种行动的意义。代助把这种现象称之为倦怠感，同时他也深信，倦怠感出现时，自己的逻辑思考就会混乱。譬如他做某件事情才做了一半，就会突然冒出"为何要做"之类本末倒置的疑问，他认为造成这种现象的唯一理由，就是倦怠感。

现在，他把自己关在门窗紧闭的房间里，一边用手压头，一边又来回摇晃脑袋。对这种古今大思想家已经反复思考了无数遍的无聊问题，他可不想浪费自己的脑力。所以这类疑问突然闪现在眼前时，代助总是暗叫一声"又来了"，然后马上从脑中挥出疑问。而另一方面，他又觉得自己实在太欠缺生活能力了，所以无法鼓起兴致将活动本身当成目的执行。现在面对这种疑问，他只能孤独地伫立在荒野里，茫然若失，不知所措。

代助向来期待自己高尚的生活欲能够获得满足，同时也希望自己的道义欲能在某种程度上获得满足。他知道这两种欲望的强度升高到某种水平时，便会迸出火花，面临决斗。所以他尽量忍耐，努力降低自己的生活欲。譬如他的居室只是一间很普通的日式房间，室内没有什么特别的装饰，按照他自己的说法，墙上连一个心爱的镜框都没挂。若想在这房间里找些吸引视线的美丽色彩，就只有那些并排陈列在书架上的外文书了。而现在，他正呆呆地坐在这堆书海当中。半晌，他想，为了让我沉睡的意识醒来，应该先整理一下周围这些物品。他一面思索，一面转眼打量起屋里，看了一会儿，又开始呆呆地望着墙壁。想了半天，他得出最后的结论："要想摆脱这种无聊的生活，只有一个办法。"想到这儿，他低声对自己说："还是得去找三千代。"

代助很后悔刚才到那种无聊的地方去散步，他打算重新出门，到平冈家附近瞧瞧，谁知就在这时，寺尾却从森川町来找他。只见寺尾头戴一顶崭新的草帽，身上套一件雅致的薄外套，不住地用手擦着红通通的脸孔，嚷道："好热呀！热死了！"

"这时候跑来找我，有什么事呀？"代助冷冷地问道。他跟寺尾交往到现在，向来都是用这种语气跟寺尾说话。

"现在这时间正适合拜访朋友，不是吗？你又在睡午觉了吧。没工作的人就是懒散。你究竟为什么生到这世上来呀？"说着，寺尾抓起草帽不断朝着自己胸前扇风。其实眼下这季节的天气还不算太热，寺尾的动作看起来颇像在讨好代助。

"为什么生下来？关你什么事呀。别的不说，先说说你来做什么。大概又要说什么'只要混过这十几天'吧？我告诉你，要是来找我借钱的话，免谈！"代助毫不客气地不待对方开口就先拒绝了他。

"你这家伙真不懂礼貌。"寺尾万分无奈地答道，但是看他的表情，也不像是很在意。其实对寺尾来说，刚才代助说的那番话根本算不上什么失礼。代助默默地凝视寺尾的脸孔，他觉得与其看着这张脸，还不如凝视空虚的墙壁更能给自己带来数倍的感动。

寺尾从怀里掏出一本脏兮兮的小册子，书页只是暂时用一个夹子夹着。

"我得把这东西翻译出来。"寺尾说。代助依然沉默着。

"别因为你自己不愁衣食，就摆出这副没精打采的表情呀。拜托你帮我译得更清楚一点。这工作可是关系到我的生死呢。"说着，寺尾用那本小册子在椅子角上使劲敲了两下。

"什么时候要？"代助问。寺尾把书页哗啦哗啦地翻了一遍，很干脆地答道："有两个星期的时间。"说完，又解释道，"没办法。无论如何也得在那之前完稿，否则就得饿肚子了。"

"你可真是气势逼人哪！"代助调侃道。

"所以我特地从本乡赶来了嘛。我说呀，你不肯借钱没关系……如果肯借的话，当然更好……比借钱更重要的是，我有几个地方不明白，想跟你讨论一下。"

"好麻烦哪。我今天脑袋不行，没法做这些啦。你就随便翻译一下，没关系吧？反正稿费是按页计酬的，对吧？"

"再怎么说，我也不能那么不负责任地随便翻译吧？要是以后被人指出其中错误的话，可就麻烦了。"

"我也没办法呀。"代助依然是一副不爱搭理的模样。

"喂！"寺尾说，"我可不是开玩笑，像你这样成天游手好闲的人，偶尔也可以干点这种工作呀，否则你会无聊得要命吧？哦，我若想找那种满腹经纶的人物，也不会大老远跑到你这儿来。不过呀，那些人跟你不同，大家都忙得要命呢。"寺尾对代助的态度倒是不以为意。代助心中明白，今天不是跟寺尾大吵一架，就是答应他的请托。若依着自己的脾气，大可好好讥笑对方一番，但他现在不想发脾气。

"那就让我尽量少花点脑筋吧。"代助先向寺尾声明，接着才把书里做了记号的部分检查一遍。他连故事的概要都没有勇气多问，寺尾想向他讨教的段落里，也有很多意味不明的句子。

"哎呀！多谢了。"说完，寺尾把整叠书稿覆在桌上。

"还没弄清的部分，怎么办？"代助问。

"总有办法的……反正不管问谁，都弄不清吧。更重要的是时间不够了。没办法！"寺尾说，显然他从头到尾就觉得生活费比误译更重要。

寺尾的难题解决之后，他又跟平日一样，开始跟代助大谈文学。奇怪的是，每当他聊起文学，就变得热情洋溢，跟他谈论自己的译作时完全不一样。代助觉得当代文学家公开发表的创作当中，肯定有很多急就章的作品，也跟寺尾的翻译一样。一想到寺尾这种矛盾的表现，代助就觉得好笑，但又懒得啰唆，就没说出口。

这天多亏了寺尾，代助总算没到平冈家去。晚餐时，丸善书店送来一个包裹。代助放下筷子，打开一看，原来是很久以前向国外订购的两三本原版新书，便夹着书走进书房。昏暗中，他轮番拿起那些书，随意翻了几页，浏览一番，没发现吸引人的内容。等他拿起最后一本时，甚至连前面几本的书名都不记得。反正以后再念吧。代助一面想一面起身，把那几本书叠起来放在书架上。他从回廊向外望去，美丽的天空正在逐渐转暗，邻家的梧桐树影越来越浓，一轮朦胧的月儿早已爬上天幕。

这时，门野端着一盏大型油灯走进来。蓝色灯罩上的绉绸被缝成许多纵向的褶皱。门野将油灯放在桌上后，又从回廊走出去，临去前，他对代助说："该是萤火虫出来活动的季节啦。"

"还没到时候吧？"代助露出意外的表情说。

"是吗？"门野以平日惯用的语气答道，接着又一本正经地说，"萤火虫这东西，从前可受欢迎了。最近的文人好像不太重视。也不知是怎么回事，像萤火虫啦、乌鸦啦，这些东西，现在都很少看到了。"

"对呀。真不知是怎么回事。"代助装出不解的神情，认真地答道。不料门野立刻接口说："还是因为比不过电灯，就逐渐消失了吧。"说完，门野发出一阵"嘿嘿嘿"的笑声做了幽默的结论，转头走回书生房去了。代助也跟在他身后朝玄关走去。门野回头问道："您又要出门吗？出去走走挺不错。我会帮您看着油灯的。阿姨刚才说肚子疼，已经睡下了，应该没什么大碍。您慢走哇。"出了家门，代助一路朝向江户川走去。河水的颜色早已转暗。代助原就打算到平冈家去，所以不像平日那样沿着河边走，而是直接横越渡桥，登上了金刚寺坂 [1]。

其实，自从上次见面之后，代助又跟三千代和平冈见过两三次。一次是收到平冈寄来一封长信之后。在那封信里，平冈首先表达了谢意，感谢代助在自己回到东京后给予关照。接着，平冈告诉代助，回来之后，受到许多朋友和前辈的协助，令他感激不尽。最近，有

---

1 金刚寺坂：位于东京文京区的小山坡。因附近有金刚寺而得名。

位朋友正在鼎力周旋，邀他到某报社经济部担任主任记者。平冈表示，他对这个差事很有兴趣，只因自己刚回到东京时，曾拜托代助帮忙，现在不跟代助交代一下，总觉得不妥，所以在信尾表达了想跟代助商谈的意愿。而代助虽曾受过平冈的拜托，想帮他在哥哥的公司里找个职位，却把这事拖到现在，既没给平冈回复，也没有着手进行。现在看到这封信，代助觉得平冈是来向自己讨回音的。如果只写一封信回绝平冈，不免显得太过冷淡，因此第二天他就去找平冈，把哥哥这边的各种情况说明了一下，并劝平冈还是放弃算了。当时，平冈对代助说："我也猜到大致就是这种情况。"说完，还用一种很特别的眼神望向三千代。

　　另一次见到平冈，是收到他寄来的明信片之后。平冈在那张明信片上说，报社的事情终于谈成了，哪天趁代助有空，很想跟代助整夜对饮。代助便趁散步的时候，绕到平冈家婉拒他的邀约。当时，平冈正倒在客厅中央睡觉，看到代助来了，他频频用手揉着血红的眼睛解释着，都是因为昨晚在什么宴会喝太多了，才变成这样。说完，他突然看着代助大声嚷道："不管怎么说，一个男人还是得像你这样的光棍，才能干出一番事业。我现在若是独身一人，不管是中国，还是美利坚国，都能去得了。可我却有了妻室，太不方便了。"平冈说这话时，三千代正躲在隔壁房里悄悄地做着家事。

　　代助第三次拜访平冈时，他去报社上班了，不在家。代助原本也没什么重要的事，便坐在回廊边上跟三千代闲聊了大约半小时。

之后，代助总是尽量避免再往小石川的方向走。今晚还是那天之后第一次来到平冈家。代助一路朝着竹早町前进，穿过町内的街道，又走了两三百米，来到一盏写着"平冈"的门灯前停下脚步。他在木格门外喊了一声，一名女佣手捧油灯走出来应门。原来平冈夫妇都不在家，代助也没问他们到哪儿去了，立即转身离开。他先搭电车到本乡，再换车搭到神田。下车后，他走进一家啤酒屋，咕噜咕噜一连喝了好多杯啤酒。第二天醒来，代助依然觉得脑袋好像被两个半径不同的圆，从中央分成了两半。每次遇到这种状况，他就觉得脑袋像是由内侧跟外侧两块质地不同的片段拼起来。他试着把脑袋摇来晃去，企图让两个不同的部分融合在一起。他又横躺下来，头发才刚碰到枕头，便立刻抡起右拳，在耳朵上连连敲了两三下。

　　代助从不把这种大脑的异状归咎于酒精。他从小酒量就大，不管喝多少，也绝不会失态。每次喝酒之后，只要蒙头酣睡一场，醒来就没事了。很久以前，不知为了什么事，代助曾跟哥哥比赛喝酒，两人一下子喝掉了十三瓶日本酒，每瓶的容量大约有五百毫升。第二天，代助像没事似的到学校去上学，哥哥却一直嚷着头痛，连续痛苦了两天才好，哥哥最后把这种现象称之为年龄的差异。不过昨晚独饮的啤酒量跟那次比起来，简直差远了。代助一面敲着脑袋一面思索。所幸自己的脑袋就算被两个圆分隔开来，还是不会影响大脑进行思考。有时他虽觉得不想动脑，却仍有自信，只要自己稍做努力，大脑还是完全能够承担复杂的任务。眼前虽然脑袋有点异常，代助却毫无悲观的想法，因为他觉得这只是脑组织发生变化，并不会给精神方面带来不好的影响。当初第一次经历这种感觉时，代助的确是吃了一惊。等到第二次出现时，他反倒欣喜万分，认为这是一种新奇的经验。最近，这种经验大都是在他精神或体力不济的时候出现。代助猜想这是一种生活不够充实的征兆，这一点，令他感到很不愉快。代助从床上爬起来，又摇了几下脑袋。早餐桌上，门野向代助报告他在早报看到的蛇鹰大战新闻，但是代助没理他。"又犯毛病了吧？"门野想着便走出起居室。

"阿姨，您不能这么劳累呀！老师的餐具我会洗的，您快去休息吧。"门野走到后门口向老女佣劝道。代助这才想起老女佣生着病。他想，我也该去慰问一下吧，但马上又觉得太麻烦，便打消了主意。

放下餐刀之后，代助端起红茶走进书房，抬头看一眼时钟，已经九点多了，便喝着红茶欣赏庭院。不一会儿，门野进来报告："老家有人来接您了。"

代助完全不记得有这回事，反问门野怎么回事，却只听他扯出一堆什么车夫之类的回答，代助只好一路摇晃着脑袋走向玄关。门口果然有个车夫，是在哥哥家拉车的阿胜。玄关前面停着一辆橡胶车轮的人力车，车夫看到代助，毕恭毕敬地行了一礼。

"阿胜，接我去干吗？"代助问。阿胜露出谦卑的表情说："太太叫我拉车来接您。"

"有什么紧急的事吗？"阿胜根本什么都不知道。

"说是您到家之后就会明白……"他回答得很简短，话还没说完就没声音了。

代助返回室内，想唤来老女佣帮他准备和服，却又觉得不该使唤腹痛的人，便自己动手拉出衣橱的抽屉，一阵乱翻乱搅之后，匆忙换好衣服，坐上阿胜的车，出门去了。这天外面的风势强劲。阿胜弯着身子向前跑，看起来非常辛苦。坐在车上的代助感到分成两半的脑袋被风吹得呼噜呼噜地转个不停。不过车轮却一点声音也没有，转动得十分美妙。代助觉得意识不清的自己好像正在半睡眠状态下奔向宇宙，心情非常愉快。到达青山的老家时，代助的脸色跟刚起床时完全不同，显得很有精神。

究竟发生了什么事？他纳闷着走进院里。半路上，顺便往书生房偷窥了一眼，房里只有直木和诚太郎，两人把白糖撒在草莓上，正吃得高兴呢。

"哦！在吃好东西哦。"代助说。直木听到他的声音，立刻坐直身体，向代助行了一礼。诚太郎吃得嘴边湿漉漉的。

"叔叔，你什么时候才娶新娘啊？"诚太郎突然提出疑问。直木在一旁嘻嘻地笑着。代助一时不知该怎么回答。

"今天怎么没上学？一大早起来就吃什么草莓。"他只好半开玩笑地责备道。

"今天不是星期天吗？"诚太郎露出认真的神情。

"哦？星期天吗？"代助大吃一惊。直木看着代助那副表情，终于忍不住大笑起来。代助也露出笑容走向客厅。房间里一个人也没有，新换的榻榻米上头放着一个紫檀雕花圆盘，几个茶杯摆在盘里，杯上烧制的花纹是京都浅井默语[1]笔下的图案画。宽敞的客厅看起来空荡荡的，清晨的绿意从庭院映入室内，四周显得格外沉静。户外的大风好像也突然停息了。

代助穿过客厅，走到哥哥房间门口，隐约可见室内的人影。

"哎呀！可是，那就太过分了。"嫂嫂的声音从里面传来。代助直接走进屋子，只见哥哥、嫂嫂还有缝子都在。哥哥的居家和服腰带上挂着一条金锁链，面向门口站着，身上那件绉纱外套看起来很别致，是最近流行的式样。

"哦，来了！我说呀，还是带他一起去吧。"哥哥一看到代助便对梅子说。代助完全听不懂他在说些什么。梅子这时转过脸看着代助。

"阿代，你今天当然是有空的，对吧？"梅子问。

"是呀，嗯，有空啊。"代助答道。

"那你跟我一起去歌舞伎座吧。"听到嫂嫂的话，代助脑中突然升起一种滑稽的感觉。但他今天却鼓不起平日调侃嫂子的那种勇气，同时也懒得开玩笑，所以不动声色地朗声说道："哦，好哇。那就走吧。"

---

1　浅井默语（1856—1907）：画家，本名忠，先学日本画，之后留学法国，改学西洋画。

"你不是说过，还想再看一遍？"梅子反问代助。

"看一遍或两遍，都没问题。走吧。"代助看着梅子露出微笑。

"你可真悠闲哪。"梅子做出评语。听了这话，代助心中更加感到滑稽。这时，哥哥借口还有事情要办，立刻出门去了。据说他原本准备下午四点多办完事之后，再到剧院跟嫂嫂会合。其实哥哥赶到之前，嫂嫂可以自己带着缝子在那儿看表演，但是梅子直嚷着"不要"，哥哥又向她建议："那就带直木去吧。"梅子说："直木穿着那身深蓝硬绸的和服，还围着长长的裙裤，坐着看戏多不舒服。才不要呢。"最后，哥哥不得已只好叫车夫接代助。代助听完哥哥解释，心中觉得这理由有点不合逻辑，却没有说破，只答了一句"是吗"。代助心想，应该是嫂嫂想找个人在中场休息时间陪她聊天吧。而且万一有事，也好有个人可以使唤，才特地叫来自己的吧。

哥哥出门后，梅子和缝子花了很长时间打扮。代助则在一旁陪着两人，耐心扮演她们的化妆师，还不时调侃一下两人的化妆技术，害得缝子连连嚷着："叔叔你好过分哦。"

代助的父亲一早就出门了，所以不在家。但是父亲究竟上哪儿去了，嫂嫂却不清楚，代助也不想知道，他只觉得庆幸，还好父亲不在。自从上次跟父亲谈话之后，代助只见过父亲两面，两次都只谈了十来分钟，只要听到话题逐渐拉入正事，代助便立刻站起来，很有礼貌地鞠躬告辞。嫂子站在镜前，一面摁着夏季腰带的边缘，一面告诉代助："父亲对你的做法很生气哦。他还抱怨说，最近代助太不稳重了，一看到我走进客厅，就忙着逃跑。"

"这下我可是信用扫地啦。"

代助说完，抓起嫂嫂和缝子的蝙蝠伞[1]领先走向玄关，门外已有三辆人力车在那儿等候。

代助因为怕风，头上戴了一顶鸭舌帽。上路之后没多久，风势渐减，强烈的阳光从云层间射向他们的头顶。坐在前面两辆车上的梅子和缝子撑起了洋伞。代助则不时伸出手掌，放在额前遮挡阳光。

话剧开演之后，嫂嫂和缝子都看得很投入，代助可能因为是第二次来看，而且这几天脑袋的状况不太好，根本无法把注意力集中在舞台上。一种心情沉重造成的燥热不断向他袭来，他也不停地摇着手里的团扇，把凉风从脖颈扇向脑袋。

中场休息时，缝子频频转头向代助提出一些奇妙的问题，譬如，某人为何用脸盆喝酒？和尚为何突然变成了将军？大都是令人难以解答的问题。梅子每次听到女儿提问，就在一旁嘻嘻地笑着。代助突然想起两三天前，曾在报上看到一位文学家发表的剧评[2]，文章里说，日本的剧本总是把故事内容写得太飞跃，害得观众无法轻松欣赏。看到这篇文章时，代助站在演员的立场想：那些看不懂的观众，也不必演给他们看吧。当时他还对门野说，原本该向作者表达的不满，

---

1　蝙蝠伞：洋伞的代称。洋伞刚从西洋传入日本时，金属骨架配上布制伞面撑开后，很像蝙蝠撑开翅膀状，因而得名。

2　剧评：夏目漱石于1909年5月与6月在《国民新闻》发表的剧评。

却转移到演员身上，这就好比想要看懂近松[1]的作品，却去听越路[2]的净琉璃一样，简直愚蠢无比。

门野当时跟平日一样，也只答了一句："是吗？"

代助从小就养成观赏日本传统戏剧的习惯，当然，他也跟梅子一样，只是一名单纯的艺术鉴赏者，并把这种舞台艺术狭义地理解为"演员掌控演技的技艺"。所以看戏时他跟梅子聊得很起劲，两人不时地相视点头，还学着行家发表几句评语，互相表示赞同。不过两人都才欣赏了没多久，就对台上的表演感到不耐烦。中场休息时，他们拿着望远镜，这儿瞧瞧，那儿看看，望远镜指向的目标，也就是艺伎聚集之处。而那些艺伎也正拿着望远镜朝代助他们这儿张望。

代助右边的座位坐着一个跟他年龄相仿的男人，旁边是他美丽的老婆，头上梳着丸髻[3]。代助打量那女人的侧面，觉得她跟附近那群艺伎有些相似。左边连续几个座位坐着四个男人，是一起来的，全都是博士。代助把他们每个人的脸孔都牢牢记在脑中。再靠左边是个面积较宽敞的双人包间，坐在里面的那个男人年龄大约跟代助的哥哥差不多，身上穿着正式的全套洋服，脸上戴一副金边眼镜，看东西的时候，男人习惯翘起下巴仰着脸孔。代助觉得好像在哪儿

---

1 近松：近松门左卫门（1653—1724），江户中期有名的净琉璃与歌舞伎作家，曾留下《心中天网岛》《国姓爷合战》等数目众多的代表作。

2 越路（1863—1917）：二世竹本越路大夫，明治时代日本净琉璃界最有名的演员。以声音美妙、音节回转巧妙著称。

3 丸髻：从江户时代至明治时代，日本已婚女性的代表性发型。

见过他，却想不起究竟是何处。男人带来一位年轻女伴，代助判断这名女子还不到二十岁。她没穿外套，包头前方的鬓角梳得特别高耸。女人坐在位子上，几乎一直把下巴紧贴领口。

代助觉得坐着很不舒服，好几次从自己的座位站起来。起身之后，代助走到剧院后方的走廊，抬头向那细长的天空仰望一番。他心里期盼着，希望哥哥快点赶来，他想要立刻交还嫂嫂和缝子，赶回自己家去。代助也带缝子到剧场外面逛了一阵，逛到最后，代助甚至还想，何不买点酒来喝呢？

哥哥一直到太阳快要下山时才赶到。"怎么弄到这么晚？"代助抱怨着。哥哥从腰带里掏出金表给他看，原来才六点多。哥哥跟平时一样沉稳的表情向周围打量了一圈。等到晚餐时间，哥哥起身向走廊走去，不料竟一去不回。代助一直等着，也不见哥哥回来，后来不经意地转回头，竟然看到哥哥站在旁边的包厢里，正在跟那戴金边眼镜的男人说话，也向那年轻女子说了好些话，但女人只对他微微一笑，立刻又满脸认真地把视线转向舞台。代助本想向嫂嫂打听那男人的姓名，却又想到，哥哥只要到了人堆里，管他是谁，都能跟那些人打成一片，不论世界多么大，他都能把世界当成自己家，想到这儿，代助决定闭嘴，不再理会哥哥做些什么。

不一会儿，另一幕戏结束了，哥哥回到自家的包厢入口对代助说："你来一下。"说完，便领着代助朝那戴金边眼镜的男人的座位走去。"这是舍弟。"哥哥向那男人介绍完，又转过来对代助说："这位是神户的高木先生。"戴金边眼镜的男人看了年轻女子一眼，转脸对代助说："这是我侄女。"女人优雅地行了礼。哥哥这时顺便说道："就是佐川先生的女儿。"代助一听女人的名字，立刻在心底暗叫一声："中了他们的圈套啦。"但他表面上却假装不知，随意跟大家闲聊起来。不一会儿，代助看到嫂嫂正在向自己招手。

　　过了五六分钟，代助跟哥哥一起回到自己的座位。其实今天被介绍给佐川姑娘之前，代助原本打算等哥哥一来，自己就要逃回家去，但是现在却走不了了。因为他觉得自己若是反应过于激烈，说不定会给对方留下不好的印象，所以尽管觉得很不舒服，却依旧耐着性子坐在位子上。哥哥似乎也对话剧毫无兴趣，但他仍和平时一样，表现出一副悠然自得的模样，不停地吸着卷烟，仿佛正在用香烟熏蒸自己的满头黑发。哥哥不时针对话剧发表感想，但也仅止于"缝子，这一幕很好看吧"之类的内容。梅子的表现却跟平日截然不同，不管是高木先生也好，佐川姑娘也罢，她竟然只字不提，既没提出疑问，也没发表意见。看到嫂子佯装无事的那副模样，代助反而觉得十分滑稽。嫂嫂以往也曾戏弄过他，但他从来都没生过嫂子的气，今天这出戏如果放在平时，代助或许会把它视为排遣无聊的游戏一笑了之。不，不仅如此，他若有心想要成家，大可利用眼前这出戏，巧妙地当个喜剧演员，以满足自己终生自我解嘲的愿望。谁知嫂嫂现在竟和父兄联手共谋，企图把自己逼上死路。想到这儿，代助深感不能只觉得滑稽，而继续袖手旁观下去。但是进一步思考嫂嫂将会如何推展这件事之后，代助又不免有些胆怯。因为全家人里面，就以嫂嫂对他成亲这件事最感兴趣。想到这儿，代助的心底潜藏着某种恐惧，如果嫂子在这个问题上跟他作对，他就不得不跟家人逐渐疏远了。

　　话剧结束之后，时间已快要十一点。大家走出剧院时，风早已停了。在这寂静的夜晚，天上既看不到月亮也看不到星星，四周只有几盏电灯发出光亮。由于天色已晚，大家也就无暇再到茶屋闲聊。哥哥家已派了三辆人力车来接家人，代助却忘了事先叫车。虽然嫂嫂让他搭便车，代助却嫌麻烦，决定在茶屋前面搭乘电车回家。到达数寄屋桥转车时，代助站在黑漆漆的路边等车，一位背着幼儿的母亲跌跌撞撞地从远处走来。这时，只见两三辆电车从道路的对面驶过，代助这才看到自己跟轨道之间隔着一道很高的土堤，也看不出是泥土还是石头堆起来的。他终于发现自己站错等车的地点了。

　　"太太，您要搭电车的话，不能站在这儿，要到对面去。"代助对那女人说明，迈步往对面走去。女人向他道谢后，也跟着一起走向对面。黑暗中，代助两手伸向前方，像在摸索似的小心探路，大约朝着左侧的外城河方向走了三十米，终于看到车站的站牌柱。女人在这儿搭上开往神田桥的电车，代助则独自搭上相反方向的电车往赤坂驶去。

　　坐进车厢后，代助十分困倦，却又睡不着。今晚大概很难入睡了，他一面随着车身摇晃一面暗自思索。这种情形经常出现，尽管白天非常疲倦，一整天都倦怠无力，但是到了晚上，某种兴奋又搅得他无法安然入眠。白天留在脑中的各种活动，这时又不分先后若隐若现地再度跃入眼帘。但记忆里的那些色彩与形状，他却无法具体描述。代助睡眼惺忪地坐在车里想，回家之后，得喝点威士忌才能入睡。

面对脑中这堆不着边际的幻影，代助忍不住想起了三千代。他觉得自己好像在三千代那儿找到了归属。但这片归属之地并没有明确地呈现在自己眼前，而只是从心底感受到它的存在。也就是说，代助只是发现所有跟三千代有关的一切，都正好完全符合自己现在这种情绪的需求，譬如她的脸孔、模样、谈吐、夫妻关系、疾病、身份等。

第二天，代助收到一位住在但马的朋友寄来的长信。这位朋友毕业后立刻返回家乡，之后，就再也没来过东京。当然，并不是他喜欢在山中定居，而是由于父母之命，才被迫留在乡下生活。当初刚毕业时，朋友一天到晚写信告诉代助，说他还要说服父亲，让他重新回到东京。在那一年多的时间里，朋友啰里啰唆地不断给代助来信，直到最近才好像放弃了，不在信里抱怨或发牢骚了。朋友家在当地是世家，家中的主要事业就是每年到祖先留下的山林里采伐木材。这次给代助的信里，朋友除了详细描述自己的日常生活外，还半开玩笑地特意吹嘘写道："我在一个月前被大家推选为町长，现在已是年俸三百元的身价了。"不仅如此，他还把自己跟其他朋友做了一番对比，并写道："如果毕业后立刻去当中学教师，现在早已能拿这数字的三倍的薪水啦。"

这位朋友当初回到故乡大约过了一年，就娶了京都某位资产家的女儿。当然，这桩婚姻是凭父母之命撮合的。婚后没多久就生了孩子。关于他妻子的事情，除了结婚时提过几句，之后，就再也不见他说起，但他似乎对孩子的成长过程很热心，时常向代助报告些有趣的见闻。代助每次读到这些，总是想象着朋友的生活里充满了孩子带来的满足。想到这儿，他不免又冒出疑问，不知他有了孩子之后，对妻子的看法跟刚结婚时是否有所变化。

朋友经常寄些香鱼干、柿子干之类的土产给代助，代助通常也会寄些新的西洋文学书籍作为回礼。但这种礼尚往来的日子并没有持续很久，到了后来，对方甚至连"礼物收到了"的谢函也懒得再寄。代助曾特地写信询问礼物的下落，对方回信说："多谢你寄来的书籍，本想读完之后再向你道谢，谁知却一拖就拖到现在。不瞒你说，那些书都还没念呢。但老实说，与其说是没时间念，倒不如说是不想念。说得更明白一点，就算是念了，也不知所云。"从那之后，代助不再寄书，改买些新式玩具寄给朋友。

念完了信，代助把信纸放回信封，同时深切体会到一项事实：这位从前跟自己怀着相同理念的朋友，现在已被完全相反的思想和行为所控制，而且全身散发出一种柴米油盐的气息。代助暗自两相对照，细细体会着命运之弦在两人身上奏出的音响。

站在理论家的角度来看，代助对朋友的婚姻是赞许的。因为住在山里的人整天只能看到树木、山谷，这种人遵照父母的安排，娶上一房妻室，当然能够获得皆大欢喜的成果。代助认为这是自然的通则，但他也因此断定，任何形式的婚姻都会给都市人带来不幸。因为都市只是一座人类展览馆而已。代助根据上述这段心路历程，得出了这种结论。

代助是个懂得鉴别各类肉体美与精神美的男人。他认为，都市人都该去接触各种类型的美，这是都市人的权利。但有些人虽然接触各式各样的美，却从未产生感动，也没有经历过"今天欣赏甲，明天却欣赏乙"，或是"今天喜欢乙，明天又喜欢丙"的那种心情转换。对于这种人，代助认为他们缺乏感性，根本谈不上鉴赏家。他觉得自己这种看法是无须争辩的真理，也是他根据自身经验得出的结论。若以这套真理作为出发点，则又能得出另一种结论：所有生活在都市里的男女，每个人都在承受两性间的诱惑，随机应变地准备接受难以预料的变化。说得更明白一点，所有的已婚男女都不得不怀着所谓的"不忠的念头"，不断品味着过去带来的不幸。在所有都市人当中，代助认为感受性最发达，跟异性接触又最自由的代表人物，非艺伎莫属。因为她们有些人，一辈子不知要换几次情人呢。至于一般的都市人，虽然在程度上不如艺伎，其实跟艺伎又有什么不同？所以对那些嘴里嚷着"此生之爱，终生不渝"的人，代助认为他们可算是世上的头号伪善者。

想到这儿，代助脑中不知为何浮起了三千代的身影。这时他有点怀疑，不知自己这套理论当中，是否忘了把哪种因素列入考虑。但他想了半天，却怎么也想不出那个因素究竟是什么。所以根据这套理论，他认为自己对三千代的感情，只不过是过眼烟云而已。然而，尽管代助的脑袋能够承认这件事，他的心却没有勇气表示赞同。

# 十二

　　代助觉得嫂嫂的逼近令他畏惧，而三千代的诱惑则令他害怕。眼前这时节，距离出门避暑的日子还早得很，但他已对所有娱乐活动失去了兴致，就算打开书本来看，却连自己的影子遮住了书上的黑字都没感觉。代助静下心来细细思量着，但是思绪却像莲藕的细丝，怎么也拉不断，再回头瞧瞧那些已被拉出来的，全都是些令人心惊胆战的东西。想来想去，想到最后，连代助都觉得这样胡思乱想的自己很可怕。为了让自己苍白的大脑像奶昔搅拌器那样转动起来，代助决定暂时出门旅游一段日子。最初，他打算到父亲的别墅去，但又想到，就算到了那儿，仍然会受到来自东京的袭击，就跟留在牛込的家中没有两样。于是，他买了一本《旅游指南》，开始研究自己究竟该到哪儿去。想来想去，天下竟好像没有一个可去的地方。但他心里决定无论如何也得出趟远门，出门之前，还是先准备妥当旅行用品吧，代助想，所以就搭上电车前往银座。午后的大

175

街上，清爽的凉风迎面吹来，代助先到新桥的劝工场[1]逛一圈，接着又悠闲地顺着大路，朝着京桥方向走去。这时映在代助眼里的远处房舍，全都是平面图案，就跟话剧舞台的背景一样。蔚蓝的天空也像直接涂在屋顶上方似的。代助走进两三间专卖中国货的商店，随意逛了一会儿，买了一些必需品，其中还包括一瓶价格颇贵的香水。正要转身走到"资生堂"买牙膏，店里的年轻伙计拿出自家制造的牙膏频频推销，代助已说不要了，店员还是不肯放弃，最后，代助只好一脸不快地走出店门。他夹着包好的商品，一直走到银座附近，绕过大根河岸[2]，再从锻冶桥走向丸之内。他漫无目的地朝着西方前进，一面想着："或许这也可以算是一趟简单的旅行。"走着走着，代助觉得全身累得再也走不动了，很想找辆人力车坐回去，却一直找不到，最后只好搭乘电车回家。刚踏进家门，代助看到玄关外整整齐齐地放着一双鞋，看起来像是诚太郎的，便转头问门野，门野说："呀，是哦。从刚才起就一直在等您呢。"代助立刻走进书房，看到诚太郎坐在自己的大椅子上，正在书桌前阅读《阿拉斯加探险记》。桌上除了茶盘，还有一盘荞麦馒头。

　　"诚太郎，干嘛呢？趁主人不在的时候跑来吃好东西呀。"代

---

1　劝工场：百货公司、购物中心的前身。文中提到的新桥劝工场，是1899年开幕的"帝国博品馆"，里面除了商店外，还有咖啡店、理发店、照相馆等设施。
2　大根河岸：江户时代的青果市场，全名为京桥大根河岸，最早约在德川幕府四代将军的宽文时代（1661—1673）设立，1935年迁往筑地，2015年秋季即将搬迁到丰州。

助说。诚太郎听了露出笑容，先把那本书塞进口袋，之后才站起来。

"你就坐那儿吧，没关系啦。"代助说。但诚太郎还是离开了代助的椅子。代助又像平日一样拉着诚太郎跟他开玩笑。诚太郎也对代助上次在歌舞伎座打了几次哈欠记得很清楚。叔侄俩彼此调侃一番之后，诚太郎又提出上次的疑问："叔叔你什么时候娶新娘啊？"

原来诚太郎这天是被父亲派来当信差的。父亲叫他传话说："明天上午十一点之前回老家一趟。"代助一听，觉得父兄老是这样动不动就把自己叫去，实在够烦人的，便露出有点生气的表情对诚太郎说："什么！这太过分了吧？也不说是什么事，就随便把人叫去。"

诚太郎听了这话，依然一副笑嘻嘻的表情。代助便换个话题，不再提起这事。他们叔侄俩都有兴趣的共同话题，就是报上刊登的相扑比赛结果。

晚饭的时候，代助叫诚太郎吃了饭再走，但是诚太郎说他还有功课要预习，说完，便要告辞回家。临走之前，他又问代助："那叔叔你明天不来吗？"

代助没办法，只好答道："嗯，还不一定。叔叔说不定要出门旅行，你回去就这样说吧。"

"什么时候去？"诚太郎反问。代助说："今天或明天吧。"诚太郎这才无话可说，转身走向玄关，刚走到脱鞋处，又突然回头问道："要到哪儿去呢？"他抬头看着代助。

"哪里？我怎么知道。随便到处逛逛吧。"代助说。诚太郎又嘻嘻地笑起来，拉开木格门走了出去。

代助本想这天夜里就出发，叫门野先把长方形手提包里面清理一下，再把随身物品装进提包里。门野在一旁满怀好奇地看着代助的皮包。

"要不要我帮忙？"门野站着问道。

"不，不用。"代助否决了门野的建议，同时拿出已经装箱的香水瓶，撕掉封条，拔开瓶塞，放在鼻孔下面嗅了嗅。门野不太高兴似的退回自己的房间，但是过了两三分钟，他又跑出来提醒代助说："老师，要不要和车夫说一声？"

代助把皮包放在面前抬头说道："对！叫他再等一下吧。"代助转头望向庭院，微弱的阳光正在树墙转角的顶端闪耀。"我得在半小时内决定目的地。"

代助望着室外想着。反正先找一趟时间最合适的火车搭上去，火车开到哪儿，我就在哪儿下车。明天来临之前，我就先住在那儿。代助打算一面在那儿度日，一面等待新的命运来捕捉自己。不用说，他身上的旅费是不够的。如果住进配得上他身上的旅行服饰的旅馆，恐怕根本不够他住一星期。但是对于这方面的问题，代助一点也不在乎。他打算等钱快花光的时候，再叫家里寄给他。更何况这次出门旅行，原本就是为了改变一下身边的景色，代助决定不要过得太奢侈。到时候如果兴致不错，甚至还可以雇个脚夫，自己跟着走上一整天也没问题。

他又重新摊开那份《旅游指南》，仔细察看那些琐碎的数字。看了半天，还是无法做出决定，思绪却又飞到了三千代身上。代助突然很想再看她一眼。他希望跟三千代见一面之后再离开东京。手提包等到晚上再来整理也不迟，只要明天一早能提着出门就行了。想到这儿，代助匆匆走出玄关。门野听到他的脚步声，立刻飞奔出来。代助身上穿着日常的居家服，正要把帽子从挂钩上拿下来。

"又要出门哪？是去买什么东西吗？不然我帮您买吧？"门野吃惊地说。

"今晚不走了。"说完，代助便走出家门。屋外已是一片漆黑，点点繁星似乎正在美丽的夜空逐渐增加，夜风拂袖而来，令人心情舒畅。然而，代助却迈着大步正在向前赶路，还没走上两三百米，就累得满头大汗。他摘掉头上的鸭舌帽，夜露直接滴在黑发上，他一面向前走，一面不时用力扇着帽子。

来到平冈家附近时，只见屋内的人影像蝙蝠似的无声地来回晃动，油灯的亮光透过粗陋的板墙缝隙，投射在门前的路上。三千代正在灯光下读报纸。"怎么现在还在看报纸？"代助问。

"正在读第二遍呢。"三千代答道。

"这么空闲哪？"说着，代助把坐垫拉到拉门的门框上，半个身子伸出回廊靠在纸门上。平冈不在家。三千代说："我刚从公共澡堂回来。"代助放眼望去，只见三千代的膝旁还放着一把团扇，脸颊看起来比平日更显红润。"他马上就回来了，你多坐一会儿吧。"

三千代说完，走向起居室去给代助泡茶。她今天梳着洋式发髻。

然而，平冈一直没有回来，全然不像三千代说的那样。"平日总是这么晚回来吗？"代助问。"嗯，可以这么说吧。"三千代微笑着回答。代助从她的微笑里看出某种寂寞，他抬起眼，正面凝视着三千代的脸孔。三千代突然拿起团扇，在袖管下面扇来扇去。

代助对平冈的经济状况一直很挂心，便直接问道："最近生活费不太够吧？"

"是呀。"三千代说着，又像刚才那样笑起来，但是看到代助没有马上接口，三千代主动问道，"被你看出来了？"说着，她放下手里的团扇，展开刚泡过热水的纤纤玉指，伸到代助面前，手上既没戴代助送的那个戒指，也没戴其他戒指。代助无时无刻不把自己送给她的那个纪念品放在心底，所以立刻明白她那动作的意义。三千代收回双手的瞬间，脸上突然泛起红晕。

"我也是出于无奈。请你原谅。"听了这话，代助心底不禁涌起无限怜爱。这天晚上一直到九点左右，代助才离开平冈家。临走前，他掏出皮夹里所有的钱交给三千代。当时他可是花费了不少心思。代助先佯装平静地在胸前打开皮夹，数都没数，就把里面所有的钞票抽出来放在三千代面前。"来！你先拿去用吧。"他说。三千代生怕被女佣听到似的低声说："这……"说着又把两臂往自己身边缩。但是代助也无法再抽回自己的手了。

"那枚戒指你都收了，这不是跟那东西一样吗？就当我又给你一枚纸戒指吧。"代助笑着说，三千代仍然踌躇低语着："这也太……""你是怕平冈责备吗？"代助问。三千代也不知平冈究竟会生气还是会高兴，依然扭扭捏捏地不肯收钱。代助便出主意说："如果会骂你的话，不要让他知道就好啦。"但三千代还是不肯收下。代助已经掏出去的东西，当然不能再收回来，只好把身子凑向三千代，手掌伸到她胸前，同时把脸孔贴近到她面前三十厘米的位置，用坚决的语气低声说道："没关系！收下吧。"三千代向后躲闪了一下，好像要把下巴塞进衣领里去似的，然后才默默地伸出右手。钞票便落在她的手心。这一瞬间，三千代的长睫毛一连眨了几下，便把手掌里的东西塞进腰带里。

"我会再来拜访。替我问候平冈。"说完，代助走向屋外。穿过大街，拐进小巷后，四周又陷入黑暗。代助好像刚做了一个美梦似的踏过黑夜的道路，不到三十分钟，他就回到了自己家门口，但他并不想走进去，于是又顶着满天星斗，继续在寂静的富户宅院区内往来徘徊。代助想，我大概走到半夜都不会觉得累吧。就这样边走边想，又来到自家门口。院内一片寂静，门野和老女佣似乎在起居室里闲聊。

"您回来得好晚哪。明天要搭几点的火车？"代助刚踏进玄关，门野立刻走上前来询问。

"明天不去了。"代助微笑着说完，走进自己的房间。屋里已经铺好了被褥。代助取出刚才拔掉瓶塞的香水，倒了一滴在枕头上，却觉得意犹未尽，又端着瓶子在四个屋角各洒上一两滴。这样尽兴折腾一番之后，才换上白色浴衣，钻进崭新的小搔卷棉被[1]一面嗅着玫瑰花香一面走进梦乡里，安安稳稳放平了手脚。

第二天，代助睁开眼睛时，太阳已高高升起，不断闪动的金光照射在回廊边。枕畔放着两张叠得整整齐齐的报纸。门野究竟什么时候进来拉开雨户[2]，又什么时候送来报纸，代助竟然一无所知。他用力伸个懒腰，才从棉被里爬起来。正在浴室擦拭身体时，门野慌慌张张地跑来报告说："令兄从青山那边过来了。"

代助嘴里应道："我马上过去。"手里仍在仔细地擦拭身体。他心想，反正客厅那边说不定还在打扫，我也没必要急着跑出去。所以他跟平日一样，不慌不忙地把头发分向两边，刮了胡子，这才慢吞吞地走回起居室。早饭当然是不好意思慢慢享用了，代助站着喝了一杯红茶，用毛巾擦了擦嘴角的胡子，便立刻丢下毛巾走向客厅。

"哦！哥哥。"代助打了一声招呼。哥哥跟平时一样，手里夹着一根没点火的深色雪茄，表情平静地捧着代助的报纸正在阅读。

他一看到代助便问："这房里香味好浓啊。是你的头发吗？"

---

1　小搔卷棉被：状似和服的棉被，附有两只衣袖。在天气严寒的日本东北地方，大家不仅晚上盖着睡觉，白天也把小搔卷穿在身上，作用相当于棉袍。

2　雨户：玻璃窗普及之前，传统日式木造房屋的纸窗外侧有一层木板、铁皮或铝皮的窗户，叫作"雨户"，可以遮挡风雨，冬季还可防寒，玻璃窗开始普及后，纸窗与雨户之间还有一层玻璃窗，所以传统房屋共有三层窗户。通常一般家庭早起后第一件事就是拉开雨户，晚上天黑之后再关上雨户。

"看到我的脑袋之前就有香味了吧？"代助答道，接着，又把昨夜洒香水的事情说了一遍。哥哥不动声色地说："哈哈，你还会做这种风花雪月的事情啊！"哥哥很少到代助这儿来，偶尔来上一趟，必然是有非来不可的事情。但事情一办完，他立刻就会离去。代助暗自寻思着："今天一定也是有事才找上门来吧。或许是昨天随便就打发诚太郎回去，所以哥哥来找我兴师问罪了。"兄弟俩随意闲聊了五六分钟之后，哥哥终于开口说道：

"我今天来找你，是因为昨晚诚太郎回来说，叔叔明天要出发旅行。"

"是呀。其实我本来打算今天早上六点左右出发的。"代助这番话听起来像是谎言，表情却显得极为冷静。

哥哥也露出严肃的神情说："你若是能在早晨六点起床出发的家伙，我也不会特地选在这个时间大老远地跑来了。"代助连忙反问："有什么事？"一问才知，果真就像他自己预料的那样，哥哥是来赶鸭子上架的。原来，今天家里邀请高木先生和佐川小姐吃午饭，父亲命令代助也得出席。据哥哥说，昨晚听了诚太郎带去的口信，父亲十分气恼，害得梅子着急得要命，立刻就想在代助出门之前赶来，叫他延后旅行计划，但后来被哥哥劝阻了。

"别担心，那家伙怎么可能今晚出发？他现在一定正坐在行李前面发呆呢。等明天再说吧，到时候你不叫他，他也会跑来的。一定会嚷着说，我是来让嫂嫂放心的啦。"诚吾慢条斯理地说。代助听了很不高兴。

"那你不要管我就好啦。"代助说。

"可是女人这玩意儿啊，都很沉不住气的。今天一早起来，她就跟我闹，说那样对不起父亲。"诚吾脸上并没露出忍俊不禁的表情，不，应该说，他反而带着颇为棘手的神情看着代助。代助不给哥哥明确的答复，既不说去也不说不去。但要像应付诚太郎那样，随便敷衍哥哥几句，代助却也没有那种勇气。再说，回绝午餐之后又出门旅行，这岂不等于拿自己的钱包开玩笑，总不能这么做吧。所以说，现在必须让兄嫂或父亲这几个反对派当中的某人，弄清楚自己的举足轻重，否则哪能获得行动的自由呢？于是代助针对高木先生与佐川小姐发表了一些不痛不痒的评语。代助说，我跟那位高木先生大约十年前见过一面，之后，再也没看过他了。但奇妙的是，上次在歌舞伎座遇到他的时候，心底却立刻"啊"了一声，感觉好像在哪儿见过。可是那位佐川小姐就不一样了，明明最近才看过她的照片，见到她本人时，却完全无法联想到一块儿。照片这东西真是奇怪。如果先认识了某人，就很容易从照片上辨认出那个人，但是反过来，只靠照片去辨识某人就非常困难。所以换成哲学的角度来看，可以得出这样的真理："死而复生是不可能的，但由生至死则是自然的法则。"

"这就是我的结论。"代助说。"原来如此。"哥哥答道，脸上却没有深具同感的表情，只是不停地咬着嘴里的雪茄。那根雪茄已经变得很短，几乎快要烧到他嘴上的胡子了。

"所以说，你今天也没必要非去旅行不可吧？"哥哥问。代助只好回答："没必要。"

"那今天来吃顿饭，也没问题啰？"代助别无选择，只得说声"没问题"。

"那我现在有事先到别处去绕一下，你一定要来呀。"哥哥似乎跟平日一样忙碌。代助已看破一切，抱定了必死的决心，所以给了哥哥一个让他放心的答复。

不料，哥哥突然对他说："你究竟怎么回事。不想娶那女人吗？娶了她，不是也挺不错的？像你这么重视老婆，只想娶个自己真心喜欢的，简直跟元禄时代[1]那些风流好色的男子一样，可笑极了。而且那个时代，男女谈起恋爱，还是有很多顾忌的，不是吗？……哎，随便你啦。总之，尽量别惹老人家生气吧。"说完，哥哥就走了。代助回到客厅，再三咀嚼哥哥这段忠告。想了老半天，他觉得自己对婚姻的看法，其实跟哥哥完全一样。所以代助得出一个对自己有利，却跟哥哥意见相反的结论：家里催他结婚这件事，自己也无须生气，只要置之不理就行了。

据哥哥转述，这次佐川小姐难得跟她叔父一起来东京旅游，等她叔父谈完生意，又马上要跟着返回老家。而今天的午餐聚会，究竟是父亲想利用这个机会，跟对方缔结永远的利益联盟？还是父亲

---

1 元禄时代（1688—1704）：元禄是东山天皇的元号，这段时期的江户幕府由五代将军德川纲吉负责统领。

上次在旅途中，主动邀请对方而安排了这次的会面？代助也懒得多想，反正，自己只要跟这群人坐在一起吃顿饭，并且表现出吃得很美味的模样，就算尽了自己的社交义务吧。代助打定主意，若是临时发生其他状况，也只能到时候看看情形再说了。代助吩咐老女佣帮忙准备和服。虽然觉得换衣服很麻烦，但为了表达敬意，他还是换上印着家纹的夏季外套。不过手边没有单层的和服长裤，所以决定回老家向父亲或哥哥借一条。代助的性格虽然比较神经质，但他从小就养成了习惯，遇到这种需要跟众人应酬的场合倒也不畏惧。譬如有人邀他参加宴会、招待会或欢送会，通常代助都会出席。会中遇到一些有名的相关人士，他差不多都记得脸孔。那些人士当中还包括伯爵、子爵之类的名门贵族，代助跟他们不但熟识，平时交往时也表现得不亢不卑。不论走到哪儿，代助的言谈、举止总是这样，所以在外人眼里看来，都觉得他这方面和哥哥诚吾很像，即使对他家不熟的人，也都以为这对兄弟在本质上是完全一样的类型。

代助回到青山的老家时，时间还差五分才到十一点。客人还没来，哥哥也没回家。只有嫂嫂一个人早已打扮妥当，坐在客厅里。

"你也太胡闹了。居然抢先下手，自己一个人跑去旅行。"嫂嫂一看到代助，便迎头一顿数落。梅子这女人有时讲起话来不用脑筋。现在这样跟代助打着招呼，好像把自己上次对代助抢先下手的事给忘了。不过代助反而觉得嫂子这方面非常平易近人，他立刻坐在嫂子身边，对她的服饰评头论足一番。

嫂子告诉代助，父亲就在里面的房间，代助却故意不肯进去。后来被嫂嫂催得急了，代助说："等一下客人来了，我进去报告，那时再向父亲问安也行吧。"说完，仍和平日一样跟嫂嫂随意闲聊，却绝口不提佐川小姐。梅子想尽办法，想把话题扯到婚事上，代助却早已看穿她的伎俩，更加故意装傻，报复嫂嫂上次出卖自己之仇。

　　等了一会儿，客人来了，代助按照先前说好的，马上进去禀报父亲。父亲的反应也完全如他所料。

　　"是吗？"父亲只说了这句话，立刻站起身来，根本无暇再数落儿子。代助转身回到客厅，套上和服长裤之后才走进会客室。这时宾主都互相打过了招呼，父亲和高木先生率先开始对话。梅子主要是负责陪着佐川家的小姐聊天。宾主正聊着，哥哥穿着今早那身衣服慢吞吞地走进来。

　　"哎呀，真抱歉，我迟到了。"哥哥先向客人打了招呼。正要坐下时，回头看了代助一眼。

　　"来得很早嘛。"哥哥低声对他说。餐厅设在会客室隔壁的房间，房门打开时，代助看到餐桌一角铺着亮丽的白桌布，心里明白今天吃的是西式午餐。梅子这时忽然从座位起身，走到隔壁房间的门口。这个动作是向父亲报告：餐桌已经摆好了。

　　"那就请大家入座吧。"父亲说着站起来。高木先生也点点头，站了起来。佐川小姐紧跟在叔父之后，也从位子上起身。代助这时才发现女人腰部以下看起来又细又长。餐桌上，父亲与高木先生面对面坐在中央，梅子坐在高木先生的右侧，父亲的左侧则是佐川家小姐，如此一来，两个女人也是相向而坐，诚吾跟代助坐在彼此的对面。代助的座位距离餐桌中央的调味架不远，从他的位置望向对面，可以看到佐川小姐的脸孔。她的脸色和肌肉线条，很明显地受到背后窗外光线的影响，鼻子附近形成一块色调很深的阴影，相对，她的耳朵又被光线照成鲜明的粉红色。尤其那小巧的耳朵看起来非常纤细，简直像被阳光照透了似的。但是她的眼睛却很大，一双老鹰般的深褐色眸子，跟皮肤是完全相反的形象。这两种互相对照的特点使她的脸孔显得十分绚丽，而她的脸型比较接近圆形。

餐桌并不太大，刚好够坐六人。与那房间的宽广比起来，餐桌似乎显得有点过小。好在桌上铺着纯白桌布，还有院里摘来的鲜花当作摆饰，银色刀叉的光辉也在花朵间不断闪动。

餐桌上，宾主的话题主要是闲话家常。一开始谈话的气氛并不热烈，而代助的父亲碰到这种情况时，就喜欢把话题扯到自己喜欢的古董书画上，如果气氛炒热了，他就不断搬出自己的收藏品，请客人鉴赏。正因为父亲拥有这种嗜好，代助多多少少也懂得分辨字画的好坏，哥哥诚吾也是因此才记住一些画家的名字。他只会站在画轴前面念叨着什么"哦！这是仇英[1]吧""啊！这是应举[2]呢"。但

---

1  仇英：（约1501—约1551）中国明代的画家，擅长画美女。
2  应举（1733—1795）：圆山应举，江户中期的画家。采取西洋画的透视画法，以及明清的写生画法，独创一格，是日本圆山画派的始祖。

是哥哥脸上并不会露出新奇的表情，看来对字画不太感兴趣。而且诚吾和代助都不曾为了鉴定字画真伪，而抓起放大镜装模作样一番。这一点，兄弟俩完全一样。到目前为止，他们也不曾针对任何一幅字画，像父亲那样发表"古人不会画这种波浪，这不是古人的画法"之类的评论。

不一会儿，父亲为了让平淡的谈话增添些趣味，便将话题扯向自己的嗜好，谁知才说了一两句，就发现高木这家伙对字画之类的东西毫不关心。父亲为人向来圆滑，立刻打了退堂鼓，但是退回彼此都觉得安全的话题之后，双方又觉得聊起来没意思，父亲十分无奈，只好询问高木平日有些什么娱乐。高木回答："也没什么特别的娱乐。"父亲脸上露出"这下完啦"的表情，把高木交给诚吾和代助，自己暂时退出会谈。诚吾立刻轻松地拾起话题，从神户的旅馆聊到楠公神社，随便想到什么就说什么，不断开拓新话题，一面聊着，一面很自然地引导佐川小姐发表几句意见。只是佐川小姐回答得很简洁，说完一两句非说不可的，就不再开口了。代助和高木先从同志社问题开始讨论，接着又转到美国大学的现况，最后还谈起埃默森与霍桑。代助知道高木对这方面的知识是有的，但也只是确认高木知道这些而已，并没有继续深谈。谈到文学方面时，也只提到几个书名和人名，并没进一步讨论。

梅子则从一开头就没停过嘴，她努力的目标当然是想赶走面前那位小姐的矜持与沉默。从礼仪的角度来看，小姐自然不能不搭理梅子提出的一连串问题，但从她身上也看不出积极争取梅子好感的迹象。佐川小姐说话时有个习惯，喜欢微微歪着脑袋，但代助却不觉得她这动作含有任何撒娇的意味。

佐川小姐就读的学校在京都，音乐方面最先学的是古琴，后来才改学钢琴。小提琴也学过一阵子，但因为指法过于艰难，学了也跟没学差不多。戏剧方面则很少接触。

"上次歌舞伎座的表演你觉得怎么样？"梅子提出这个问题时，小姐什么话也没说。代助觉得她那种反应，与其说是不懂戏剧，不如说她根本没把戏剧放在眼里。但梅子仍然绕着这个话题，喋喋不休地发表感想，一下说甲演员如何，一下又说乙演员怎样。代助觉得嫂嫂又跟平日一样，在那儿胡乱评论了，他无奈地插嘴问道："就算对戏剧没兴趣，小说总是会念的吧？"

代助决定不再谈戏剧。听了这话，佐川小姐这才第一次瞥了代助一眼，但她的答案却出人意料地干脆。

"不，小说也不看的。"正等着听小姐如何回答的宾主，一起爆出笑声。高木先生不得不花一番工夫替姑娘解围。根据高木的介绍，原来佐川姑娘在外国女老师的熏陶下，某些方面的观点简直就跟清教徒没有两样。"所以说，她在某些方面是蛮伍的。"高木在说明之后，又加上一句评语。听到这儿，当然谁也不敢再笑了。

代助的父亲原本对耶稣教并无好感，这时却称赞道："那也挺不错的。"梅子对小姐所接受的那种教育完全不懂，却说了一句没水平又不得体的话："的确呀。"诚吾为了不让客人留意梅子这话，连忙换了一个话题问道："那英文应该说得很好吧？"

"也不好。"说完，姑娘脸上浮起一丝红晕。饭后，宾主重新回到会客室，再度开始交谈，但是谈话的气氛好像没法像用新蜡烛换旧蜡烛那样，立刻把火引过去。这时，梅子站起来掀开琴盖。

"您来弹一曲如何？"她一面说一面望向佐川小姐。但是小姐坐在椅子上不肯动。

"那就阿代来起个头吧。"嫂子转脸对代助说。代助深知自己的琴技还没好到能弹给别人听的程度，但又觉得，若是辩解起来，别人听了只会觉得强词夺理，过于啰唆。

"哦，请打开琴盖吧。我马上就来弹。"代助嘴里答着，依然没事似的继续顾左右而言他。大约又过了一小时，客人告辞离去。代助全家四人也一起到玄关恭送宾客，待大家重新转身回屋时，父亲说："代助还不进来吗？"代助这时跟在大家身后，正高高举起两臂，企图把手搭到门框上方，接着又走进空无一人的会客室和餐厅，东瞧瞧，西看看，随意游荡一番，这才走进客厅，只见兄嫂相对而坐，正在谈论着什么。

"喂！你可不能马上回去。父亲好像有事找你，快到里面去吧。"哥哥故意装出非常严肃的语气说。梅子脸上浮起一丝浅笑，代助闭着嘴，抓了抓脑袋。

他不敢独自走进父亲的房间，故而找出各种借口，想拉兄嫂一起去。可惜说了半天，一点效果也没有，最后只好颓然坐下。这时，一名仆人走进客厅。

"那个……老爷请少爷到里面去一下。"仆人向代助说。

"嗯，我这就过去。"代助答应着，又向兄嫂说了一番大道理，"如果我一个人去见父亲，父亲原本就是那种脾气，看到我这懒洋洋的德行，说不定惹得老人家大发雷霆呢。如此一来，哥哥嫂嫂可就麻烦了，还得夹在中间安抚两边，岂不是更糟？所以还是请兄嫂不辞辛劳，陪我去一下吧。"

哥哥原是个不喜欢说废话的人，虽然他脸上露出"这是什么歪理"的表情，却当即站起身来说："那就走吧。"梅子也笑着立刻站了起来。三人一起穿过走廊，走进父亲房间，好像什么也没发生过似的坐下。

梅子不仅灵活地帮着代助避开了父亲向他翻旧账，同时还尽量将聊天的重点移到两位刚离去的客人身上。梅子对佐川小姐极为赞赏，认为她是个性格稳重的好女孩。父亲、哥哥跟代助都对梅子的看法表示赞同。不过哥哥提出质疑，如果佐川小姐真的是跟着美国女教师受教育，应该表现得更洋派，思想谈吐也更直接才对。代助觉得哥哥说得很对，父亲和嫂嫂却沉默着没接腔。代助则提出推论，她那种害羞的表现应该是因为性格稳重，而且顺应日本的男女社交习惯而来，跟女教师的教育可能没有关系。"说得也对。"父亲表示赞同。梅子则提出猜测说："小姐是在京都受的教育，难免就会变成那样吧？"哥哥立刻反驳道："就算在东京受教育，也不会人人都像你这样吧。"听到这儿，父亲满脸严肃地敲敲烟灰。嫂嫂紧接着又说："何况小姐的容貌也是超出一般水平的，对吧？"父亲和哥哥都没表示反对。代助也表明赞成。于是四个人的谈话重点又扯到高木身上，大家都认为高木是个做事稳健的好人，得出这个结论后，也就没什么可说的了。可惜四人当中没人认识小姐的父母，不过父亲向其他三人保证说："至少我知道他们都是正派的老实人。"据说这项信息是父亲从同县某位富翁级议员那儿打听来的。最后大家还谈到佐川家的财产，父亲说："像佐川家那样的，比普通企业家还更有家底，你们大可放心。"

小姐的条件大致确认完毕之后，父亲转脸向代助问道："那你不再反对这件事了吧？"父亲的语气与话中的含义，都不仅是询问而已。

"大概是吧。"代助依然不肯给个确定的答复。父亲紧盯着代助看了一会儿，满是皱纹的额头逐渐笼上阴霾。

"哦，那就再考虑一下吧。"哥哥看情况不妙，只好帮代助转圜着说。

# 十三

　　大约过了四天，父亲又命代助到新桥为高木送行。这天一大早，代助被人从床上勉强叫醒，或许是因为睡眠不足的脑袋受了风寒的关系，待他到达车站时，感觉寒气似乎早已渗进发丝。刚走进候车室，梅子立刻提醒代助："你的脸色好糟糕哇！"代助什么也没说，只取下头上的帽子，不时抚弄一下湿漉漉的脑袋，弄到最后，早上才分了线、梳得十分整齐的头发，已被他摸得一团糟。

　　走上月台之后，高木突然向代助提议："怎么样？一起搭这火车到神户去玩玩吧？"代助只答了一声"谢谢"。等到火车即将发动时，梅子特地走到窗边呼唤佐川小姐，并对她说："过几天，请你一定要再来玩哪。"佐川小姐在车窗里有礼貌地点点头，窗外的人却听不到她嘴里说些什么。送走火车后，全家四人重新走出验票口，各自分道扬镳。梅子想邀代助一起回青山老家，但代助用手扶着脑袋没答应。

代助上车后立刻回到牛込的住处，一进书房，当场仰面倒下。门野过来偷瞧了一眼，因为他早已熟知代助平日的习惯，也就不跟主人搭话，只抱起搭在椅上的外套，拿出房间。

代助闭眼思考自己的未来，究竟会变成什么样。照这样下去，恐怕非得娶个老婆不可了。到现在为止，他拒绝了不少新娘候选人，这次如果再不接受，父亲肯定不是撒手不管，就是勃然大怒，总之就是这两者之一。如果父亲撒手不管，从此不再催他结婚，那倒是再理想不过了。问题是，如果父亲大发脾气，那可就糟了。不过，代助又转念一想，身为一名现代人，明明是自己无意的对象，却又说"那就娶她吧"，这未免太奇怪了吧。眼前这盘左右为难的棋局令他反复踌躇，不知所措。

代助跟父亲不一样，父亲是个守旧的人，一旦拟订的计划，就算对象是"自然"，也得遵照父亲的计划运转，但是代助却认为，"自然"比任何人为的计划都更伟大。所以说，父亲现在违反代助的"自然"，强制执行父亲拟订的计划，这种做法就像被休的妻子，想用休书证明她跟丈夫的关系一样。但是代助根本不想跟父亲说明这番道理，要跟父亲理论是一项难度极高的工作。而且对代助来说，克服这种困难，并不会给自己带来任何好处，只会惹得父亲动怒，父亲绝不可能允许自己毫无理由地拒绝这门婚事。

在父亲和兄嫂三人当中，父亲的人格最令代助感到疑虑。就拿这次的婚事来说吧，他感觉婚事本身恐怕不是父亲唯一的目的。究竟父亲真正的想法如何呢？代助却没有机会一探虚实。代助并不认为身为子女的他，擅自揣摩父亲的心意有什么不对。因此，他也不认为世上众多父子当中，只有自己的遭遇最为不幸。只是这种疑虑令他非常不快，因为他发现，自己跟父亲之间的隔阂好像比从前更严重了。代助想象着，等到他们父子俩的隔阂发展到极端，关系就会断绝。他承认那种状态将会带来痛苦，但并不会痛苦到令他无法忍耐，倒是随之而来的财源断绝，才令他害怕。代助平日总觉得，如果一个人把马铃薯看得比钻石还重要，那个人一定没救了。但是如果触怒了父亲，万一父亲要跟自己断绝金钱关系，那就算自己心里万分不甘，也必须丢掉手里的钻石，赶紧咬住马铃薯。而他所能得到的补偿，只有"自然"的爱，而且被爱的对象，还是别人的老婆。

代助一直躺在那儿胡思乱想，但是想来想去，怎么也想不出个结论。正像他没有权利决定自己的寿命一样，他也不能决定自己的未来。同时，又像他大致能够估算出自己的寿命一样，他对自己的将来也能看出大概的轮廓。因此他一直拼命想要捕捉到那个轮廓。

此时，代助大脑里面的活动，只是零零碎碎地浮起了片段的幻影，就像薄暮时分飞出来吓人的蝙蝠。代助闭着眼睛，追逐蝙蝠翅膀制造的光影，不知不觉中，脑袋好像离开了被褥，向空中轻轻飘浮起来。从这时起，代助总算陷入几小时的浅睡。

不知过了多久，耳边突然传来敲钟的声音。代助还没意识到这是火警的信号，就先醒了过来。但他仍然继续躺着，并没从床上跳起来。对代助来说，在睡梦中听到这种声音，是很常见的事情。有时甚至当他恢复意识之后，钟声仍然响个不停。记得五六天前正在睡觉的时候，房屋一阵剧烈摇晃将他惊醒了。当时，代助的肩膀、腰部和背脊明确地感受到身体下面的榻榻米正在摇动。像这种睡梦中发生的心脏鼓动，经常在他清醒后持续不停。而每次碰到这种情况，他就像圣徒那样把手放在胸前，睁眼注视天花板。

代助今天也一直躺着，直到钟声完全从耳底消失，才从床上爬起来。走进起居室之后，他看到自己的早餐放在火盆旁边，上面罩着一块小竹帘。柱上的时钟已经指向十二点。老女佣似乎已经吃过午饭，正把手肘撑在装饭的木桶上打瞌睡。门野则不见踪影，不知跑到哪儿去了。

代助走进洗澡间，洗完了头发出来，独自在起居室的小膳桌前坐下，吃了一顿颇为寂寞的午餐，饭后，又重新回到书房。很久没碰书本了，他决定今天要花点时间念书。

代助拿起一本念了一半的外文书，打开夹着书签的那一页，这才发现前面的内容早已忘得一干二净。在他的记忆里，这种现象可不多见。代助从学生时代起就爱念书，毕业后，他不仅不必忧虑生活，还可以随意买书阅读。他对自己拥有的这种身份，一直都很自豪。只要一两天没读书，他就习惯性地觉得自己荒废了学业。所以平日就算忙碌不堪，他也会想办法接近书本。有时他甚至觉得，自己唯一的本领就只有读书。

现在，他的脑中一片空白，他一面抽烟，一面把那读了一半的书本又往后翻了两三页。但为了弄懂书上究竟说了些什么，还有接下去写些什么，却令他绞尽了脑汁。这种过程不像搭渡船登上码头那么简单，他现在有点像是不小心踏进"道路甲"之后，又得立刻转向"道路乙"。不过代助还是耐着性子，强迫自己的眼球在那一页书上来来回回地转了大约两小时，转到最后，他再也受不了了。从某个角度来看，刚才读到的那堆铅字，确实具有某种意义并已刻印在他脑中，但是那堆铅字却完全没有渗进他的血肉，这种感觉有点像隔着冰袋嚼冰块，令他感到意犹未尽。

他把书本倒扣在桌上，心想，眼下这种状况是没法念书了，同时也觉得自己根本无法静下心来。目前最令他痛苦的，不是平日那种倦怠感，因为他的头脑现在并不是什么都懒得做的状态，而是一种必须做点什么的状态。

代助起身走向起居室，重新披上那件叠好的外套，又到玄关穿上先前丢在那儿的木屐，朝向门外奔去。这时下午四点左右，他跑下神乐坂之后，也不知要到哪儿去，便跳上第一辆映入眼帘的电车。车掌问他："到哪儿？"代助随口说了一个地名，然后掏出皮夹。打开一看，上次把旅费给了三千代之后，还剩下一些，就放在第三层的底下。代助付钱买好车票，拿出剩下的钞票数了一数。

这天晚上，他一直待在赤坂一间有艺伎服务的私人会所，还在这儿听到一个有趣的传闻。据说有个年轻貌美的女人，跟前任男友发生关系，怀了对方的孩子，等到孩子快要出生时，女人却伤心得整日流泪。有人问她原因，女人回答说，因为我这么年轻就要生孩子，实在太悲惨了。这女人觉得自己陶醉在爱情里的时间太短暂，而母婴关系的压力却毫不留情地落在自己年轻的肉体上，因而感受到人世的无常。当然，这女人并不是一名良家妇女。她把全副精神都投进肉欲与爱情里，除了这两样东西，其他全不放在眼里。代助听了故事之后觉得，这女人的想法倒是蛮有意思的。

第二天，代助终究按捺不住，又前去拜访三千代。出门前，他先在心底打好了腹稿，决定告诉三千代，自己来看她，是因为一直很担心，上次给她那笔钱之后，不知道她是否告诉了平冈，如果说了，会不会在他们夫妻间引起什么风波？他还打算进一步解释，这份"担心"使他整天如坐针毡，总是在路上往来徘徊，走着走着，最后就走到三千代家来了。

从家里出来之前，代助把昨晚穿过的内衣、单层和服全都换成新的，连心情也随之焕然一新。户外正是温度计的度数逐日高升的季节，才走了几步，就觉得头顶的阳光炽热无比，又冷又湿的梅雨季可能一时还难以降临。代助今天的状态跟昨晚完全不同，看到自己的黑影落在阳光灿烂的空气里，心情十分低落。虽然头上戴了宽边草帽，心底却暗自期盼着：梅雨季快点降临就好了！其实只要再过两三天，那个季节就要来了。代助之所以觉得脑中阴沉沉的，似乎正是在预报梅雨即将来临。

来到平冈家门前时，代助那覆在晕眩大脑上的一头厚发，早已热得连发根都在喘息。进门之前，他先摘掉头上的草帽。玄关的格子门上了锁。他循着屋内的声响绕到后门，看到三千代正在跟女佣一起浆洗衣物。浆洗板竖着斜靠在仓库旁的墙上，三千代正从木板背后伸出纤细的脖颈，弯身把那皱巴巴的衣物细心地摊开拉平，这时，她突然停下手里的动作，转眼望向代助。过了好几秒，她都没说话。代助也呆呆地站在那儿。半晌，他才开口说道："我又来了。"代助刚说完，三千代也举起湿淋淋的手向他摇了摇，转身便从后门往屋里奔去，同时还用目光示意代助重新绕回前门。三千代亲自从屋里走下脱鞋处，从里面打开格子门的门锁。

"是我不小心把门锁起来了。"三千代说。她的脸颊看起来有点发烫，或许是因为刚才一直在晴空下工作的关系吧。颊上的热气逐渐移向发际，平时总是显得十分苍白的部分早已微微渗出一些汗珠。代助站在格子门外望着三千代薄得几乎透明的皮肤，静静地等她打开大门。

"害你久等啦。"说着，三千代向旁边退了一步，像在示意代助进门。代助踏进屋里时，身体差点碰到三千代。走进客厅后，只见平冈的书桌前面规规矩矩地摆着紫色坐垫。代助看到那桌子的瞬间，心里突然涌起一丝厌恶。院里尽是还没翻过的硬土，只有泛黄的部分长了很长的杂草，看起来杂乱无比。

代助先按规矩，说了一堆客套话。"又在你忙碌的时候来打扰，真是不好意思。"他一面说，一面望着那毫无意趣的庭院，心中突然觉得，让三千代住在这种地方，真是叫人心痛。三千代把那指尖泡得有些肿胀的双手叠放在膝上说："因为我太无聊了，才帮着浆洗衣物。"她所说的"无聊"，是指丈夫总是不在家，一个人守在家里，难以打发时间的无聊。代助故意开玩笑说："你可真闲哪。"三千代却不像是要向他倾诉心中凄凉的样子，只见她默默站起来，走向隔壁房间。耳中传来一阵首饰箱铁环的撞击声，不一会儿，三千代拿着一个小盒子走回来，盒子外面糊着一层红色天鹅绒。她在代助面前坐下，打开盒盖，里面装着代助从前送给她的那枚戒指。

"这样可以了吧？"三千代像在道歉似的对代助说。说完，她又立刻走回隔壁房间，生怕被人发现似的偷偷拉开首饰箱，将充满纪念意义的戒指放回原处。之后，三千代重新回到客厅。代助对那枚戒指没有发表任何评论，眼睛看着庭院说："你那么空闲的话，拔一下院里的草吧。如何？"说完，这回轮到三千代默不作声了。半晌，代助重新开口问道："上次的事情，你跟平冈说了？"

三千代低声答道："还没呢。"

"所以他还不知道？"代助反问。三千代说，本来是想当时就告诉平冈，但是平冈最近总是忙进忙出，整天不见人影，所以始终没有机会跟他说那件事。代助当然相信三千代没有说谎，但只需花费五分钟就能跟丈夫说明的事情，为何拖到今天还没开口？肯定是三千代心里有什么难言之隐吧。而自己，则是让她在平冈面前变成有话不能明讲的罪魁祸首。即便如此，代助并不觉得自己需要受到良心谴责。或许从法律制裁的角度来看，平冈并没有责任，但是从自然给予的制裁结果来看，平冈确有不容推卸的责任。代助又向三千代打探平冈近来的行踪，三千代仍像平时一样不肯多说什么。但很明显，平冈对待妻子的态度已跟新婚时完全不同。其实，当初他们夫妇重新回到东京时，代助早已看出这一点。之后，代助虽不曾直接询问夫妻两人各自的想法，但夫妻之间的关系却一天天加速恶化。

这也是不争的事实。如果夫妻间的隔阂是因代助这个第三者而起，或许代助便会更加谨言慎行。但是根据代助的悟性来看，却又觉得没有这种可能。代助把眼前这种结果的部分原因归咎于三千代的病，他认为是夫妻间肉体关系出了问题，才使丈夫的精神方面受到影响。而另一个原因，则是他们夫妻间的孩子一出生就夭折了。除此之外，平冈整日在外游荡，也是原因之一。还有，作为一名公司职员，平冈却被赶出了公司。最后一个原因，则要怪平冈生活放荡造成的经济拮据。总而言之，现在的状况是"平冈娶了不该娶的人，三千代嫁了不该嫁的人"。想到这儿，代助觉得非常心痛，后悔自己当初答应平冈的请托，帮他说服了三千代。然而，代助做梦也没想到，事实是因为三千代的心越来越靠近代助，平冈才会开始疏远自己的老婆。

在此同时，代助也无法否认，正因为他们夫妻目前处于这种关系，自己对三千代的爱意才会越来越强烈。三千代嫁给平冈之前，代助跟她之间发展到什么程度，暂且不提，但他对现在的三千代绝不是无动于衷。他觉得生了病的三千代比从前的三千代更引人怜爱，失去孩子的三千代比从前的三千代更叫人心疼，在丈夫面前失宠的三千代比从前的三千代更让人同情，生活日渐困顿的三千代比从前的三千代更令人怜悯。然而，代助却没有胆量从正面出击，叫他们夫妻永远分手，他对她的爱情还没有热烈到那种程度。

眼下，三千代面临的最大难题还是经济。从她的话中可以听得出来，平冈并没把自己赚来的那点钱交给她做生活费。代助认为，这件事，无论如何也得先帮她解决。

"我去找平冈，跟他好好谈谈吧。"代助说。三千代露出凄凉的表情看着他。但是代助心里很明白，关于这个问题，处理得好，当然啥事也没；若是处理得不好，就只会给三千代带来麻烦，所以他没法坚持非由自己出面不可。三千代重新站起来，到隔壁房间取来一封书信。信纸装在浅蓝色信封里，是她父亲从北海道寄来的。三千代从信封里拿出一封长信交给代助。

信里写的全是她父亲遭遇到的不堪，譬如生活里的不如意、物价涨得活不下去、举目无亲的凄苦、想前往东京却无法成行等等。读完了信，代助细心地卷起信纸，交还给三千代，这时她眼中已经满是泪水。

三千代的父亲曾经拥有一些土地，也算得上薄有资产。日俄战争时，他听信别人推荐，开始做起股票生意，结果却输光了钱。最后只好横下心肠，把祖上留下的土地全数卖光，移居到北海道。今天读到这封信之前，代助从未听闻三千代的父亲离去后的消息。她哥哥还活着的时候，最常跟代助说的一句话就是"亲戚这东西有也等于没有"。结果现在就像他说的，三千代能够依靠的，只有父亲和平冈了。

"你真是令人羡慕。"三千代眨着眼皮说。代助没有勇气否认。半晌，三千代又问："怎么？你还不打算结婚吗？"听到这个问题，代助也不知如何作答。

他默默地望着三千代，看着看着，女人颊上的血色逐渐退去，看起来比平日更加苍白。代助这时才发现，自己跟三千代再继续相对而坐是很危险的。因为就在刚才这两三分钟之间，发乎自然情意的交流正无意识地驱使他们越过了应守的规范。代助原先已有心理准备，即使踏过了那条线，他也能不动声色地退回去。平日阅读西洋小说时，看到故事里那些男女所说的情话，那么露骨又放肆，直接而浓烈，代助总是难以理解。若是直接阅读原文，他还能勉强读下去，但若翻译成日文，就太令人倒胃口了。所以他从来不曾打算利用这些外国台词，来拉近他跟三千代的关系。至少，他觉得他们之间只用平常的词句就已足够，只是，在这种交流过程中，却潜伏着不知不觉从这一点滑向那一点的危险。而现在，代助就在危险关头努力地停下脚步。告辞回家时，三千代送他到玄关。

"我快要寂寞死了，别忘了再来看我呀。"她说。女佣仍在后面浆洗衣物。代助出门迈向大路，摇摇晃晃地走了一百多米。尽管他明白自己已在紧要关头及时止步，但他，心里却连半点欣慰也没有。然而，若问他是否心生后悔，早知如此，不如继续坐下去，然后顺其自然地把话说完？说实在的，他倒也没这种想法。现在回想起来，不论在刚才那个紧要关头离开，或是再过五分或十分钟才告辞，结果都一样。他现在才觉得，自己跟三千代的关系已经比上次有所进展。不，其实上次见面时，已有相当的进展。代助开始顺着时间回顾自己跟三千代的过去，不论哪个瞬间，都能看到两人之间燃出的爱情火花。回忆到最后，他发现三千代嫁给平冈之前，等于早已嫁给了自己，这个结论就像一块重物似的，突然砸进他的心底。代助的脚步被那重物砸得摇来晃去，几乎无法站稳。走进家门的时候，门野向代助问道："您的脸色好糟糕哇。发生了什么事吗？"代助走进浴室，拭净了苍白额头上的汗水，再把头发浸在冷水里，浸了好长一段时间。

之后接连两天，代助都没出门。第三天下午，他搭上电车到报社找平冈。代助已下定决心，要帮三千代跟平冈当面详谈。他把名片交给报社的伙计之后，在门房里等候着。房间里满是灰尘，正在等待的这段时间，代助再三从袖管里掏出手帕捂住鼻子。不一会儿，终于有人过来领他前往二楼的会客室，但这儿也是个阴暗狭窄的房间，不但空气不流通，还又闷又热。代助掏出烟，抽了一根。一扇写着"编辑室"的房门，自始至终一直敞开着，只见熙熙攘攘，不断有人进出。不一会儿,代助想要约见的平冈也在门口出现了。他穿着代助上次看过的那身夏季西装,戴着和上次一样漂亮的衬领和袖扣。"啊!好久不见。"平冈说着,走向代助面前。他看来似乎很忙。代助被迫般地站起来,两人站着聊了几句,但这时刚好是编辑最忙的时段,根本无法细谈,代助便问平冈什么时候有空。平冈从口袋里掏出怀表看了一眼。

"真不好意思。那可否请你过一小时之后再来?"平冈说。代助便拿起帽子,从那又黑又脏的楼梯重新走下来。到了报社门外,刚好外面吹起了阵阵凉风。

代助漫无目的地在路上闲逛,同时也在心里盘算,等一下见到了平冈,该如何切入正题。他觉得最重要的,是帮三千代寻求一些慰藉,就算只有一点点也好。他知道自己做这件事,很可能会惹恼平冈。代助心里也已预料,这件事倘若搞得不好,最糟的结果就是必须跟平冈绝交。然而,事情要是搞到那个地步,他又如何能救三千代?对于这一点,代助却没想出任何办法。他既没有勇气要求三千代,让两人之间的关系更进一步,也无法不让自己为三千代做些什么。所以他今天来找平冈,与其说是理智想出的妥善对策,不如说是爱情旋风卷起的冒险行动。这种做法跟他平日的作风完全不同,但是代助没发现这一点。一小时后,他又站在编辑室外等候。不一会儿,代助就跟着平冈一起离开了报社。

两人绕进小巷,走了三四百米,来到一户人家门前,平冈领先走了进去。只见客厅的檐下吊着狼尾蕨盆栽，狭小的庭院地面刚洒过水，看起来湿漉漉的。平冈一脱掉外套，立刻盘腿坐下。代助倒不觉得太热，拿起团扇扇几下也就够了。

两人先从报社的工作聊起。"这一行虽然很忙，却是个轻松愉快的好差事。"平冈说，语气里完全没有懊悔。代助调侃道："那是因为你没什么责任感吧。"平冈露出严肃的表情为自己辩解着，并向代助解说为何今日的报纸事业竞争最为激烈，也特别需要头脑敏锐的人才。

"原来如此，只会摇笔杆，是没法胜任的吧。"代助并无半点感佩的样子。

"我负责经济方面的新闻。光是这个分野，就挖到好多有趣的事情。对了，我把你家公司的内幕也写点出来怎么样？"平冈说道。

代助根据平时的观察，早已料到会有这种情况出现，所以听了平冈这话，一点也不觉得讶异。

"写出来也挺有意思呀。不过，请你要公平处理。"代助说。

"我当然不会乱写啦。"

"不，我的意思是说，不要只写我哥哥的公司，应该一视同仁，全都写出来。"听了这话，平冈露出别有用意的笑容。

"只有一个日糖事件也不够看嘛。"平冈说得很含糊，好像嘴里咬着什么东西似的。代助喝着酒没说话。代助想，照这样谈下去，大概很快就僵住了吧。不料，平冈或许刚好想起什么相关企业界的内幕，或是受到了其他启发，他突然开始在代助面前添油加醋地谈起大仓组[1]在中日甲午战争时的传闻。据说，当时大仓组本该在广岛供应陆军几百头牛作为军粮。但是公司每天缴上去几头牛，到了晚上，又悄悄地把牛偷回来，第二天，再不动声色地把同样的牛缴给军中。也就是说，陆军官员每天买进的，都是同样的几头牛。日子一天天过去，这件事终于东窗事发，于是陆军官员买来牛之后，立刻在牛身上烙下印记。这件事大仓组却毫不知情，照样又把牛偷了出去，第二天再大模大样牵牛进来，这下才终于被抓个正着。

听着平冈的叙述，代助觉得，若从当时现实社会的角度来看，这段故事不愧是现代笑闹剧的代表作。接着，平冈又向代助描述政府对于社会主义分子幸德秋水[2]有多恐惧。据说，幸德秋水家的前前后后，日夜都有两三名巡警负责监视，有一段时间，甚至还在他家前后撑起帐篷，偷偷躲在帐篷里面监视，每当秋水走出家门，立刻就会有巡警跟在后面。万一不小心跟丢了，那可等于发生了十万火急的意外事件，整个东京市顿时陷入一片混乱，所有警察都在忙着打电话交换情报，一下说"现在出现在本乡"，一下又说"现在到神田来了"。新宿警察局光是为了监视秋水一个人，每月的花费就

---

1　大仓组：由大仓喜八郎（1837—1928）于明治、大正时期创设的财阀集团，靠中日甲午战争、日俄战争发了战争财而成长的综合商社。第二次世界大战后倒闭。

2　幸德秋水（1871—1911）：日本明治时代的记者、思想家、社会主义者、无政府主义者。本名幸德传次郎。

高达一百元。据说秋水有位开糖果店的朋友，只要他在路上摆摊子捏糖人，穿白制服的巡警马上就会跑来关心，甚至还将鼻子凑到他做的糖人前面乱闻，让他根本没法做生意。

　　但是这段传闻听在代助耳里，并没产生什么惊人的回响。

　　"也可以算是另一种现代笑闹剧的代表作吧？"平冈用代助刚才说过的话反问代助。"大概吧。"代助说着，露出笑容。他原本对这种事就没什么兴趣，今天也不想像平日那样闲话家常，所以关于社会主义什么的，他就没再接腔了。其实刚才平冈嚷着要找艺伎来服务，也被代助勉强回绝，主要也是因为这个理由。

　　"不瞒你说，我今天来，是有话要对你说。"代助终于说出这句话。不料平冈一听这话，立刻脸色大变，眼中露出惶恐不安的神情看着代助。

　　"那件事，我老早就在想办法了，可是现在实在无能为力。请你再宽限几天吧。为了报答你，关于令兄和令尊的事情，我现在也压着没有写呀。"听到平冈突然说出的这段话，代助倒不觉得莫名其妙，而是升起一种憎恶的感觉。

　　"你变了很多嘛。"代助嘲讽平冈说。

　　"我也跟你一样，变得面目全非了。咱们这样磨嘴皮，也无济于事。所以说，还是请你再给我一点时间。"说完，平冈脸上露出勉强的笑容。

　　代助早已打定主意，不管平冈今天说什么，他得将自己该说的都说出来。现在若是重要的话还没说，就先向对方解释，自己不是来讨债的，平冈肯定会做出其他联想，这对代助也是一件麻烦事。所以现在平冈虽然误会了自己的意思，代助决定就让他继续误会下去，总之，他要按照自己的想法表明态度。不过，最让代助感到棘手的是，若是平冈知道他不顾家小的事，其实是三千代告诉代助的，或许会给三千代招来麻烦也不一定。然而，若是不挑明了问题症结跟他谈，不论代助提出多少建议与忠告，都是白搭，想到这儿，代助只好绕着圈子说道："看来你最近常到这种地方来啊，跟他们这儿的人都很熟了嘛。"

"我不像你手头那么阔绰，也没办法一掷千金，但交际应酬又省不了，我这也是没办法呀。"说着，平冈用熟练的手势抓起小酒杯，送到嘴边。

"虽然这不关我的事，但你家里的日常收支能应付得过去吗？"代助心一横，决定直接导入正题。

"嗯。哦，还好吧。"说到这儿，平冈突然显得无精打采，回答得非常无力。

代助也不好继续追问，只好换个话题："平常这个时候，你已经回家了吗？上次我到你家去，好像你都很晚才回家。"听了这话，平冈好像仍然不想面对问题。

"哦，有时回家，有时不回，因为工作时间不规律嘛。也没办法啦。"平冈的暧昧语气似乎在为自己辩解。

"三千代小姐会很寂寞吧？"

"不会，她没问题的。那家伙也变了很多哦。"说完，平冈抬眼看着代助。代助从那双眸子里看到一种令人难以理解的恐惧。代助想，说不定，这对夫妇的关系已经无法修复了吧？如果夫妻俩将被自然之斧砍成两半，那么，等待在自己面前的未来，就将是一场无法回头的命运。因为他们夫妻俩的距离越走越远的话，自己就得相对更加靠近三千代。想到这儿，代助当场冲动地嚷道："胡说八道！再怎么变，也只是年龄日增的改变。你还是尽量早点回家，多陪陪三千代小姐吧。"

"你是这么想的吗？"说完，平冈猛然吞下一口酒。

"我是这么想的，任谁都只会这么想，不是吗？"代助不加思索，立刻答道。

"你以为三千代还是三年前的那个她吗？她已经变了很多哦。哎呀！她改变太多了。"平冈说完，又猛地喝下一口酒。代助不禁心跳加快起来。

"没变哪！我看到的她，跟从前完全一样，一点也没变呀。"

"但我就是回到家，也觉得闷得慌，又有什么办法？"

"不可能的。"平冈又睁大了眼睛看着代助。代助感到有点窒息，却完全没有做贼心虚的感觉。他只是因为一时冲动，才说出这番一反常态的意见，但他心底坚信，自己说出这些话，全都是为了眼前的平冈。三年前，平冈跟三千代在他的撮合下结为夫妇，当时代助之所以奔走周旋，只因他在无意识中想做最后一次努力，企图从他跟三千代的关系中解脱出来。至于他跟三千代的那段关系，代助从未糊涂到想对平冈隐瞒。他现在之所以敢对平冈表现出不信任的态度，主要是因为他过分地自认高尚，并且过分地高估了自己。

半晌，代助重新恢复了平日的语气说："不过像你这样整天都在外面鬼混，当然开销就会增加，也因此而影响到家庭的经济状况，才会觉得家里没意思，不是吗？"

平冈把白衬衣的袖子卷到手肘处说："家庭？家庭也不是什么不得了的宝贝。会把家庭看得那么重的，只有像你这种还没成家的光棍。"

听到这话，代助觉得平冈实在令人厌恶，现在若是能把自己心里的话摊开来说，他真想一股脑地说清楚："你这么讨厌家庭，也行啊。那我可要把你老婆抢走啰。"然而，他跟平冈的交谈要走到这一步，还得经过很多步骤，所以他打算再从外围试探一下平冈的内心。

"你刚回东京时曾经教训过我，叫我找些事做。"

"嗯。然后听到你那种消极的想法，我真是大吃一惊。"代助相信平冈真的非常惊讶。当时，平冈热切地渴望自己有所作为，简直就像个发高烧的病人。但他所期待的结果是什么，代助却不太清楚。究竟是希望得到财富？名誉？还是权势？或者只是一心只想有所作为？

"我这种精神萎靡的人说出那种消极的意见，也是很自然的吧……我这个人，虽然有自己的想法，却不会强加于人。每个人都有适合自己的想法，而我的想法也只适用于我自己。所以我绝不会把上次那种想法强加在你身上，强迫你怎么做。当时你那种意气风发的态度，令我钦佩，而你也是个充满干劲的人，就像你当时表现的那样。所以我期待你务必有所作为。"

"我当然是想大干一场的。"平冈只回答了一句话，没再说下去。代助不禁从心底升起一丝疑虑。

"你是想在报社好好儿干一场？"

平冈犹豫了几秒，才态度明确地说，"只要我还在报社，就打算在报社好好儿干。"

"那我就明白了。因为我现在问的，并不是你这辈子要做什么大事业，有你这个回答，也就足够了。只是，报纸能让你做出什么有意义的事业吗？"

"我想应该可以。"平冈回答得轻松简要。两人的谈话进行到这儿，内容始终维持在抽象层面，代助虽然听懂了字句上的意义，对于平冈心中的真意，毫无把握。不知为何，代助总觉得自己好像在跟政府要员或律师谈话。于是他心一横，决定先玩弄一下恭维人的手段，便谈起了"军神"广濑中校[1]的往事。这位广濑中校在日俄

---

1 广濑武夫（1868—1904）：日本海军军人。日俄战争时参加封锁旅顺港任务而战死。他最后弃船时，冒着生命危险搜寻失踪的部下，因而被日本人讴歌为军人楷模。

战争时，因为参加封锁队[1]阵亡而被当成偶像受人讴歌，最后还被尊崇为"军神"。然而战争结束到现在也不过四五年，今天还会提起"军神"广濑中校的人，几乎一个也没有。可见英雄的消亡，也不过就在眨眼之间。所谓的英雄，通常只是某个时代的重要人物，虽然名气响亮，却也是活在那段现实当中，等到关键时刻一过，英雄的资格便被世人逐渐剥夺。日本跟俄国开战的那段关键时期，封锁队的地位虽然举足轻重，但等到和平一降临，国家进入百废待举的时期，就算有一百个广濑中校，也只是一百个普通人而已。世人对待英雄也像对自己身边的凡人一般，是很势利的。所以说，就算是英雄人物的偶像，也必须经常进行新陈代谢与生存竞争。代助向来都不认为英雄值得追捧，但是面前若有一位既有野心又充满霸气的好男儿，他觉得这名男子不必倚仗瞬间即逝的刀剑，而应该凭借永恒的如椽之笔，以这种方式成为英雄，才能历久不衰。而报社也正好就是这种代表性的事业典型。

说到这儿，代助突然发现，自己原想恭维平冈一番的，现在竟说出这段青涩的台词，不免有点啼笑皆非，便不再往下说。而平冈也只答了一句："不敢当，多谢了！"而从这句话里也能听出，平冈对代助既无责怪也无感激。

代助觉得自己似乎过于低估了平冈，不免有点心虚。老实说，

---

1　封锁队：日俄战争时，日本海军成立了一支"封锁队"，故意将船只击沉在旅顺港内，以阻止俄国舰队驶出港口。

他原本的计划是先从这个题目引起平冈的共鸣，再乘胜追击，转移焦点，把话题拉回刚才说到的家庭问题上去。而现在，他才从这条不切实际又极为艰难的远路起点踏出去没几步，就立刻遭到挫折，无法前进了。

这天晚上，代助虽然最后向平冈啰唆了半天，却毫无收获地跟他分手。从结论来看，代助甚至连自己为何跑到报社找平冈，都说不出个所以然。若从平冈的角度来看，可能更是莫名其妙吧。但是直到代助告辞返家为止，平冈也没问他究竟为何跑到报社来找自己。

第二天，代助独自在书房里反复琢磨昨晚的情景。昨晚跟平冈谈了两小时，只有在为三千代辩解时，自己才比较认真严肃。而且那份认真，也只是指自己的动机，至于从自己嘴里说出的字句，全都是信口开河，随便乱讲。从更严格的角度来看，甚至可说是满嘴谎言。而就连他现在自觉认真的动机，其实也只是一种拯救自己未来的手段而已。对平冈来说，这动机根本不含一丝真挚，昨晚谈到的其他话题，也全都是事先设计的策略。代助打一开始，就想把平冈从他现在所处的地位，推向自己期待的位置。所以，结果当然就只能对平冈一筹莫展。

如果自己不顾一切提到三千代，并且毫不客气地从正面切入，那就能把话说得更透彻，肯定能让平冈心生畏惧，把话听进去。但是万一处理不好，却会给三千代带来麻烦，也可能会跟平冈大吵一架。

代助就在不知不觉中，采取了安全无力的做法，失去了跟平冈谈判的勇气。如果自己一方面用这种态度面对平冈，一方面又为三千代的命运感到不安，觉得根本不能将她托付给平冈，那就只能说，他厚颜无耻地犯了一种错误，名字叫作荒谬的矛盾。

代助常对从前的某些人感到羡慕，那些人明明是以利己为出发点，却因头脑不清而坚信自己的出发点是为了他人，他们用哭闹、感叹或刺激等方式，逼迫对方按照自己的意思办事。代助觉得，如果他也像那些人那样糊涂，做事不那么瞻前顾后，说不定现在对昨晚的会谈就会比较满意，而且会谈也可能得到令人称心的结果吧。他经常被别人——尤其是父亲——评为"缺乏热诚的家伙"。但他自己剖析得出的结果却是另一种看法：任何人的动机和行为，都不可能永远因充满热诚而变得高尚、真挚或纯真。人类的行为和动机，其实是属于层次更低的东西。会对这种低层次的东西表现出热诚的人，不是行事莽撞的低能儿，就是想借由标榜热诚来抬高身份的骗子。

所以说，代助表现的这种冷漠，虽称不上是人类的一大进步，却完全是他深入剖析人类而得出的结果。正因为他已细细回味过自己平日的动机与行为，深知其中隐含着圆滑、草率，而且通常还包含着虚伪，他才不想怀抱热诚去做任何事。他还对自己这种看法绝对深信不疑。

现在，代助面临的难题是，不知自己应该何去何从。他跟三千代的关系究竟要顺其自然，勇往直前？或是朝着完全相反的方向，返回浑然无知的从前？现在若不做出决断，他觉得整个生活都会变得毫无意义。除了以上两个选项之外，其他任何一条路都只是彻头彻尾的虚伪，虽然对社会来说，全都是安全的选项，但对自己来说，却都只能反映自己的无能。

代助认为自己跟三千代的关系是天意的安排……他也只能把这种关系看成天意……他深知听任这种关系发酵下去，将带给自己社会性的危险。通常，这种合乎天意却违背人意的恋情，都要等到当事人死了之后，才能得到社会的认可。他又想到自己和三千代，万一他们也发生了悲剧……想到这儿，代助不禁浑身战栗。

代助也从相反的角度想象过自己跟三千代永不再见的状况。到了那时，他就不能继续顺从天意，而必须为自我意志而牺牲。代助甚至还想到，作为牺牲的手段，他将答应父亲和嫂嫂极力推荐的婚姻。等到自己接受了这门婚事，所有的人际关系都将重新洗牌。

# 十四

　　代助十分迷惘，他不知道自己究竟该当个遵循自然的幼儿，还是遵从意志的成人。他原是个连冷热变化都会马上有所反应的人，现在却要被一种毫无弹性的硬规矩将他像个机器似的束缚起来，以他一向信奉的原则来看，这种做法实在愚蠢又讨厌。而另一方面，他也深切明了，自己就快要遇到一次做出重大抉择的危机了。

　　上次见到父亲时，父亲命令他回家好好考虑那门婚事，但他一直没时间认真思考。离开父亲那儿之后，他只顾着庆幸："啊！今天总算又逃出了虎口。"然后一眨眼工夫，就把这事抛到脑后去了。虽然父亲后来没再追问，但是代助觉得，恐怕就在这几天，青山老家那边又会叫自己过去吧。老实说，被父亲召唤之前，他根本不愿多想。反正等到被唤去之后，先看看父亲的态度与意见，再想想对策吧。代助会这么打算，倒也不是没把父亲放在眼里，而是他觉得，在目前这种状况下，不管最后的结论是什么，应该是父亲与自己商讨之后得出的答案才对。

如果代助还没感觉出三千代对自己的态度，已到了即将摊牌的阶段，他当然是想以这种方式对付父亲。但现在不论父亲的态度如何，他都得投出手里的骰子。不管投出的结果是对平冈不利，或是惹父亲生气，骰子只要一投出去，接下来，除了听天由命，再也没有别的法子。现在既然骰子抓在他手里，而且骰子原就注定要被抛出去，那么除了自己，再也没有第二个人能够决定骰子的命运。代助已经下定决心，最后的决定权必须掌握在自己手里。在他做出决断的舞台上，绝对轮不到父亲、兄嫂或平冈登场。

然而，一想到自己的命运，代助就不免怯弱。最近这四五天，他整天瞪着手里的骰子打发时光，直到现在，骰子仍旧握在他手里。命运之神快点降临吧！他期盼着，快来轻拍一下他这只手吧。在此同时，他却又庆幸着骰子依旧抓在自己手里。

门野经常跑到书房来探望，每次走进书房，总看到代助坐在桌前发呆。

"您还是出去散散步吧？这么努力研究学问，对身体不好吧？"门野向代助提出过一两次建议。代助这才发现自己的脸色真的很糟。门野最近每天都会帮代助准备洗澡水，因为夏季的脚步越来越近了。代助每次走进浴室，总是花费很多时间照镜子。由于他的毛发天生浓密，每次看到胡子稍微长了些，代助就觉得不舒服，若再用手一摸，感觉糙糙的，心中就更加不悦了。

代助每日三餐如常，饭量也跟平时一样。只因缺乏运动，睡眠不规律，加上忧烦过度，排泄方面出现了一些变化。只是代助一点也不在乎，因为他正一心一意绕着一个题目思考，几乎无暇烦恼自己的生理状态。而当他习惯了这种思考活动后，反而觉得无休无止地绕着一个问题思考，要比奋力突破这个思考的牢笼更加轻松愉快呢。

　　只是思考到最后，仍然无法做出决断，代助不免对自己感到厌恶。他甚至还想过，反正这也是没办法的办法，干脆跟三千代进一步发展，再用这种关系当作拒绝佐川家的理由。想到了这儿，他不由得暗自心惊。但是代助却从没想过应允婚事也可以成为自己跟三千代分手的手段，即使当他脑中转来转去忙着思考婚事问题时，这种想法也从未出现过。

　　至于如何推掉婚事，代助虽只是私下思量，却也早已得出了结论。问题是，拒绝之后必会带来反弹，他知道，某种不可避免的力量必定会从正面袭来，不仅扑向自己，就连三千代也会跟着遭殃。每当他想到这儿，心中就开始畏惧起来。

　　代助期待着父亲再来催促自己，但是父亲那儿并没传来任何消息。他想再去跟三千代见一面，又没有那种勇气。

　　思考到最后，代助渐渐觉得，从道德的角度来看，婚姻只会在形式上将自己跟三千代分开，但在实质上，却根本不会给两人带来任何影响。三千代虽已嫁给平冈，仍然能跟自己维持目前这种关系，等到自己成为已婚人士之后，未必不能维持同样的关系下去。旁人只从外表来看，会以为他跟三千代已经分手，但这种形式上的分手，对自己跟三千代的心，却没有半点约束力。现在这种关系如果一直持续下去，只会不断带给他痛苦。这就是代助思考后得出的结论，所以他现在除了拒婚，已别无选择。

做出抉择后的第二天，代助难得地出门去理发修脸。自从进入梅雨季，连续下了两三天大雨，不论地面或枝头的灰尘，全被雨水冲刷干净，就连太阳也失去了光彩。地面的湿气使得云缝里射来的阳光变得十分柔和，似乎失去了一半光芒。他在理发店里注视着镜中的自己，又像平时一样伸手抚摸自己胖乎乎的面颊。他想，从今天起，我终于要展开积极的人生了。

到了青山的老家门前，只见玄关前停着两辆人力车。车夫一面等待客人，一面靠在踏板上打瞌睡，连代助从车旁经过都没发现。走进客厅，代助看到梅子正望着满园的绿荫发呆，她的膝上放着一份报纸。看她一脸呆滞，好像快睡着了。代助忽地跳到她面前坐下。

"父亲在吗？"

嫂嫂开口回答之前，先打量了代助一番，那眼神就像主考官在审视考生。

"阿代，你好像瘦了呀？

"代助用手摸了一下脸颊。"没有吧。"他否定了嫂嫂的意见。

"可是你的脸色很不好哦。"说着，梅子的脸凑了过来，细细观察代助的脸色。

"大概是庭院的关系，脸上反映了绿叶的颜色嘛。"代助看着院里的树丛说，接着又补上一句，"所以，你也是脸色发青呀。"

"我？我这两天身体不太舒服。"

"怪不得我看你精神不太好。怎么了？感冒了吗？"

"也不知怎么回事，从早到晚总是哈欠连天。"

说着，梅子从膝上拿开报纸，拍掌叫来用人。代助又问了一遍父亲是否在家，因为梅子刚才忘了回答。经他再度追问后才知道，原来玄关外的人力车，正是父亲的客人坐来的。"如果会客时间不长，我就在这儿等到客人离去吧。"代助想。嫂嫂觉得头脑不太清醒，站起来对代助说："我到洗澡间用冷水擦擦脸就来。"

这时，女佣用深底的盘子装着葛粉粽走进来，粽子散放出阵阵香气。代助把粽子从尾部提起，放在鼻尖不断嗅着粽香。

不一会儿，梅子两眼闪着清凉的光辉从浴室回来，代助将粽子像钟摆似的甩来甩去，一面向嫂嫂问道："哥哥最近怎么样？"

梅子站在回廊一端的角落看着庭院好一会儿，仿佛觉得自己没有义务立刻回答这问题似的。

"这雨才下了两三天，青苔都冒出来了。"梅子对院里进行了一番跟她平日作风完全不同的观察之后，这才走回刚才的座位。

"我在问您，哥哥怎么样了？"代助又向嫂嫂提出刚才的疑问。嫂嫂满不在乎地答道："怎么样？还是老样子呀。"

"还是整天不在家？"

"是呀！是呀！不论早晚，老是见不到他人影。"

"那嫂嫂不寂寞吗？"

"事到如今再问这种问题，又有什么意义？"梅子大笑起来，似乎没把代助这问题放在心上。或许她以为代助在开玩笑，也可能觉得这问题太过幼稚吧。代助回顾一下自己平日的作风，觉得自己竟会问出如此严肃的问题，才更令人称奇。尽管代助以往已对兄嫂的关系观察了很长时间，却从未注意到这个问题。嫂嫂也从没表现出明显的能被代助注意到的不满。

"难道世上的夫妻都是这么过日子吗？"代助像在自语似的说。他并没期待梅子的答复，所以也没看着梅子，而是垂着眼皮瞪着榻榻米上的报纸。

"你说什么？"不料，梅子突然反问，似要打断代助的疑问。代助大吃一惊，赶紧转回视线。

"所以呀，你要是讨了老婆，就从早到晚待在家里好好爱她吧。"听了这话，代助这才发现自己在嫂子面前表现得不太像平日的自己了，于是他尽力想要恢复往常的作风。

然而，代助现在全副精神都集中在拒婚，以及拒婚后自己跟三千代的关系上，所以不管他如何努力想以平时的面貌应对梅子，却总是不自觉地发表一些不同于昔日的论调。

"阿代，你今天说话好奇怪。"聊到最后，梅子终于说出自己的感觉。对代助来说，他若想把嫂子的话引到别处去，原本是轻而易举的。但他今天不想这么做，因为他觉得这样好像有点不正经，也太费周折，所以他故意露出认真的表情拜托嫂子告诉他，自己究竟说了哪些奇怪的话。梅子却露出讶异的表情，好像觉得代助提出这种问题很愚蠢。然而代助仍然再三央求，梅子只好说一句："那我就不客气地告诉你了。"说完，她一连举了好几个例子，点出代助今天的异常之处。当然，梅子从头到尾都知道代助的认真是装出来的。

"因为呀，你不是问什么'哥哥整天不在，嫂嫂很寂寞吧'之类的问题吗？你今天对我太体贴了啦。"嫂嫂举出一连串实例当中，还包括了这句话。

听到这儿，代助连忙插嘴解释说："哎呀！因为我认识的女人里，有个人就是这样，真的觉得她好可怜，忍不住就想问问其他女人的想法。我绝不是存心调侃您呀。"

"真的吗？那你告诉我，她叫什么名字？"

"说人家名字不太好吧。"

"那你可以劝劝她老公，叫他要多疼爱自己老婆一点。"

代助露出微笑。

"嫂嫂也觉得应该这样吗？"

"当然哪。"

"如果她老公不听劝告怎么办呢？"

"那就没办法了。"

"随他去吗？"

"不随他去还能怎么办？"

"那么，那女人还有义务对她丈夫遵守妇道吗？"

"这就有点过分了。得看那丈夫对她有多么不好吧。"

"如果那女人爱上别人，该怎么办？"

"我怎么知道！那女人也太蠢了。如果另有爱人，打一开始就跟那个人在一起不是很好吗？"代助默然地陷入了沉思。过了一会儿，他喊了一声："嫂嫂！"梅子被他沉重的语气吓了一跳，转眼看着代助。代助继续用同样的语气说："这门婚事，我打算回绝。"代助抓着香烟的手有点颤抖。梅子听到"回绝"两字时，脸上倒没什么表情，代助也不管她的反应，继续说下去。

"为了我的婚事，到现在已不知给嫂嫂添了多少麻烦，而且这次的婚事，也让您操了许多心。我今年都三十岁了，原本是该像您说的，看到差不多的对象，就听从大家的意思，娶回来算了。但我现在却有了另外的打算，我想回绝掉这桩婚事。这么做虽然很对不起父亲和哥哥，但我实在出于无奈。对方那位小姐，我也不是不喜欢，不过还是决定放弃。上次父亲叫我好好考虑一下，我思考了很久，想来想去，觉得还是不要答应比较好，因此决定回绝对方。不瞒您说，今天就是为了这件事来见父亲，可是父亲现在正在会客，若说现在只是顺便告诉您一声，对您也很失礼。不过，我还是得先向您报告一下。”

梅子看到代助一脸认真的表情，便像平时一样专心聆听，不再插嘴，等到代助说完之后，她才开始发表看法。这时，她只说了极简单又极现实的一个短句。

“但父亲一定会很为难。”

“我会直接告诉父亲，不必担心。”

“因为婚事都谈到这个地步了。”

“不管谈到什么地步，我可从没说过要娶那位小姐。”

“但你也没有明白地说过不娶呀。”

“我现在就是来说这句话的。”代助与梅子相对无言，静默半响。

对代助来说，他觉得自己该说的，都说完了，至少他不打算主动向梅子解释什么。而梅子心里却还有好多事该说该问，但一时也想不起如何跟刚才的话题接下去，所以也就开不了口。

“这桩婚事在你背后进展到了什么程度，我也不太清楚，不过任谁都想不到你会这样干脆地拒绝吧。”过了一会儿，梅子终于开口说道。

“为什么呢？”代助冷静悠闲地问道。梅子耸了耸眉头说：“为什么？我可说不出具体理由。”

“说不出也没关系呀。说说看嘛。”

“你这样三番五次回绝婚事，其实归根结底，结果还不是一样？”梅子向他说明着。但是代助并没有立刻听懂嫂子的意思。他用不解的眼神望向梅子，梅子这才开始详细叙述自己的想法。

"也就是说，你迟早还是会想娶个老婆吧。就算你不想，也不能不娶，对吧？现在这种打算一辈子闲云野鹤的人生，对父亲多不孝哇！既然如此，反正不管娶谁你都不会满意，那不等于随便娶谁都一样？而且你这个人，不管介绍哪位小姐给你，你都不会点头的。但这世界上，能让我们全心喜欢的人，根本一个也没有。妻子这东西呢，原本就不可能是你一见面就看上的小姐，但你也只能不得已地接受下来，不是吗？所以说，现在我们大家公认的最佳人选，你干脆乖乖地娶了她，这样就皆大欢喜啦……我猜父亲这次可能会自作主张，不会事事都跟你商量。因为父亲觉得这是理所当然的事情，若不这么办，恐怕在他有生之年，都看不到你讨老婆了吧？"

代助安静地听着嫂子说明，梅子中间停顿下来的时候，他也没有随便插嘴。因为他想到，自己若是反驳，问题只会越来越复杂，梅子也绝对听不进自己的想法。尽管如此，代助还是无法接受嫂嫂所说的那一套。他觉得嫂嫂的想法只会让大家都陷入无解的窘境。于是，他看着嫂嫂说："嫂嫂说得也有道理，但我也有自己的想法，请您暂时别管这件事吧。"代助的语气不自觉地表现了他对梅子多管闲事感到厌恶。但是梅子却没有停嘴。

"那当然啦，阿代也不是小孩了，当然会有自己的想法。我说这些废话，只会让你嫌烦。我不会再多嘴了。但是请你也站在父亲的立场想想吧。你每月的生活费，只要你说出个数字，父亲马上就会给你，换句话说，你现在比当学生的时候，更需要父亲的接济吧。这姑且不提，照料就照料了，但你现在长大成人，就自以为是，不肯像从前那样听从父亲的吩咐，这可就不对了，不是吗？"

梅子显得有些激动，还要继续说下去，却被代助打断了。

"但我要是讨了老婆，岂不是比现在更需要父亲的接济？"

"那有什么不好呢？父亲说他希望你结婚呀。"

"所以说，这次不管我多不喜欢那位小姐，父亲已下定决心叫我娶她了。"

"如果你有喜欢的小姐，自然让你娶她，问题是，走遍全日本，也找不到你喜欢的人，不是吗？"

"你怎么知道没有我喜欢的人？"

梅子睁大了眼睛看着代助。

"你这种话，简直就像从律师嘴里说出来的。"梅子说。听了这话，代助把他显得极为苍白的额头靠向嫂子身边。

"嫂嫂，其实我已有中意的人了。"代助低声说。代助从前经常跟梅子开这种玩笑。梅子最初以为代助是认真的，甚至还暗中进行调查，因此而闹了不少笑话。但自从梅子了解事实真相后，她对代助所谓的意中人再也不感兴趣，就算代助主动提起，她也懒得搭理，或只是随意敷衍一下。代助对嫂子的反应也不以为意。只是今天这个场合，对代助来说却充满了特殊的意义。不论是他的表情、眼神，或蕴含在那低沉嗓音里的力量，还有整件事情演变到现在的前后相关发展……这一连串的要素加在一块儿，都让梅子不能不暗暗吃惊。代助刚说完的那个短暂句子，令她感觉像是匕首发出的寒光。

代助从腰带里掏出怀表看了一眼。父亲的访客一直没有离去，天空却又逐渐转阴。他觉得今天还是先行告辞，下次再专程来跟父亲谈这件事吧。

"我先回去了。下次再来看父亲。"说着，代助便打算起身。但他还没站稳，梅子便忙着问话。梅子是个好人做到底的性情中人，不论做什么都不喜欢半途而废，所以她抓着代助不让他走，并向代助询问意中人的名字。代助一直不肯告诉她。梅子紧追不舍，不断追问，代助还是不说。梅子便问："那为什么不娶她呢？""娶她不是那么简单的事，所以才没娶。"代助说。不料说到最后，梅子竟然哭了起来。"别人在这儿为你出力，你却让别人白忙一场。"梅子埋怨道，接着又责备代助，"为什么不早点说清楚呢？"说完，又对代助表示同情，连连嚷着："你好可怜哪。"但说了半天，代助始终没说出三千代的事，梅子也就只好认输。

代助正要离去时，梅子向他问道："那你打算自己亲口告诉父亲啰。在你开口之前，我还是闭嘴比较好吧？"代助也不知究竟叫嫂嫂保密比较好，还是请她先向父亲疏通一下比较好。

"这个嘛……"代助踌躇了好几秒才说，"反正我还会再来当面回绝亲事的。"说完，他抬头看着嫂嫂。

"那我看情形吧，如果觉得情况合适，我就说，若觉得情况不对，就暂时什么也别说，等你自己来说。这样可好？"梅子好意说道。

　　"那就请您多多关照了。"代助拜托嫂嫂之后，走出大门，一直走到街角处。他打算从四谷走回家，所以故意搭上一辆驶向盐町的电车。车子经过练兵场旁边时，天空厚重的云层在西边裂出一条缝隙，梅雨季节罕见的夕阳从那儿露出鲜红的脸孔，照射在广阔的原野上。阳光照着前进的车轮，轮子每转一圈，轮上便闪出一道钢铁的光芒。辽远的平原上，电车显得十分渺小，而车子看起来越小，平原则显得更大。太阳散发出鲜血般的光芒，凶猛地照耀着大地。代助一面从车身侧面欣赏着前方的景象，一面乘着电车迎风前进。沉重的脑袋有点晕乎乎，电车快到终点时，不知是精神影响到身体，还是身体影响到精神，代助只觉得厌烦得想要快点下车。到站之后，他把手里那把为防下雨而带来的蝙蝠伞当作拐杖，慢吞吞地拖着脚步往前走。

　　"今天，我等于亲手毁掉了自己的半个人生。"代助走着，在心中低语。以往跟父亲或嫂嫂交手时，他总能适度地保持距离，以柔软的态度坚持维护自我。但是这一回，他不得不显露出本性来，否则是没法通过这一关的。而且，自己想以同样的做法得到跟从前一样的满足，也已变得希望渺茫。但他若想退回以往的处境，也还是有可能的。只是他必须瞒过父亲才行。代助想到自己从前的作为，不禁从心底发出冷笑。他实在无法否认，今天亲口对嫂嫂说了真话，已经毁掉了他的半个人生。然而，即将来临的打击也会带给代助另一种力量，并让他强烈地想为三千代大胆一搏。

代助决定下次跟父亲见面时一定要坚守自己的立场，绝不退让一步。所以他很担心自己还没见到三千代之前，又被父亲叫去。他很后悔让嫂嫂自行决定是否先跟父亲提起自己打算拒婚。如果嫂嫂今晚就告诉父亲这件事，那很可能明天一早，父亲就会派人叫自己过去。想到这儿，代助觉得自己必须在今晚先跟三千代见上一面。但现在天色将黑，代助又觉得不太方便。

走下津守的山坡时，太阳已快要下山。代助从士官学校前面笔直地朝着城河边走去。走了两三百米，来到原该转向砂土原町的路口，他却故意从这儿开始沿着电车路线往前走。代助不想像平日那样直接回家，然后整晚都安闲地在书房里度过。他放眼向前望去，视线所及之处，只见城河对岸高堤顶端的整排松树黑影，无数电车正在堤防下方往来穿梭。看着那些轻巧的车厢，毫无阻碍地在轨道上滑来滑去，那种灵敏迅速的模样令他心情轻松。但他自己脚下这条路，因为总有外濠线电车一辆接一辆驶过，令他觉得特别嘈杂，心情也十分烦躁。走到牛込附近的时候，代助看到远处小石川树林那儿已是万家灯火，他完全没想到晚饭，一心只顾着朝向三千代所在的方向走去。

大约过了二十分钟，代助登上了安藤坂，来到传通院烧毁的遗迹门前。高大的树木从道路左右两边覆盖在路面上。他穿过枝叶间，再向左转，来到平冈家的门前。板墙跟平日一样，缝隙里的灯光射向路面，代助的身体靠着墙根，静静地偷看墙内。半晌，屋里没有任何声响，整栋屋子都静悄悄的。代助偷偷走进大门，想从木格门外呼叫一声。就在这时，回廊附近发出"啪"的一声，像是有人用手拍打小腿的声音，接着，似乎有人站起来，走向里面的房间。不一会儿，屋内传来说话声，听不清楚说些什么，却能听出是平冈和三千代的声音。两人聊了一会儿，不再说话，然后传来一阵走向回廊的脚步声，到了回廊边上，又听到"咚"的一声，显然是有人一屁股坐在回廊上。代助便往板墙退去。退到墙边后，立刻转身朝着刚才来时的相反方向走去。

走了好长一段路，代助根本不知自己身在何方，也不知两腿是如何前进的。他在行走的这段时间，脑中净是刚才看到的情景，不断地翻滚、飞跃。这些景象稍微褪色之后，他开始对自己刚才的行为感到莫名的羞辱，也感到讶异，不知自己为何像做了什么下流事似的惊惶逃跑。他站在黑暗的小巷里暗自窃喜，幸好黑夜仍然控制着整个世界。梅雨季的沉重空气包围着他，越走越觉得马上就要窒息了。好不容易登上神乐坂的瞬间，代助突然觉得眼前一亮，只见四处闪烁着光芒，周围无数的人影向他逼近，数不清的亮光毫不客气地照耀在他头上，代助像逃跑似的爬上了藁店的山坡。

踏进家门时，门野跟平日一样懒洋洋地向代助问道："您回来得好晚哪。已经吃饭了吗？"代助不想吃饭，便回答一声："不用准备。"然后像是将门野赶出去似的轰出了书房。但还不到两三分钟，又拍着手掌叫来门野。

"老家有没有派人来过？"

"没有。"

"那就好。"代助说完，没再开口。

门野却意犹未尽似的站在门口："老师，怎么了？您不是到老家去了吗？"

"你怎么知道？"代助露出不解的神情。

"因为您出门的时候，告诉过我呀。"代助懒得再跟门野啰唆，便对他说："我是去了老家……要是老家没有派人来，不是很好吗？"

门野听不懂代助说些什么，只得答一声："哦，是吗？"说完，便走出书房。代助深知父亲对自己这件事比世上其他任何一件事都心急。他担心自己前脚走出老家，父亲后脚就派人来叫唤，所以才想问问老家有没有派人来过。门野退回书生房之后，代助下定决心，明天无论如何也要跟三千代见上一面。

当天晚上，代助躺在床上盘算着明天要如何跟三千代见面。如果写信让车夫送去，再接她过来，三千代应该是会坐车过来的。但今天已跟嫂嫂说了自己的心意，很难保证哥哥或嫂嫂明天不会从老家突袭过来。如果亲自前往平冈家去见三千代，又令他感到痛苦，思来想去，代助无奈地决定，只能找个对自己或三千代来说都无所谓的地方见面了。

　　到了半夜，雨势更大了，稀里哗啦的雨声包围了整栋屋子，连那垂下的蚊帐都显得有些寒意。代助就在雨声中静待黎明来临。

　　雨一直下到第二天都没停。起床之后，代助站在湿漉漉的回廊上眺望昏暗的天空，再度修改了昨夜拟订的计划。他原本计划把三千代叫到外面的会所商谈，但他心里并不喜欢这么做。实在没办法的话，他还打算在户外跟三千代见面，可是碰到今天这种天气，当然也办不到了。但他更不想到平冈家去，考虑再三，代助觉得只能将三千代接到自己家来。虽然门野有点烦人，但只要不让书生房那边听到他跟三千代谈些什么就行了。

　　这天的中午之前，代助一直望着外面的雨景发呆。吃完了午饭，他立刻披上斗篷式的橡胶雨衣，冒雨走下神乐坂的电话亭，往青山老家那边打电话。他决定先声夺人，通知家人明天自己要回去一趟。来接电话的是嫂嫂，她告诉代助："昨天的事情还没跟父亲说，你要不要再考虑一下？"代助向嫂子道谢后，立刻挂断电话。接着，代助又把平冈的报社电话号码告诉接线生，打到报社确认平冈是否在办公室。报社的人告诉他平冈正在上班，代助这才冒雨冲回山上，先走进一家花店，买了许多大型白百合，然后提着花束回到家，直接把那些湿淋淋的花儿分别插在两个花瓶里。插好之后，还剩下一些花儿，代助在上次那个大碗里装满了水，再把花梗剪得短短的，随意抛入碗里。做完这些，代助在书桌前坐下，给三千代写了一封信。

信中文句极短，只说："因有急事商谈，速来。"

写完，代助拍着手掌呼唤门野。门野一脸傻乎乎地走进来，伸手接过信封，同时赞道："这里真的好香啊！"

"你去叫辆车，把人接来。"代助特意嘱咐道。门野立刻冒雨跑到人力停车场叫车。

代助望着百合，将身体置于弥漫在室内的浓烈花香里。在这种嗅觉刺激中，他看清了三千代的过去，还有跟这段过去分不开的自己，代助昔日的身影早已像烟雾般紧紧缠绕着三千代的过去。

半晌，代助在心底对自己说："今天是我头一次返回昔日的自然里。"当他好不容易说出这句话的瞬间，一种多年不曾体验的轻松传遍了全身。代助想，为什么不早点回归自然呢？为什么从一开头就要跟自然对抗呢？代助在雨丝里，百合花束里，还有重新再现的往日当中，看到一种纯净无垢的和平人生。这种人生的表面或本质上，都看不到贪欲、利害得失，以及压抑自我的道德。在这自由如云、自然如水的人生里，处处充满极乐，因此万事也都完美无缺。

不一会儿，代助从梦中醒来。就在这一瞬间，短暂的幸福带来的永恒痛苦一下子袭上代助脑中。他的嘴唇失去了血色，不发一语地凝视自我和自己的双手。从他指甲底下流过的血液似乎正在不断颤抖。代助起身走向百合，几乎要把嘴唇碰到花瓣似的贴近花朵，用力嗅着浓郁的花香，嗅得两眼都开始晕眩。代助的嘴唇从这朵花移向那朵花儿，期望自己被那甜美的花香窒息，不省人事地昏倒在房间里。不久，代助又抱着两臂，在书房与客厅之间来回踱步。心脏一直不停地在胸中鼓动。代助不时地走到椅旁或桌前停下脚步，然后再迈步向前。心神不宁使他无法在同一个位置久停。但他为了让脑袋维持思考，又不得不随时停下脚步。

时间一分一秒地过去，代助不断抬眼望向时钟的指针，又像偷窥似的从檐下眺望屋外的雨点。雨水依然直接从天上打向地面。天空比刚才更暗了一些，厚重的云朵看起来十分怪异，好像在某处形成旋涡后，又渐渐翻滚着扑向地面。就在这时，一辆人力车闪着雨水的亮光从门外拉进院里。车轮的声音压过雨声传进代助耳中的瞬间，代助苍白的面颊露出了微笑，同时右手也压在自己胸前。

三千代跟在门野身后走进玄关，再穿过走廊，走进代助的房间。她今天穿着一身蓝底白花铭仙布[1]的日常服，腰上系一条单层唐草花纹腰带，跟她上次的打扮完全不同，代助不禁眼前一亮，觉得十分新鲜。三千代的脸色仍跟平时一样不太好。走到客厅门口，看到代助的瞬间，她的眉眼嘴巴全都僵在那儿，好像整张脸孔都凝固了似的。代助看她呆呆地伫立在门槛上，不免怀疑她连两脚也无法走动了。其实三千代读了信，早已猜到即将发生什么事。期盼的心情令她既惊又喜，同时又带着几分忧虑。从下车之后，直到被人引进客厅，三千代脸上布满了这种期盼的表情。而当她看到代助的瞬间，那表

---

1 铭仙布：是大正昭和时代流行的一种纺织品，先将棉线或丝线染色之后再织成布匹，特征为：结实牢固，无正反面之分。

情便一下子处于停格状态。因为代助的神情给她带来的冲击实在太强烈了。

代助指向一把椅子，三千代按照吩咐坐下。代助也在她对面落座。两人总算面对面地坐在一起了。但有好长一段时间，两人都没开口讲话。

"有什么事吗？"三千代终于开口问道。

"是呀。"代助只答了一句。两人都没再说话，继续听着外面的雨声，听了好一会儿。

"有什么急事吗？"三千代又问。

"是呀。"代助又说。两人都无法像平时那样轻松对谈。代助对自己感到很羞耻，因为他觉得自己似乎得靠酒精的力量才能说出心里话。代助原已下定决心，必须以自己真正的面貌去向三千代表露心迹。但是今天重新见到她之后，却发现自己很需要一滴酒精。他很想悄悄地到隔壁房间喝一杯威士忌，却又觉得自己这种想法非常不堪。他认为，自己必须在光天化日之下，以镇定稳重的态度向对方公然表白，这样才算得上诚信。如果借助酒精筑起的高墙作为掩护，趁机胆大妄为，这种做法只能叫作卑鄙与残酷，也等于在污辱对方。代助现在已没有资格用道德义务的标准来评断社会礼俗了，但他对三千代却连一丝不道德的想法也没有。不，因为他爱着三千代，所以绝不允许自己表现出卑劣的行为。但是听到三千代问自己"有什么事吗"的时候，代助却无法即刻表白。当她第二次询问时，代

237

助还是犹豫着不肯作答。直到她第三次开口，代助才不得已地答道：
"哦，等一下慢慢说吧。"说着，便点燃一根烟。三千代的脸色变
得很难看，就像代助每次不肯立即作答时一样。

雨势依然不停。雨滴紧凑又密集地落在各种物体上。这场雨，
还有这雨声，已将他们俩与世隔绝，也跟同一栋房子里的门野和老
女佣分隔开了。处于孤立的两人，被白百合的香气团团包围起来。

"那些花儿，是我刚才到外面去买来的。"代助环视着身边说。
三千代也随着他的视线，转眼在室内打量一圈，然后用鼻子死命地
吸了一口气。

"我想重新回忆起你哥哥和你还住在清水町的情景，所以尽可
能地买了一大堆回来。"代助说。

"好香啊。"三千代望着硕大的花朵说。盛开中的花瓣几乎整
片向后翻起。她的视线从花瓣移向代助时，一抹红晕突然浮现在她
面颊上。

"现在想起当时的情景……"说了一半，三千代却打住了，没
再说下去。

"你还记得？"

"记得呀。"

"那时你的衣领罩着鲜艳美丽的护布，头上梳着银杏返髻。"

"不过，那是我刚到东京的时候啦。后来我很快就不那样打
扮了。"

"上次你带给我白百合的时候，不也梳着银杏返髻吗？"

"哎哟，你注意到了？我可只有那时才梳呢。"

"那时突然想梳那种发髻？"

"是呀。一时兴起，就想梳起来看看。"

"我一看到那发髻，就想起了从前。"

"是吗？"三千代像是有点害羞似的点点头。说起来，这已是很久以前的事情了。那时三千代住在清水町，已跟代助混得很熟，两人说起话来比较随意。那时代助曾经赞美过三千代，说她从乡下刚到东京时的发型很好看。三千代听了只是笑笑，但从那之后，她再也没梳过银杏返髻。现在才知道，原来他们对这件事都记得很清楚，只是从那以后，两人从来都没再提起过。

三千代有个哥哥，不仅为人豁达，对任何朋友都一视同仁，所以大家都很喜欢他，代助跟他的交情则比其他人又更亲近一些。这位哥哥的性格豪迈开朗，看到自己的妹妹那么稳重又懂事，心里真是疼爱得不得了。他后来决定在东京购屋定居，把妹妹从老家接来同住，倒不是认为自己应当担负起教育妹妹的义务，而完全是由于他对妹妹的未来寄予深切的期望，同时也希望暂时把妹妹留在自己身边。三千代的哥哥接妹妹来东京之前，曾向代助表明过自己的想法。而代助当时也跟其他年轻人一样，怀着满腔好奇，期待哥哥将自己的计划付诸实行。

三千代到了东京之后，她哥哥跟代助的关系更加亲近。现在回想起来，究竟是谁先向对方踏出一步，就连代助自己也搞不清楚。直到三千代的哥哥去世后，每当代助忆起当时的情景，终究无法否认他们的亲密关系里包含着某种意义。但是在她哥哥去世之前，从没说破那层含义，所以代助也就一直保持缄默。于是，他们便把各自的想法当成秘密埋在了心底。三千代的哥哥是否曾在活着的时候把那层意义告诉过妹妹，代助并不知道。他只是从三千代的言行举止当中，感觉出某种特别的东西。

　　早从他们相识起，三千代的哥哥就认为代助是个极有品位的人。他自己对审美不太了解，有时聊天谈得深入一些，他会坦承自己是门外汉，也总是避免加入无谓的讨论。也是在那段时期，三千代的哥哥不知在哪儿看到一个名词"审美大师"[1]，便把它当成代助的外号，整天挂在嘴上叫个不停。三千代经常安静地躲在隔壁房间聆听哥哥与代助聊天，听到后来，也把"审美大师"记住了。有一天，她问哥哥这个字的意思时，还让她哥哥大吃了一惊。三千代的哥哥当时似已下定决心，要将妹妹的品位教育全权托付给代助。他努力安排各种机会，想让代助接触妹妹那有待启发的头脑，代助也没有推辞。后来回忆起这段往事，代助总觉得，那时好像是自己主动揽起了这项任务，三千代自始就很高兴能有代助的指导。日子一天天过去，

---

1　审美大师：原文"arbiter elegantiarum"是拉丁文。指"专门鉴赏雅典美的权威"，意即"极具审美眼光之人"。

他们三人就像一幅三巴纹[1]图形，三个分开的巴纹紧紧聚在一起，不断旋转前进。也不知是有意还是无意，三个巴纹随着旋转而逐渐靠拢。谁知就在即将聚成一个饼图案时，其中一个巴纹却突然不见了，于是，剩下的两个巴纹便也随之失去了平衡。代助和三千代现在终于轻松自在地聊起五年前的旧事，他们越聊越多，两人渐渐离开了现实的自己，一起返回到当年的学生时代，两人之间的距离也拉回到从前那么接近。

"那时哥哥要是没有过世，要是还好好活着，我现在会变成什么样呢？"三千代看来似乎对从前十分怀念。

"兄长要是还活着，难道你会变成另外的模样？"

"我是不会变的。你呢？"

"我也一样。"

听了这话，三千代有点娇嗔似的说："哦！骗人。"

代助用一双满含情意的眼神看着三千代说："不管那时还是现在，我可从来都没变过。"说着，他的眼神一直停留在三千代脸上。

三千代迅速地收回视线，然后像是自言自语似的说："但从那时起，你就不一样了。"说这句话的时候，她的声音比平时低了许多。代助像要踩住即将消失的黑影似的，立即抓住了这句话里的意思。

"没有不一样。只是你自己那么认为罢了。你会有那种看法，

---

1　三巴纹：由三个"巴纹"组成的图形。"巴纹"是日本传统图案之一，形状有点像逗点。一般常
　　见的"太极图"就有点像是两个巴纹组成的图案。

我也没办法。但那是一种成见。"

代助的声调听起来比平时更强劲、更坚决，仿佛在为自己辩护。三千代的声音压得更低了。

"成见什么的，你怎么说都行啦。"

代助没再多说什么，只用眼睛注视着三千代的表情，三千代从一开始就垂着眼皮，代助清楚地看到她的长睫毛正在颤抖。

"你在我生命里是必不可少的。无论如何，我也必须有你。我今天找你来，就是为了告诉你这件事。"

代助这段话里听不到一般情侣使用的甜言蜜语，他的语气跟他的用字一样简朴，甚至可说有点严肃。然而，只为了说这句话就急急忙忙找来三千代，这种做法倒有点像为赋新词强说愁。好在三千代原本就是能够理解这种特殊急务的女人，而且她对通俗小说里那些描写青春烂漫的词汇，也没什么兴趣。事实上，代助嘴里说出的这段话，并没给她带来任何绚烂的感官刺激，更何况还有另一个原因，那就是三千代原本也没渴望那种东西。代助的这句话超越了感官，直接刺进了三千代的心底。只见泪水从她那颤抖的睫毛间流下，直接流向面颊。

"希望你能接受我的心意。请接受我吧。"

三千代仍在哭泣，完全无法开口作答。她从袖子里掏出手帕遮在脸上。代助能看到的，只有她那双浓眉的一部分，还有前额的鬓角。代助把自己的椅子拉向三千代身边。

“你会答应我吧？”他在三千代耳边问道。

三千代仍然掩着脸，抽泣着从手帕里发出声音：“你好过分！”那声音像电流般击中了代助的听觉，他这才痛切地发现，自己表白得太晚了。既然要向三千代表白，应该在她嫁给平冈之前就说清楚才对。三千代一面流着泪一面断断续续从嘴里冒出来的这句话，代助简直没有勇气听下去。

“我该在三四年前就告诉你自己的心意。”说完，代助闷闷不乐地闭上嘴。这时，三千代迅速移开捂在脸上的手帕。那双眼皮变红的眸子突然瞪着代助问道：“没有表白也不要紧，但为什么……”说了一半，三千代踌躇了几秒，然后毅然地接口说道：“为什么抛弃了我？”说完，她又用手帕捂着脸哭了起来。

“是我不好，你就原谅我吧。”代助抓着三千代的手腕，想把她脸上的手帕拉开。三千代完全没有抵抗，手帕应声掉落在她的膝上。她凝视着膝上的手帕低声说：“你好残忍哪。”说完，三千代嘴角的肌肉微微颤动着。

“说我残忍，我也无话可说。不过，我已受到了残忍的惩罚。”三千代露出讶异的眼神抬头看着代助。

“什么意思？”她问。

“你结婚都已经三年多了，我却还是孤家寡人一个。”

“那是你自己愿意的呀。”

“不是我自愿的。我就是想娶也没法娶。从那以后，我家里劝我结婚不知劝了多少回，我全都回绝了。最近也拒绝了一位小姐。就因为我拒绝，将来还不知会跟父亲闹成什么样呢。但不管变成什么样都没关系。我还是要拒绝。在你向我复仇的期间，我必须一直拒绝下去。"

"复仇？"三千代眼中露出恐惧的神色，"从我结婚到现在，没有一天不盼着你尽早成家呢。"三千代的语气显得极其慎重。但代助似乎完全没有听到。

"不，我倒是希望你把气都出在我身上。我是真心希望如此。其实今天请你来，特意向你掏心掏肺表露心迹，我也只能把自己这种行为，看成你在向我索讨的一部分。我做了今天这件事，等于是在社会面前犯下了滔天大罪。不过我生性如此，在我眼里，犯罪才是自然的行为，就算全世界都认为我有罪，只要能向你赎罪，我就满足了。天下再也没有比这更让我高兴的事情。"

听到这儿，三千代终于含泪笑了起来。但她一句话也没说。代助趁机继续说下去："我很清楚，事到如今才跟你说这些，是很残忍，不过这也是没办法的事，因为你越觉得残忍，就表示我越有可能得到你的心，更何况，要是再不向你表白这残忍的事实，我简直活不下去了。所以这算是我的任性之举吧。我向你道歉。"

"我不觉得残忍。所以，你也别再抱歉了。"三千代的态度突然变得十分明确，虽然看起来依然情绪低沉，但跟刚才比起来，已不再那么激动。然而，过了一会儿，她又哭了起来。

"可是，你早点告诉我的话……"说了一半，她又流下眼泪。

代助向她问道："那我一辈子都不说的话，你会比较幸福吗？"

"不是啦。"三千代加强语气否认道，"我也跟你一样，如果你没告诉我这些，或许我也活不下去呢。"

这回轮到代助脸上浮起微笑。

"所以说，我说这些，你不介意吧？"

"别说介意了，我还该感谢你呢。只是……"

"只是觉得对不起平冈，对吧？"

三千代有点不安似的点点头。代助又问："三千代，老实告诉我，你究竟爱不爱平冈？"

三千代无法作答。转瞬间，她的脸色变得十分苍白，眼角和嘴角都绷得紧紧的，整张脸上尽是痛苦的表情。

代助又问："那平冈爱你吗？"三千代仍然低着头不说话，代助张开嘴，正想以质疑来表达自己果断的推测，三千代突然抬起头来。刚才出现在她脸上的不安与痛苦全都不见了，泪痕也已快要干涸，脸颊的颜色比刚才更为苍白，但她紧咬着嘴唇，满脸坚决的表情。这时，一个轻微又沉重的句子从她嘴里冒了出来。

只听她一个字一个字，断断续续地说出来。

"没办法了。孤注一掷吧。"

代助打了一个寒战，好像有人在他背上泼了一盆冷水。这两个应被社会放逐的灵魂，现在只能面对面坐在这儿，紧紧地注视对方。

而这种同心协力对抗一切的气势，也令他们害怕得心惊肉跳。

半晌，三千代像被什么东西打中了似的，突然用手捂着脸孔哭了起来。代助不忍看她哭泣的模样，也支着手肘，把自己的额头藏在五只手指后面。他们就这样分别摆着自己的姿势，一动也不动，看起来就像一座歌颂爱情的雕像。

在这种静止不动的状态下，他们感到半生的紧张全被浓缩在眼前了。而在感到这种紧张的同时，他们并未忘却彼此正紧紧相依在一起。两人承受着爱的惩罚与奖赏的同时，也在细细品尝罚与赏的滋味。

不一会儿，三千代抓起手帕，拭干了眼泪，低声对代助说："我回去了。"

"回去吧。"代助说。屋外的雨势已经变弱，代助自然不想让三千代独自归去，他故意没叫人力车，而是亲自把三千代送出家门。两人走到平冈家附近时，在江户川桥上分了手。代助站在桥上，目送三千代转进小巷之后，才又慢吞吞地走回家。

"一切都完结了。"代助在心底大声说。雨一直下到傍晚才停。到了晚上，空中不断飘过浮云，月儿像被洗净了似的从云缝中露出脸来。代助站在回廊上欣赏着月光照耀下的院树，树叶全都被雨水沾湿了。他欣赏了很久，最后还踏着木屐走进院里。庭院原就不算宽敞，再加上种了过多的树木，代助在院里几乎无法举步。他先站在院子中央，抬头仰望宽阔的天空。看了一会儿，又从客厅拿来白天购买的百合，把花瓣撒在自己的四周。月光映在白色花瓣上，散放出点点白光。有些掉落在树荫下的花瓣，也能隐约看出形状。代助无聊地蹲在满地花瓣当中。

　　到了就寝时间，代助才重新回到客厅。原本弥漫在室内的花香仍旧没有完全退尽。

# 十五

　　代助终于在三千代面前将自己该说的都坦白了。跟他们见面之前比起来，代助觉得自己的心情现在比较容易趋于稳定。这当然也是预料中的状况，所以算不上什么意外的结果。

　　见到三千代的第二天，代助决定不顾一切，掷出手里抓了很久的骰子。他发觉从前一天起，必须对三千代的命运负责的重担已经落在自己肩头，而且这个担子是他心甘情愿挑起来的，所以背在肩上一点也不觉得沉重。代助甚至觉得，正因为肩头有了重担的压迫，自己才能顺其自然地踏出脚步。他已在脑中把这段主动争取的命运整理清楚，并做好了对付父亲该做的准备。父亲这边的问题解决之后，还有兄嫂要对付。等他也解决了兄嫂那儿，还要对付平冈。等到这些人全都应付完毕，还有庞大的社会在等着他。整个社会就像一具不顾个人自由与情面的机器。在代助看来，眼前这个社会简直是一片漆黑。他已做好跟整个社会奋斗的心理准备。

代助对自己这份勇气和气魄颇感惊讶。以往，他始终自许是一名太平世界的善良绅士，做起事来总是趋吉避凶，远离争端，行事小心谨慎，从来不受情欲支配。从道德的角度来看，他虽从未犯过严重的卑劣罪行，但在内心深处，他无论如何也无法否认自己的懦弱。

代助家里订了一份外国通俗杂志，他曾在其中一期读到一篇名为《山难》的文章，读完后，代助不禁感到心惊肉跳。文章里介绍了许多冒险家遇难的经过。譬如有人在登山途中遇到雪崩失踪，结果四十年后，却发现他的尸骨落在冰河的尽头；又譬如另外四位冒险家一起爬上悬崖的半山腰，当他们正要通过一段高耸的石壁时，四个人像猴子叠罗汉似的分别踩在同伴的肩上。就在最上面那个人即将伸手碰到石壁顶端时，岩石突然崩落了，将他们的腰绳一下子打断，紧接着，上面三个人立即跌成一团，脑袋朝下地从第四个男人身边擦过，一起滚落到山底去了。杂志里登了很多类似这种故事，除了文章之外，代助还看过一幅插画，图中有一座坡度陡得像砖墙似的山坡，半山腰里有两三个人，都像蝙蝠一样黏附在山壁上。看到这幅插画时，代助想象着绝壁旁那块空白所代表的远方与广阔的天空、深邃的谷底……恐怖的感觉令他阵阵晕眩。

代助心里明白，以今天的道德尺度来看，他目前的处境刚好就跟那些登山者一样，但是自己现在亲自爬上了岩壁，却一点也不畏怯。他甚至认为，如果心怀畏惧而犹豫再三，才会感到数倍的痛苦呢。

他希望尽快见到父亲把话说清楚，另一方面，又怕自己白跑一趟，所以三千代来访后第二天，代助打了电话给家里，询问父亲什么时候方便。老家给他的答复却是："父亲出门去了。"第二天，他又拨了电话，这次得到的答复是："没时间见面。"第三天，代助再度打电话，这回的答复是："在家等通知吧。我们通知你之前，不要擅自来访。"代助只好按照吩咐，在家等候。可是一连等了好几天，都没有接到嫂嫂或哥哥传来的信息。代助最初以为这是家人的策略，想让自己多花点时间反省，所以他也不太在乎。每天三餐照样吃得津津有味，晚上也睡得很安稳。他还趁着梅雨季里短暂的晴天，带着门野一块儿到外面去散步过一两次。然而，老家那儿始终没有派人或送信过来。代助觉得自己好像正要攀登绝壁，却又在路上休息得太久了，心里十分不安。他思前想后，最后决定不管父亲的吩咐了，自己先到青山的老家去看看再说。这天当他走进家门时，哥哥又跟平日一样不在家，嫂嫂一看到他，就露出怜悯的表情，但是对代助想知道的消息却绝口不提。嫂嫂先问明了代助的来意，然后站起来说："那我到里面看看父亲的意思。"梅子的表情看来似乎想保护代助，不让他受到父亲的责骂；同时也有点像是要跟代助保持距离。反正就是这两者之一吧。代助闷闷不乐地等待嫂嫂回来。反正我打算孤注一掷了。他一面等待一面反复在嘴里喃喃自语。

梅子进去之后，过了很久，才从里间出来。一看到代助，她又露出怜悯的表情说："父亲今天好像不太方便呢。"代助觉得无奈，便问嫂子："那我什么时候来比较好？"他提出这问题时，当然是跟平时一样压低音量，一副没精打采的模样。梅子看他这副德行，似乎心生同情，便告诉他："你今天先回去吧。这两三天之内，我肯定负责帮你问出父亲方便的时间。"代助从家人专用的偏门走出去的时候，梅子特地跟着送出来。"这回你可得好好考虑一下哟。"她向代助叮嘱着。但是代助什么话也没说，就走了出去。

回家的路上，代助心里非常不悦。自从他见到三千代之后，总算获得一丝心灵的平和，现在却因为父亲和嫂嫂的态度，几乎毁了这份平和。按照他预先的想象，今天见到父亲之后，自己先老实禀告父亲，父亲也会毫不保留地说出自己的想法，然后父子俩必然发生冲突。但不论冲突的结果如何，代助都打算痛快地承担下来，只是没想到，父亲的反应竟是如此气人。不过父亲的做法也正好显示了他的人格，这就令他更加感到不爽。

代助在路上暗自琢磨着，我何必这样急着见父亲？本来我只是应父亲的要求，给他回音就行了。所以说，现在心有所求的人，应该是父亲才对。但父亲却看似有意地避着代助，故意拖延见面的时间，父亲这种做法，只会给他自己带来不利，除了耽误解决问题的时间，还能带来什么？代助认为这桩婚事里，最重要的部分，也就是跟自己的未来有关的部分，早已有了结论。所以他决定不再把这件事放在心上，以后就待在家里等候父亲通知见面的时间吧。

回家之后，代助对父亲的不快已经只剩些许阴影残留在脑底。

但这种阴影必会在不久的将来变得越来越暗吧。代助已经看清楚了，摆在自己面前的路有两条，一条通往自己和三千代今后该去的目的地，另一条则通向自己和平冈不得不卷入的恐怖绝境。上次跟三千代见面之后，代助立刻舍弃了其中一条。"好，以后我就负责照顾三千代！"（虽然他并不认为自己以前一直没有照顾三千代。）代助总算在心底做出了决定，但若反问他："那你们俩今后究竟应该采取什么对策？"代助一时却又想不出打破现状的办法。对于他跟三千代的未来，代助心底根本还没想出任何明确的计划。就连自己和平冈不得不面对的未来，他嘴里虽然嚷着"不管什么时候发生什么事，我已做好心理准备"，但事实上，这也只是他嘴里说说罢了。当然，代助的心里做好了准备，他打算随时伺机而动，然而真正的具体对策，却一个也没想出来。代助曾发誓说："不论碰到任何情况，我都不会弄砸事情。"这句誓言其实只是表示，他将把事情从头到尾，原原本本地向平冈表白，也就是说，他和平冈即将共同涉入的这段命运不仅阴暗，也很吓人。而现在最令代助担心的，则是如何将三千代从这团恐怖的风暴中解救出来。

另一方面，对于包围在周遭的整个人类社会，代助也不知如何应对。事实上，社会对他是拥有制裁权的。但是代助却坚信，人类的行为动机是绝对的天赋人权，他决定以这种思想作为出发点，把整个社会看成完全与己无关的东西，继续按照自己的计划行事。

代助站在属于他一个人的小世界里，以这种方式观察自己身边的整个世界，并把其中利害得失的关系重新整理了一遍。

"好吧！"代助忍不住叹了口气。说完，他重新走出家门。走了一两百米，来到人力车停车场，选了一辆好看又好像跑得很快的车子跳上去，随口说了几个地名，让车夫拉着他到处乱逛，大约逛了两小时才回家。

第二天，代助还是待在书房里，又跟前一天一样，站在他一个人的世界中央，仔细观察了自己的前后左右一番。

"好吧！"说完，代助又出门了。这回他是任由自己的两脚随处乱走，逛了好些无关紧要的地方之后，才又摇摇晃晃地走回家。第三天，代助仍旧跟前两天一样，只是这天一走出大门，他立刻越过江户川，一径朝着三千代的住处走来。三千代看到代助，好像两人之间从未发生过任何事似的问道："你怎么从那天以后一直没来？"代助听了这话，反而被她的从容吓了一跳。三千代特地拿来平冈书桌前的坐垫，推到代助的面前。

"你怎么看起来那么心神不定？"说着，她坚持要代助坐在那块垫子上。两人大约聊了一小时，代助的情绪总算稳定下来。他突然想到，早知如此，何必坐着人力车到处乱跑呢？就算只坐半小时，也该早点到这儿来的。告辞回家时，代助对三千代说："我还会再来。一切都没问题，你放心。"他像是要安慰三千代似的。三千代向他露出微笑，并没有说话。

这天的黄昏，代助终于接到父亲的通知。书信送来时，代助正在老女佣的服侍下吃晚饭。他将饭碗往膳桌上一放，从门野手里接过信封，打开来念了一遍，信里写着"明天早上几点之前过来一趟"之类的字句。

"写得很像衙门的公文呢。"说着，代助故意把信尾的部分拿给门野看。

"青山老家那边送来的吗？"门野仔细打量一番，不知该说什么，便又将信纸翻回正面。

"说来说去呀，老派作风的人，还是写得一手好字呀。"门野说完一番赞美之词后，放下信纸，退出了房间。老女佣从刚才就一直唠叨着历法择吉之类的事情。什么壬日、辛日、八朔[1]、友引[2]……还有哪天宜剪指甲，哪天宜造房屋等啰里啰唆的事情。代助原就心不在焉地听着，不一会儿，老女佣又向他拜托，希望能帮门野找个差事。"每月只要能有十五元就够了，能不能帮他介绍一下？"老女佣说。代助虽然随声应着，却连自己嘴里说些什么，都懒得多想，只记得自己在心中低语：我哪管得了门野！我自己都不知怎么办呢！

刚吃完晚饭，寺尾从本乡来看代助。代助望着进来通报的门野，沉思半晌。门野粗枝大叶地问："那要回绝他吗？"最近这段日子，

---

1　八朔：八月朔日的简称，即指旧历的八月一日。这时每年的早稻已经收割完，农民在这天把刚收割的新稻送给恩人。

2　友引：六曜之一。六曜是传统历法中的一种注文，用以标示每日的凶吉。主要作为冠礼、婚丧及祭祀的参考，譬如葬礼应该避开"友引"。

代助不仅难得地缺席了一两次固定的集会，还曾两度因为觉得没必要，而婉拒了客人来访。

　　思考了一会儿，代助决定还是打起精神，跟寺尾见一面。寺尾跟平时一样睁着两个大眼，像要打探什么似的。代助看到他那模样，也不像往日那般想跟他开玩笑了。寺尾身上飘逸出一种豁达，不管翻译也好，改稿也好，只要他还有一口气在，无论什么工作他都肯干。代助觉得寺尾比自己更有资格自许是社会一分子。如果自己哪天落魄到寺尾那样的处境，自己究竟能干些什么工作呢？代助想到这儿，不免生出一种悲天悯人的感觉，同时也不再怀抱希望，他觉得自己在不久的将来，肯定会落到比寺尾更不如的境地，所以现在当然也不忍再向寺尾投出轻蔑的视线。

　　寺尾一见面就说，上次那份译稿已在月底交出去了，可是书店却告诉他，因现在暂时遇到困难，必须等到秋天才能出版。接着寺尾又说，稿子交出去了，却没法立刻领到稿费，这下连自己的生活都成了问题，不得已才来找代助求救。"难道当初没有签约，就开始翻译了吗？"代助问。"倒也不是这样。"寺尾说。但他也没有明确表示书店毁约。总之，寺尾的话说得不清不楚，令人摸不着头脑，唯一能够确定的是，他现在生活陷入了困境。好在寺尾对这类挫折早已司空见惯，并没把这种事情拉到道义的层面去埋怨谁。尽管嘴里嚷着"过分""岂有此理"，却也只是说说而已，寺尾心里真正关注的焦点，好像还是集中在温饱问题上。

代助听完之后，心里非常同情，立即给予寺尾少许经济援助。寺尾道谢后便告辞离去。临出门之前，他向代助坦承："老实说，我还没开始工作前，先向书店预支过一笔钱，不过那笔钱早就花光了。"寺尾离去后，代助想，像他那样为人行事，也称得上是一种人格呀。但要让我像他活得那么豁达轻松，我可办不到！代助虽然明白，要在当今所谓的文坛讨生活，必须具备寺尾那种人格，却又不免感叹，如今的文坛竟在如此悲哀的环境下呻吟，居然还让所有的文人都自然而然地塑造成那种人格。想到这儿，代助不禁茫然若失。

这天晚上，代助对自己的前途感到非常忧虑。如果物质生活的供给被父亲切断了，他怀疑自己能否下决心当第二个寺尾。若是自己无法像寺尾那样靠卖文维生，那当然就得饿死。又如果能像寺尾那样摇笔杆讨生活，自己究竟要写些什么？

代助不时张开眼，注视着蚊帐外的油灯。到了半夜，他擦着火柴，点燃一根烟抽了起来。接着又躺在床上翻来覆去，无法入眠。其实这天晚上并不太热，不至于令人无法入睡。不久，户外开始哗啦哗啦地下起雨来，代助听着雨声，以为自己马上就要睡着了，却又突然被雨声惊醒。整个晚上，他就处在这种半睡半醒的状态。

第二天，代助在约定的时间走出大门。他脚上套一双屐齿很高的防雨木屐，手里提着雨伞，搭上电车。车厢半边的窗户全都关得紧紧的，手抓皮革吊环的乘客把车厢挤得满满的，没过多久，代助就觉得胸口发闷，脑袋发昏。他以为这是睡眠不足所致，便勉强伸出手，拉开了身后的车窗。雨点毫不留情地打进车厢，从代助的衣领扑向帽子。过了两三分钟，他发现坐在后面的乘客露出不悦的表情，只好又关上车窗。雨滴堆积在车窗玻璃的外侧，透过雨水往外看，路上的景色显得有点模糊不清。代助扭着脖子注视着窗外，看了一会儿，不觉用手连连擦着眼皮，但不论擦了多少遍，外面的世界都毫无改变。尤其当他越过玻璃望向斜前方的窗外时，更难挥去这种感觉。

代助在弁庆桥换车之后，车上乘客变少了，车外的雨势也转小，他终于能够轻松欣赏窗外被雨淋湿的景色。然而，脑中却不断浮现父亲生气的面孔，父亲的各种表情刺激着代助的大脑，耳中甚至清晰地传来想象中的话音。回到青山老家，进了玄关，代助前往里屋之前，照例先去见嫂嫂。

"这种天气令人觉得好烦闷哪，对吧？"嫂嫂讨好地亲手为代助泡了一杯茶，但是代助一点也不想喝。

"父亲大概正等着我吧。我先去跟他谈谈。"说着，代助便站起身来。嫂嫂露出不安的神色说："阿代，如果可能的话，还是不要让老人家太操心吧。父亲的日子毕竟也不多了。"代助还是第一次听到梅子嘴里说出这么凄惨的话，他觉得自己好像不小心掉进地洞里。

走进父亲的房间，父亲正垂着头坐在烟具盒前面，虽听到了代助的脚步声，却没抬起头。代助来到父亲面前，毕恭毕敬地行了礼，原本以为父亲会用复杂的眼神瞪自己一眼，却不料父亲的表情显得非常安详。

"外面下雨你还过来，辛苦了。"父亲慰勉着儿子。代助这才发现，父亲的脸颊不知从何时起，竟变得非常清瘦。父亲原本胖乎乎的，所以眼前这项变化对代助来说，显得十分刺眼。他不由自主地问道："您这是怎么了？"父亲脸上瞬间露出一丝严父的慈祥，对代助的关心却没有什么反应。父子俩聊了一会儿，父亲主动对代助说："我的年纪也大了。"父亲说这话时的语气跟平日完全不同，代助这才不得不重新正视嫂子刚才说的那番话。

父亲告诉代助，最近正打算以年老体衰为由从企业界隐退，但因为日俄战争之后，国内工商业过度发展，连带地引起了不景气，而他自己经营的事业，目前也正处于最不景气的阶段，若不熬过这个难关就一走了之，肯定会遭别人批评，说他不负责任。所以老先生只能无奈地继续苦撑。父亲向代助解释了自己的苦楚，代助也觉得父亲说得很有道理。

父亲接着又向代助说明创业可能遇到的各种难题、危机、忙碌，以及当事人遇到这些问题时内心的苦闷，还有紧张带来的恐惧。说到最后，父亲告诉代助，乡下大地主虽然看起来比较土气，但其实拥有稳固的根基，比他自己的基础坚实多了。反正父亲说来说去，无非是想用这些论点说服代助接受婚事。

"如果能有这样一门亲戚，我们做起事来就非常方便了。特别是在现在，我们更是非常需要这样一门亲戚，不是吗？"父亲说。
代助并不讶异父亲竟如此露骨地提议这桩策略性的婚姻，他原本就
不曾过分高估父亲的为人。而今天这场最后的谈判里，看到父亲摘
掉了一直戴在脸上的面具，他甚至感到非常痛快。光凭这一点，代
助就觉得自己应是能够接受这种婚姻的人。

　　不仅如此，他还对父亲生出了前所未有的同情。父亲的脸孔和
声音，还有他为了让代助同意婚事而做的努力，这一切，都让代助
体会到年迈的可悲，他不认为这些也是父亲的策略性表现。

　　代助甚至想立刻告诉父亲，不必管我了，就照您的意思办吧。

　　然而，在他跟三千代最后一次决定性的会谈之后，代助现在已
不能随便遵照父亲的意思尽孝了。代助原本就是个不肯随意表态的
人，他从没听从过任何人的命令，也不曾明确地反对任何人的意见。
要说起来，他这种作风既可看成一种策士风范，也可说是一种表现
自己天生没有主见的伎俩。就连代助听到别人指责自己是两者之一
时，他也无法不暗自怀疑：或许我真的是这样吧。但他之所以如此
表现，最主要的原因倒不是出于策略性考虑，或是他天生优柔寡断，
而应该说，是因为他拥有一副极具融通性的目光，让他能够轻易地
同时看穿双方的内心。也由于他拥有这种能力，代助以往从来都没
有勇气朝着唯一的目标前进，他总是若即若离地呆站在原处。这种
原地踏步的表现，并不是因他缺乏思考能力，反而是在于他掌握了
明确的判断依据。对于这项事实，代助是在自己勇往直前，不顾一

切地推动自认正确的行动时，才第一次注意到。譬如他跟三千代的关系就是最好的事例。

代助做梦也不曾想过，自己向三千代表白心意之后，现在竟打算向父亲的期待交白卷。另一方面，他也由衷地怜悯父亲。如果换成往日的他，现在遇到这种状况会做出什么决定？这根本不必多想，就能料到结果的。他肯定毫无困难地立刻跟三千代分手，然后允诺这桩为了取悦父亲而订下的婚事。如此一来，双方都会被他处理得服服帖帖，既无冲突也无矛盾。要他站在两者之前不表态，糊里糊涂混下去，其实是很容易的。但他现在已不是往日的他了，现在再叫他探出头讨好局外人，也已经太晚了。代助深信自己该对三千代负起的责任十分沉重，他这种想法，一半来自头脑判断，另一半来自心中的憧憬。两股力量现在就像惊涛骇浪般地掌控着他，代助现在已不是往日的代助了，现在站在父亲面前的，是另一个重生的代助。

但他仍像从前的代助那样，尽量不开口说话，所以在父亲的眼里，站在面前的儿子还是跟以往完全一样。只是代助却对父亲的改变感到惊讶。老实说，最近几次要求跟父亲见面，都遭回绝，代助还曾暗自猜测，一定是父亲害怕儿子会背叛自己，才故意推延会面。他早已做好心理准备，今天见到父亲，肯定不会看到好脸色，甚至还可能被父亲严厉训斥一番。不过对代助来说，他反而希望能被父亲大骂一顿，这样对自己其实更有利。代助这种想法当中，甚至有三分之一是他居心不良，因为他希望借由父亲的暴怒激起自己的反抗心，继而能够当场回绝这门亲事。但是父亲的模样、言辞还有想法，都跟他事先预料的完全不同，这现象使他有点烦恼，当机立断的决心似乎受到了影响。然而，代助的内心早已蓄积了足够的决心。

"您说得很对，但我实在没有勇气接受这门婚事，所以我只能拒绝。"代助终于把这句话说出口了。听到这话，父亲什么都没说，只瞪着代助的脸，看了半晌，父亲才说："这需要勇气吗？"说完，父亲把手里的烟管往榻榻米上一扔。代助凝视着自己的膝头，一直没说话。

"你对那位小姐不满意？"父亲又问。代助还是没开口。到目前为止，他在父亲面前永远只表现出四分之一个自己。多亏采取了这种方式，才总算跟父亲一直保持着和平的关系。但对于自己跟三千代这件事，代助早已下定决心，绝对不向父亲隐瞒事实。因为他觉得，这件事的结果迟早会从天而降，而自己却在想尽办法躲避，不让结果落在自己头上，这种卑鄙的做法并不可取。他一直没把三千代的名字说出口，是因为他觉得现在还不是开口自白的时候。

等了半天，父亲最后开口告诉代助："那你自己看着办吧。"说完，父亲脸上露出苦涩的表情。

代助也很不悦，却非常无奈，只好向父亲行个礼，打算退下。就在这时，父亲叫住了他。

"以后我也不打算照顾你了……"父亲说。

代助回到客厅时，梅子似乎等了很久的样子。

"怎么说？"梅子问。代助却不知该如何作答。

# 十六

第二天睁开眼之后，父亲昨天说的最后那句话，仍在代助耳中回响。根据那句话的前后状况来看，他不得不把那句话的分量看得比父亲平时任何一句话都重。至少，他得先做好心理准备，父亲对他提供的物质资源即将中断。最令他恐惧的日子已经近在眼前。就算这次婚事能够推掉，若想让父亲回心转意，以后父亲推荐的任何一个对象都不能再拒绝了。即使想要拒绝，也得说清楚、讲明白，必须提出能让父亲点头的理由才行。但不论接受婚事或提出说明，代助都无法办到。尤其因为这两者都会触及自己的人生基本哲学，所以他就更不愿意欺骗父亲了。代助回顾了一下昨天见到父亲的情形，只能告诉自己，一切都正朝着该走的方向进行。不过回想起来，还是令他恐惧，好像自己正催着自己朝向顺应自然因果的道路前进，也像自己背着自然因果的重担，已被推到险峻的悬崖边缘。

现在最重要的大事，就是找工作。代助脑中虽能想到"职业"

这个字眼，却无法产生任何具体的联想。到目前为止，他从未对任何一种职业发生过兴趣，所以不论脑中浮起哪种职业，也只能从那一行的门外滑过，根本无法踏进那一行里进行评估。对代助来说，社会就像一张构造复杂的色码表，用这张色码表来评断自己的时候，他只能考虑自己缺少的是哪些颜色。

当他检视完毕所有职业后，浮现在他眼前的是流浪汉。代助清晰地看到一群乞丐正在狗与人之间游移，而自己的身影则夹杂在那群乞丐当中。生活的堕落即将抹杀精神的自由，这一点最令他感到痛苦。自己的肉体沾满各种污秽之后，自己的心灵又将陷入多么落魄的境地？一想到这儿，代助不禁颤抖起来。

更何况，即使身陷落魄的状态，他还是得牵着三千代到处流浪。从精神的层面来看，三千代现在已经不属于平冈了。代助决定终生对她负责。但他现在才发现，一个有钱有势的薄情郎，跟一个热情体贴的穷光蛋，两者之间的差别其实并不大。他虽已决定要对三千代负责到底，但负责只是他的目标，而不可能变成事实。想到这儿，他觉得自己好像变成了有视力障碍的患者，眼前一片茫然，什么也看不清。

代助又去找三千代。她仍像前一天那样沉着稳重，脸上闪闪发光，并且露出微笑。春风已慷慨地吹上她的眉梢。代助知道，三千代已经全心全意地信赖自己。这项事实映入他的眼底时，心中不禁生出一种既怜又爱的同情。他觉得自己简直就像个恶棍，忍不住狠狠地咒骂自己。也因此，他心里想说的话，一句也没说出口。

"有空的话，再到我家来一趟吧？"告辞的时候，代助对三千代说。"好哇。"三千代说着，点头微笑。看到她那表情，代助难过极了，好像全身都在被刀切割似的。

代助最近每次探望三千代，尽管心里不太愿意，却不得不趁着平冈不在家的时候前去。最初他倒是没有什么特别的感觉，近来却不仅感觉不愉快，甚至还觉得越来越不方便去看她了。而且老是挑平冈不在的时候上门，他也担心女佣会起疑。也不知是否因为自己心里有鬼，代助总觉得女佣上茶时，常用奇异的眼光打量自己。不过三千代却是浑然不觉。至少从表面看来，她一点都不在乎。

因此，代助一直没机会细问三千代与平冈的关系。偶尔，他装作不经意地问上一两句，三千代也没有任何反应，好像她只要看到了代助的脸孔，就觉得越看越欣喜，不知不觉就沉浸在那种喜悦里似的。尽管她的身前身后都有乌云环绕，代助却看不出她是否害怕乌云逼近。三千代原是个神经质的女人，但是看她最近的表现，倒也不像故意伪装。对于她这种态度，代助不愿视为险境距离三千代尚远，而宁愿看成自己该负的责任更加沉重了。

"我有话要对你说，有空请来一趟吧。"代助脸上的表情比刚才更严肃了一些，说完，向三千代告辞离去。

代助回家后等了两天，三千代才来看他。在这两天里，他的脑中完全没有浮现任何新对策。只有两个巨大的楷体字"职业"，深深地烙印在他的脑海里。代助拼命把这两个大字推出脑壳，但是物质资源断绝的难题又立刻跃进脑中。等他消除这些阴影后，三千代的未来又在脑中卷起大风大浪。不安的暴风不断地吹进代助的脑壳，三个难题就像三个巴纹，一秒也不停地在他脑中盘旋、回转，转到最后，周围的世界也跟着一起转动，转得代助简直就像坐在船上的乘客。但尽管头脑在旋转，世界也在旋转，代助却依然那么冷静从容。青山老家那边一直没有任何消息。代助原本也没抱着什么期望，每天从早到晚就跟门野天南地北地闲聊打发时间。门野是个闲散懒惰的家伙，碰到这种大热天，他正觉得全身懒得动弹，所以便施出拿手绝活，整天顺着代助的意思不停地耍嘴皮。不过嘴皮也有要累的时候，这时，门野便向代助提议道："老师，来下盘象棋吧？"

到了黄昏，他们一起去院里洒水。两人都光着脚，手里各提一个小木桶，一面走一面随意乱洒。"看我把水洒到隔壁的梧桐树梢上去哦。"门野说着，把木桶从底部往上一举，正要把水泼出去，脚下却突然一滑，摔了个四脚朝天。庭院的墙根旁，煮饭花正在盛开，洗手池下方那棵秋海棠，也已长出巨大的叶片。梅雨季总算结束了，白日的天空变成了云峰堆栈的世界。强烈的阳光照耀着广阔的天空，简直像要把天空烤熟了似的。天气已经非常炎热，热得好像整个天空的热气都被吹到地面来了。

夜深人静之后，代助总是仰着脑袋凝视满天星斗。直到早晨，他才钻进书房。最近这几天，每天一大早就能听到阵阵蝉鸣。代助不时跑进浴室，把冷水浇在自己脑袋上。每当他到浴室冲水时，门野就觉得自己上场的时候到了。

"天气真是太热啦！"说完，门野也跟着一起钻进浴室。代助就这样心不在焉地打发了两天。第三天下午，太阳晒得正热，代助在书房里眺望闪亮耀眼的天空。当他闻到天上喷下来的烈焰气息时，心头升起极度的恐惧。因为他觉得自己的心理遭到这种猛烈气候的影响，正在进行各种永久性的变化。

就在这时，三千代按照前几天的约定，顶着烈日来赴约了。代助一听到女人的话音，立刻亲自奔向玄关。三千代已收拢洋伞，一手抱着包袱，站在木格门外。她身上穿着朴素的白底浴衣，正要从袖管里掏出手帕，看来好像是直接穿着居家服就从家里跑出来。代助一看她这身打扮，觉得像是命运之神故意把三千代的未来图像送到自己的面前，他不禁笑着说："你这是要私奔的打扮哪！"

三千代却语气沉稳地说："若不是购物时顺便经过，我怎么好意思进来呀。"她十分认真地答完，紧跟在代助身后走进屋里。代助赶紧为她找来一把团扇。三千代的面颊泛着美丽的红晕，可能刚被太阳晒过的缘故吧，脸上一点也看不出平时那种疲惫的神色，眼中还略带着几分春意，代助也跟着沉浸在她那生机盎然的美色当中，暂时抛却了一切烦恼。但是没过多久，代助又想到，这份美丽始终不知不觉地受到伤害，而给三千代带来伤害的，正是自己。想到这儿，代助不免悲哀起来，接着又想到，自己今天约三千代见面，无疑又会为她的美丽蒙上一些阴影。

　　代助的嘴张了好几次，始终踌躇着没有说话。三千代看起来那么幸福，如果让她在自己面前担心得皱起眉头，代助觉得是一件极不道德的事情。若不是因为心底塞满想对三千代负责的义务感，或许代助就不会把上次见面后发生的一切都告诉她吧，说不定，他只会在这相同的房间里，再重演一遍上次的告白剧，然后抛开所有烦恼，尽情享受纯爱的快感吧。半晌，代助终于鼓起勇气问道："从那以后，你跟平冈的关系有什么改变吗？"听到这个问题，三千代仍然是一副幸福的表情。

　　"就算有改变也没关系呀。"

　　"你对我那么信任？"

　　"如果不信任你，我就不会坐在这儿了，不是吗？"

　　代助遥望着远处的天空，那片像炙热的镜子般的天空，看起来亮得令人睁不开眼。

　　"我好像没资格被你如此信任。"代助苦笑着说，他感到头脑热烘烘的，好像有个火炉在脑子里。然而，三千代对他这句话似乎听而不闻，也没开口问一句"为什么"。

　　"哎哟！"她只发出一声简单的惊呼，好像有意要表现自己很吃惊。代助的表情却变得很严肃。

　　"我坦白告诉你，其实，我比平冈更不可靠。我不想让你过分高估我，还是把情况都向你坦白吧。"代助先用这几句话作为开场白，接着，才把自己跟父亲到现在为止的关系详细叙述了一遍。

"我也不知道自己今后会变成什么样。至少，我暂时还无法自立门户，不，就连半自立也没办法，所以……"说到这儿，代助停下来，再也说不下去。

"所以说，你打算怎么样呢？"

"所以，我怕我就像自己担心的那样，不能对你负责。"

"你说的责任，究竟是什么责任？你不说清楚一点，我可听不懂。"

代助向来就把物质条件看得很重，他现在只知道一件事：贫苦是不能给爱人带来幸福的。因此他认为，让三千代过上富足的生活，是自己对她应负的责任之一，除了这个念头之外，代助脑中再也没有其他更明确的想法。

"我说的不是道德方面，而是指物质方面的责任。"

"那种东西我也不想要。"

"虽然你不想要，但将来一定会非要不可。不管我们的关系今后变成什么样，至少你所需物质的一半，得由我来负责解决呀。"

"说什么负责解决，现在操心这些，没有意义嘛。"

"这话虽然不错，但是很显然的，万一哪天我们遇到麻烦，可就连生活也过不下去了。"三千代的脸色变得比较严肃起来。

"刚才听你提到令尊，今天会变成这种状况，不是从一开始就该预料到了？这么简单的道理，我想你应该早就想到了。"

代助不知该说什么。

"是我脑袋不太正常了。"他用手扶着头，有点像在自语似的说。

"如果你在意的是这件事，那就不必管我了，我是怎么样都行的。你还是去向令尊赔罪，跟他恢复以往的关系，这样比较好吧？"三千代眼中泛着泪光说。

听了这话，代助突然抓着三千代的手腕用力摇着说："要是我想那样，那我打一开始就不会为你操心。只是，我觉得你太苦了，所以想对你说声抱歉。"

"说什么抱歉……"三千代颤抖着声音打断了代助，"事情都是因我而起，我才应该向你道歉，不是吗？"

说着，三千代放声大哭起来。代助像在抚慰似的问道："那你可以暂时隐忍一下吗？"

"隐忍是不行的。当然的嘛。"

"但是今后还会有其他变量出现哦。"

"我知道会有变量。不论发生什么变化，都没关系，我从上次以后……从上次以后，我早已做好准备，万一发生什么事，我就去死。"

听了这话，代助害怕得发起抖来。

"那你希望我今后怎么做呢？"代助问。

"我能有什么希望。都照你说的做吧。"

"流浪……"

"流浪也可以呀。如果你叫我去死，我就去死。"

代助又打了一个寒战。

"要是继续照现在这样过下去呢？"

"继续这样过下去也可以呀。"

"平冈完全没发觉吗？"

"可能有吧。不过我已经看开了，根本不在乎。就算他哪天杀了我，也没关系。"

"你别这么随便把死啦、杀啦之类的话挂在嘴边呀。"

"不过，像我这种身体，就算你不管，反正也活不久的，不是吗？"代助不觉全身僵硬起来，他像受到惊吓似的瞪着三千代。三千代则歇斯底里地大声哭了起来。

经过一阵痛哭之后，三千代逐渐恢复了平静。她又变回平时那个文静、温柔，又有气质的美女，特别是在眉宇之间，似乎飘逸出无限喜悦。

"我去找平冈谈判，想办法解决这事，你看如何？"代助问。

"办得到吗？"三千代讶异地问。

"我想应该可以。"代助肯定地答道。

"那，我没有意见。"三千代说。

"那就这么办吧。我们这样瞒着平冈，也不太好。当然，我只是想说服他，让他接受事实。同时，对我亏欠他的，也准备向他道歉。谈判的结果或许不会如我所愿，但不论意见相差多远，我并不打算把事情弄到不可收拾。像现在这样不上不下的，不仅让我们两人都很痛苦，也很对不起平冈。只是，我现在不顾一切地跟他谈，就怕你在平冈面前会觉得没面子。这一点，我对你很愧疚。但是说到没面子，我也跟你一样颜面尽失呀。然而，不论自己做了多丢脸的事，道义上的责任还是应该承担的，虽说负责并不会带来什么好处，但还是应该把我们的事告诉平冈吧。何况，以现在的情况来看，我这次的表白非常重要，因为将会影响如何处理这件事，所以我更觉得必须跟他好好谈谈。"

"你的意思，我完全懂。反正我已打定主意，要是事情进行得不顺利，我就去死。"

"别说什么死不死的呀……好吧，就算必须去死，也还没到时候吧？再说，若是有可能送命的话，我又怎么会去找平冈谈判？"

听到这儿，三千代又哭了起来。

"那我向你表达衷心的歉意。"代助挽留三千代等一会儿再走，一直等到天黑之后，才让三千代离去。但是代助并没像上次那样送她回去。三千代走后，他躲在书房里听着蝉鸣，打发了一小时。跟三千代交代了自己的未来之后，代助的心情变得轻松了。他提起笔，想给平冈写封信，征询对方何时有空见面，又突然觉得肩上背负的责任实在重得令他痛苦，手里才写了"拜启"两字，就再也没有勇气写下去。蓦然间，他光着两脚朝向庭院奔去，身上只穿着一件衬衣。门野原本正在午睡，三千代回去的时候他也没露面，这时却跑了出来。

"时间还早吧？太阳晒得很厉害呢。"说着，门野两手摁着自己的光头现身在回廊的角落。代助没说话，开始动手把那些落在庭院角落里的竹叶扫向前方。门野不得已，只好脱掉和服，走下庭院。院子虽然很小，满地泥土却都晒得很干，要把这一地的硬土都弄湿，可得花费很大的工夫。

代助借口手腕疼痛，随便浇了几下，便擦干两脚，回到房里，坐在回廊边一面抽烟一面休息。

"老师的心跳有点不受控制啦？"门野看到代助那模样，站在院里仰脸开着玩笑。这天晚上，代助领着门野一起去逛神乐坂的庙会，并买了两三盆秋季花草的盆栽，回来之后，把花盆并排摆在檐下，以便承接屋顶落下的露水。夜里就寝时，代助故意没关起雨户来。最近总是担心自己无意间疏漏了什么的顾虑已从脑中消失。熄灭油灯之后，代助独自躺在蚊帐里，翻来覆去地从暗处望向屋外漆黑的夜空。白天发生的那些事清晰地浮现在他脑中。只要再过两三天，一切都能获得最终解决。一想到这儿，代助不知暗中雀跃了多少回。不一会儿，他就在不知不觉中被那辽阔的天空和广阔的梦境吸了进去。

第二天早上，代助鼓起勇气写了一封信给平冈。信里只写了几个字："最近有点事情想跟你谈谈，请告诉我你方便的时间。我随时候教。"写完，代助特地将信装进信封，并密封起来，等到涂完糨糊，"砰"的一下把红邮票贴上去的瞬间，他觉得自己简直就像为了躲避金融危机的损失，正在急着抛售手里的证券。贴好邮票后，代助吩咐门野把这"命运的信差"丢进邮筒。信封递到门野手中的瞬间，代助的手指有些颤抖，而递出去之后，他又茫然不知所措。回想起三年前，代助为了撮合三千代与平冈，忙着在他们之间奔走斡旋，现在想起当时的情景，简直就像是梦境。

第二天，代助就在等待平冈的回信中打发了一整天。第三天，他还是从早到晚待在家里等信。等到第三天、第四天都过去了，平冈的回信还是没来。而代助每月该回青山老家领取生活费的日子却到了。他的手里没剩多少钱。自从上次跟父亲见面后，他很明白自己已不能再从家里拿到生活费。现在当然也不可能厚着脸皮向父亲讨钱。代助心里也不急，他想，只要把手里的书籍和衣服卖掉，至少还能应付两三个月。另一方面，他也打算等这件事稍微平息下来，再慢慢找工作。代助以往常听人说"天无绝人之路"，尽管他并没亲身经历过，但对这种俗语所代表的真理，向来是信服的。

等到第五天，代助冒着大热天，搭电车到平冈任职的那家报社打探消息。谁知到了那儿才知道，平冈已经两三天都没去上班了。他从报社出来后，抬头望着编辑部那扇脏脏的窗户，对自己说，出门之前，该先打个电话问清楚才对。代助甚至开始怀疑，自己写给平冈的那封信，也不知道他究竟收到了没有。因为他故意将那封信寄到了报社。回家的路上，代助顺路经过神田，走进一家常去的旧书店，向老板拜托道："家里有些读过的旧书想卖，请你派个人过来看看吧。"

这天晚上，代助连洒水的劲儿都打不起来，只是呆呆地望着身穿白棉纱内衣的门野。

"老师今天累了吗？"门野用手敲着水桶说。代助心里充满了不安，也没心情给门野一个明确的回答。吃晚饭的时候，代助简直食不知味，饭菜好像都直接从喉咙吞进肚里似的，吃完了饭，他丢下筷子，把门野叫到面前来。

"我说你呀，帮我到平冈家去一趟，问问他究竟看到上次那封信了没有。如果看了，请他给我个回音。你就在那儿等他的回信。"说完，代助又担心门野搞不清状况，便把上次写信寄到报社的事情向门野说了一遍。

门野出门之后，代助走到回廊上，在一张椅子上坐下。门野回来时，代助已吹熄油灯，正在一片漆黑当中发呆。

"我已经去过了。"门野在黑暗里向代助报告，"平冈先生在家。他说那封信已经看过了。明天早上会来看您。"

"是吗？辛苦你了。"代助答道。

"他说，本想早点来看您，可是家里有人病了，就拖延到了现在，叫我转告您，请您原谅。"

"有人病了？"代助不由自主地发出反问。

"是呀。好像是他夫人身体不舒服。"门野在黑暗中答道。代助只能隐约看见门野身上那件白底的浴衣。夜间的天光非常暗淡，无法映出两人的脸孔。代助的两手紧紧握住自己坐着的藤椅扶手。

"病得很严重吗？"他非常严肃地问道。

"严不严重，我也不知道。看起来好像病得不轻。可是平冈先生说他明天会来，那应该没什么关系吧。"

听了这话，代助这才稍微安下心来。

"是什么病呢？"

"这我可忘记问了。"两人一问一答地说到这儿，都没再继续说话。门野转身返回黑漆漆的走廊，回到自己的房间去了。代助静静地倾听着，半晌，听到灯盖碰到玻璃灯罩的声音，随即看到门野房里燃起了油灯。

代助依然坐在黑暗里发呆。虽然从外表看起来一动也不动，内心却非常紧张不安。紧抓扶手的手心里，不断冒出冷汗。代助拍拍手掌呼叫门野，只见门野身上的白底浴衣又重新出现在走廊尽头。

"您还坐在黑暗里呀？要不要帮您点上油灯？"门野问。代助拒绝了油灯，却又问了一遍三千代的病。凡是脑袋里能想到的问题，全都问了一次。譬如平冈家请护士了吗？平冈看起来怎么样？他报社请假就是为了在家照顾老婆？还是有其他理由？等等。而门野的回答翻来覆去都跟刚才一样，不然就是随口乱答。但尽管如此，代助还是觉得比他自己一个人坐着发呆好过得多。

到了就寝时，门野从夜间专送信箱[1]拿出一封信送过来。黑暗中，

---

1　夜间专送信箱：当时因为电话还不普及，邮差在夜间也会送信。一般家庭除了挂在正门上面的信箱之外，另外还装置一个夜间专用信箱。

代助只从门野手里接过信，并不打算立刻阅读。

　　"好像是老家那边送来的。我拿来油灯吧？"门野像在催他读信似的提醒道。代助这才让人把油灯送到书房，并在灯下拆开了信封。信的内容很长，是梅子写给代助的：

　　最近这段日子，为了娶妻成家之事，你一定已经觉得厌烦了吧。家里除了父亲之外，你兄长和我也都为这事操了很多心。但可惜的是，你上次回来却向父亲断然表示拒绝。真是令人惋惜。但事已至此，也只好作罢。后来我才听说，父亲当时非常生气，说是以后再也不管你了，叫你自己好自为之。从那之后，你就不曾回来，猜想你必是因为那天的事吧？原本我以为，到了领取每月生活费那天，或许你就会回来，谁知却一直没看到你的踪影，令我非常担心。父亲已经发话，说是随你的便。你兄长则跟平时一样，一点也不着急，只告诉我说，那家伙要是过不下去，自然就会回来。到时候再让他向父亲赔罪便是，如果他一直不回来，我再去找他，好好地开导他一下。不过关于你的婚事，现在我们三人都已不抱希望，不会再给你找麻烦了。尤其是父亲，似乎还对你很生气。据我看，若想让他还像从前那样对你，可能会很困难。所以从这个角度来想，或许你暂时不回来，反而比较好。只是你每月的花费，却令我非常担心。我知道你是不会这么快就主动回来拿钱的，但我又想到你手里已经没钱可花的景象，实在叫人心痛啊。所以我就自作主张，先寄给你每月的生活费吧。请你暂时先用这笔钱应付到下个月。我想，父亲的心情不久就会转好的，而且你兄长也打算帮你求求情。我这里也会看情形，找机会帮你说说话。所以父亲消气之前，你还是跟以往一样小心谨慎比较好……

这一段后面，嫂嫂还写了拉拉杂杂一大堆。但她毕竟是个女人，说来说去都在重复相同的内容。代助抽出信封里的支票，又从头到尾念了一遍信，这才将信纸按照原样卷好，重新塞回信封，在心底向嫂嫂表达了无声的谢意。信里的"梅子敬上"之类的笔迹写得有些拙朴，但文体却是代助平日极力向嫂嫂推荐的白话文。代助重新打量着油灯下的信封。他想，旧的命运又被延长了一个月。对迟早都得改换命运的代助来说，嫂子的好意虽令他感激，却又让他难以消受。不过，自己跟平冈的纠纷获得解决之前，代助原就不太情愿为了糊口而去上班，现在嫂嫂送来这份礼物，替他解决了吃饭问题，也算得上一份极为珍贵的心意。

这天晚上，代助钻进蚊帐之前，仍像前日一样，"噗"的一声，吹灭了油灯。门野进来想帮他拉上雨户，但是代助觉得没有必要，就让雨户开着就寝。窗上只有一层玻璃，代助的视线越过窗口就能看到天空。但是跟前一晚比起来，这天夜里的天空比较暗淡。代助以为天变阴了，特地走到回廊上，像要观察天象似的望着屋檐外，但只看到一道细长的亮光，斜斜地从天边划过。代助重新拉开蚊帐钻进去，却翻来覆去睡不着，只好抓起团扇啪啦啪啦地乱摇一番。

他对家里那些事并不在意，关于自己的职业，他也打算听天由命。三千代的病，还有她得病的原因以及病情发展，才是代助现在最忧心的事情。此外，他也在脑中幻想见到平冈时的各种可能。幻影如排山倒海般大量涌进脑中，刺激着他的大脑。平冈叫人传话告诉代助，明天早上九点左右，他会趁天气还没变得太热之前来访。代助不是那种事先考虑如何开口讲话的人，明天见到平冈之后具体要说些什么，他根本就不在乎，因为他们要谈的内容早已决定，到时候只要看情况安排顺序即可。代助对明天的会谈一点也不担心，但他希望谈话内容能够平顺地朝着自己期待的方向进行。所以他现在只想安静地打发一晚，不想让心情过于兴奋。代助很想好好睡上一觉，可是合上眼皮之后，脑袋却非常清醒，简直比昨晚还难入睡。不知过了多久，夏夜的天空泛出一丝灰白，代助忍不住跳起来，光着脚跳进庭院，踩着冰冷的露水到处乱跑一阵之后，才又回到回廊，靠在藤椅上等待日出。等着等着，他竟昏昏沉沉地睡着了。

等到门野揉着惺忪的睡眼拉开雨户时，代助才从瞌睡中惊醒。室外的世界已有一半都在红日笼罩之中。

"您起得真早哇！"门野惊讶地说。代助立刻冲进浴室冲了一个冷水澡。洗完之后，他没吃早饭，只喝了一杯红茶。报纸虽然捧在手里读着，却完全不知道上面写了些什么。他才刚读完，那则新闻便从脑中消失得无影无踪。代助的注意力全都集中在时针上，还要过两个多小时平冈才会来，代助左思右想，思索着如何打发这段时间。他无法呆坐家中等待时间过去。但不论做什么，都没法用心去做。他真希望自己至少能够熟睡两小时，最好等他睡醒张开眼睛一看，平冈已经站在自己面前。

代助努力思索着，想要找点事情来做。无意间，突然看到桌上那封梅子寄来的信。对了！于是他强迫自己在桌前坐下，提笔给嫂子写一封谢函。他尽可能慢慢地写，然后把信纸装进信封，就连收信人的姓名都写得很细心，等他写完之后，抬头看了一眼时钟，原来前后只花了十五分钟。代助依然坐在桌前，用不安的视线望着半空，脑中似乎仍在思索着什么。突然，他从椅子上跳起来。

"要是平冈来了，你就告诉他，我马上回来，请他稍候片刻。"代助向门野交代了这几句话，走出大门。强烈的阳光像从正面射来似的不断打在代助的脸上，他一面走一面被阳光晒得挤眉弄眼。走到牛込附近之后，穿过饭田町，再向九段坂下继续走，很快就到了昨天路过的那家旧书店。

"昨天我曾拜托你们到我家去收购旧书，可是现在因为某些理由，不能卖了。我过来告诉你们一声。"代助对书店的人交代之后，转身打道回府。但是天气实在太热了，他决定先搭电车到饭田桥，再从附近的扬场町斜穿小路，一直走到供奉毗沙门的善国寺门前。

回到家门口时，代助看到门外停着一辆人力车，玄关里整齐地摆着一双皮鞋，不必等门野过来报告，代助一望即知平冈已经来了。

他先拭干了身上的汗水，换上一件刚洗好的浴衣，这才走进客厅。

"哦，你出去办事了。"平冈说。他还是一身西装，像是热得不得了似的摇着扇子。

"不好意思，这么热的天还……"代助不得不主动向客人表达正式的问候之意。接着，宾主两人各自发表了一些有关时令季节的杂感。代助其实很想立刻询问三千代的状况，却又不知为何开不了口。不一会儿，例行公事的寒暄总算结束，接下来，自然是轮到主动邀约的代助开口讲话了。

"听说三千代小姐生病了。"

"嗯，所以我就向报社请了两三天的假。结果一忙，就忘了给你回信。"

"那倒是没关系。不过，三千代小姐病得很严重吗？"

平冈显然没法用一句话回答这问题，只能简短地向代助说明。他说，三千代的病情不会立即出现什么变化，不必太担心，不过她这病也绝非小病。听了平冈的描述，代助这才明白三千代发病的经过。原来，不久前的那个大热天，三千代趁她到神乐坂购物之后，顺便到代助家来过一趟。第二天早上，她正在服侍平冈准备出门上班，突然握着丈夫的领结昏倒在地。平冈当时也吃了一惊，顾不得换衣服，立刻亲手照料三千代。过了十分钟，三千代告诉平冈，她已经不要紧了，叫他赶快去上班。说这话时，三千代的嘴角甚至隐约露出微笑。平冈看她虽然倒在床上，却也不是那么令人忧心的模样，便叮嘱三千代，万一病情恶化，就请医生到家里来诊治，如果有需要，也可以随时打电话到报社找他。交代完这些之后，平冈才出门上班。那天晚上，他很晚才回家，三千代说她身体不舒服，就先睡了。平冈问她觉得身体如何，也没得到明确的回答。第二天早晨，平冈起床后发现三千代的脸色很糟糕，心里一下子慌了，马上去请医生。医生检查三千代的心脏之后，皱着眉头向平冈说明："昨天昏倒是因为贫血的关系。"接着又提醒平冈说："她患了非常严重的神经衰弱。"听了医生的话，平冈决定向报社请假。虽然三千代表示自己不要紧，叫他上班，平冈却无视她的意见，留在家里照顾三千代。第二天晚上，三千代流着泪告诉丈夫，她做了一件事，必须向丈夫请罪，详情请平冈自己去问代助。平冈刚听到这话时，并未当真。因为他以为三千代的脑袋出了问题，还连连安慰三千代说："好啦，好啦。"叫她好好休息。第三天，三千代又向他提出同样的请求，平冈这时才明白三千代的话中意有所指。接着到了黄昏，门野又特地跑到小石川来讨那封信的回音。

"你说找我有事，跟三千代说的那件事，有什么关联吗？"平冈满脸不解地看着代助。

代助听了他刚才那段描述，正觉得深受感动，却不料平冈突然问出这个问题，他竟愣愣地待着，说不出一句话来。代助认为平冈这问题其实很纯真，话里并没有别的意思，但他脸上难得地浮起红晕，低头看着下方。等他再度抬起头的时候，脸上又恢复了平日那种从容自得的表情。

"三千代小姐要求你原谅的事，跟我想告诉你的事，大概是有密切关联的。说不定就是同一件事呢。我觉得无论如何都得跟你说清楚。因为我认为这是义务，必须说出来，请看在我们往日交情的分上，让我痛快地尽自己的义务吧。"

"什么事呀？说得这么严重。"平冈这时才终于露出认真的表情。

"哦，若是拐弯抹角地解释，就会变成我在推托，那当然不行，我希望能尽量直截了当地告诉你，但这件事牵连到不少人，也跟一般习俗有所违背，若是说到一半，你就大发雷霆，我会很为难的。所以说，请你一定要耐着性子听我说完。"

"哎哟！到底什么事呀？你要说的那事，究竟是什么？"

平冈脸上不仅充满好奇，也更增加了几分严肃。

"相对而言，等你听我讲完之后，不论你怎么责怪我，我都会乖乖地洗耳恭听。"平冈没有回答，只用藏在眼镜后面的一双大眼瞪着代助。屋外的太阳正在闪耀金光，曝晒的阳光从户外反射到回廊里，但是屋中的两人早已把暑热抛到脑后。代助降低音量开始向平冈娓娓道来。自他们夫妇从东京回来之后，一直到现在，自己与三千代之间的关系发生了哪些变化，代助全都巨细靡遗地叙述了一遍。平冈紧咬嘴唇，仔细聆听代助说出的每个句子。代助花了一个多小时，才交代完毕整件事情。而在他说明的过程里，平冈曾经四次向他提出极为简要的疑问。

"大致说来，整件事情就是这样。"最后，代助用这句话结束了全部说明。平冈深深叹了口气，那声音听起来有点像在呻吟。代助心里非常难过。

"站在你的角度来看，等于我背叛了你。你大概觉得我是个损友吧。就算你这么想，我也无话可说。是我对不起你。"

"这么说来，你是觉得自己做错了。"

"当然。"

"所以你明明知道自己不对，还一直错到现在。"平冈接着又问，语气比刚才严厉了一些。

"是呀。所以这件事，我已做好心理准备，不论你要怎么教训我们，我们都会接受处置。现在我只是在你面前陈述事实，提供你处置时作为参考。"

平冈没有回答。半晌，他才把脸孔凑到代助面前说："你对我造成的名誉损失，你觉得在这个世界上，能找到弥补的办法吗？"

这下子代助说不出话来了。

"法律或社会的制裁对我来说，根本毫无意义。"平冈又说。

"所以你是问我，在我们几个当事人当中，有没有什么方法可以弥补你的名誉？"

"没错。"

"如果能让三千代小姐改变心意，比从前更加爱你数倍，再让她认为我是像蛇蝎一样的坏人，那应该能让你获得少许弥补吧。"

"你能办得到吗？"

"办不到。"代助果断地回答。

"所以说，明知是错误的事情，你却任其发展到现在，而且把事情继续推往明知错误的方向，甚至一直推向错误的顶点，不是吗？"

"或许这就是一种矛盾吧。不过，根据社会习俗结合的夫妻关系，与自然发展而成的夫妻关系，两者毕竟是不同的，这种矛盾令人感到无奈。我向你这位因社会习俗而结合的三千代丈夫道歉，但我不认为自己的行为本身存在任何矛盾。"

"所以……"平冈的音调提高了一些，"所以你的意思是说，我们已无法继续维持根据社会习俗结合的夫妻关系了。"

代助露出同情怜悯的目光看着平冈。平冈那显得极为严肃的眉头稍微舒展了一些。

"平冈，以世俗的角度来看，这是一件影响男人颜面的大事，所以你为了维护自己的权利……即使不是出于有意，但心里不知不觉受到刺激，自然就会激动起来，这也是没办法的事……可是，我希望你能变回从前的你，变成还没遇到这种事情的学生时代的你，仔细再听我说一遍吧。"

平冈没有说话。代助也暂停片刻。待他抽完一根烟之后，代助毅然鼓起了勇气。

"你并不爱三千代小姐。"他低声说。

"那也……"

"那也不关我的事，但我还是得说。因为我觉得要解决这个问题，这是最重要的关键。"

"你就不必负责吗？"

"我是爱着三千代小姐的。"

"别人的老婆，你有权利爱吗？"

"这我无话可说。三千代小姐在世人眼中是属于你的，所以谁也不能占有她的心。除非她自愿，谁也无法命令她增减爱意或转移对象。丈夫的权利也管不住她的心。所以说，想办法不让老婆移情别恋，也是做丈夫的义务吧。"

"好，就算我没像你期待的那样爱着三千代，我承认这是事实好了……"平冈似乎正勉强抑制怒火，两手握着拳头。代助静待他把话说完。

"你还记得三年前吗？"平冈却换了一个话题。

"三年前的话，就是你跟三千代小姐结婚的时候啰。"

"对！你还记得当时的情景吗？"代助的记忆突然飞回三年以前。那时的情景就像火炬在黑暗中照耀似的清晰。

"是你说要帮我撮合三千代的。"

"是你向我告白想要娶她的。"

"这件事我当然没忘记。直到现在，我都感激你的盛意。"平冈说完，暂时陷入沉思。

"那是一个晚上，我们俩穿过上野之后走向山下的谷中。因为刚刚才下过雨，路很不好走。到了博物馆前面，我们又继续谈下去，走到那座桥的时候，你还为我流了泪。"

代助沉默不语。

"我从来没像当时那样感到朋友的可贵。当天晚上，我简直高兴得睡不着。记得那天有月亮，直到月亮下山，我都没有睡着。"

"我那时心里也很高兴。"代助仿佛正在呓语似的说。但平冈立刻打断了他。

"那时你为什么为我流泪？为什么发誓说要帮我和三千代撮合？既有今日，为何当时不随便应付一下就算了？我不记得自己有什么对不起你的地方，要让你这么狠心地向我复仇哇。"

平冈的声音颤抖着。代助的额上已聚满了汗珠，他像反驳似的说："平冈，我爱上三千代小姐是在你之前哦。"平冈茫然若失地看着代助脸上痛苦的神色。

"那时的我跟现在的我不一样。那时听到你表露心意时，我觉得就算牺牲自己的未来，也要帮你达成愿望，这才是我当朋友的本分。那种想法是错误的。如果那时的我像现在这样思想成熟，应该就会好好考虑一下，可惜当时太年轻，也太蔑视自然。后来我想起当时的情景，心底总是充满悔恨，主要并不是为我自己，而是为了你。我真心觉得对不起你，但不是为了这次的事情，而是为了当时那种勉强自己去完成的侠义行为。我求求你，请你原谅我吧！我已尝到违背自然的苦头，在你面前跪地求饶了。"

代助的泪水落在膝盖上。平冈的眼镜也被眼泪弄得雾气蒙蒙。

"命中注定如此，又有什么办法！"平冈发出呻吟般的声音。两人这才抬头互相凝视。

"如果你有什么解决的办法，我愿意听听看。"

"我是该向你道歉的，没有权利说什么解决之道。应该先听听你的看法。"代助说。

"我没有任何看法。"平冈两手撮着脑袋说。

"那我就说了。能不能把三千代小姐让给我？"代助毅然决然地说。平冈的两手离开脑袋，手肘像两根木棒似的趴倒在桌上。就在这时，他说："嗯，让给你。"

说完，不等代助回答，他又重复了一遍："让给你！虽然我可以把她让给你，却不是现在。或许就像你看到的那样，我并不爱三千代，但我也不讨厌她。现在她正生着病，而且病得不轻，叫我把卧病在床的患者让给你，我可不愿意。如果等她病愈之后才交给你，那在她病愈之前，我还是她丈夫，有责任照顾她。"

"我已向你赔罪。三千代小姐也会向你请求饶恕。从你的角度来看，或许觉得我们是两个可恶的家伙……不论怎么向你道歉，可能都得不到你的原谅……不过，她现在病倒在床……"

"我懂你的意思。你是怕我趁她病着，就虐待她，拿她出气，对吧？我会做这种事吗？"

代助相信了平冈的话，并且打从心底感谢他。平冈接着又说："今天既然发生了这种事，我身为世俗公认的丈夫，理应不再跟你来往。也就是说，我从今天开始就要跟你绝交。"

"这也是没办法的事。"代助说着垂下脑袋。

"三千代的病我刚才也跟你说了，不能算是小病，今后谁也不知会发生什么变化。你一定也很担心她吧。但我们既已绝交，我也不能不提醒你，以后不论我是否在家，请你不要再到我家去了。"

"明白了。"代助一副惴惴不安的模样，脸颊的颜色也显得越发苍白。平冈站起身来。

"请你，再坐五分钟吧。"代助央求道。平冈又坐回去，却一直没说话。

"三千代小姐的病有没有可能突然恶化？"

"这……"

"连这一点信息都不能告诉我吗？"

"哦，应该是不需要这么担心啦。"平冈的语气十分沉重，好像要把气息吐向地面似的。代助心里难过得不得了。

"如果呀，我是说，万一会出现什么情况，能否在那之前，让我见她一面，只要见一面就够了。除了这件事之外，我再也没有别的请求。只有这唯一的乞求，请你答应我吧。"

平冈紧咬着嘴唇，不肯轻易作答。代助痛苦得不知如何是好，只能把两只手掌拼命地揉来搓去，好像要搓掉手里的污垢似的。

"这个嘛，到时候再说吧。"平冈回答得有些艰难。

"那我经常派人前去打听病人的状况，可以吧？"

"那可不行。因为我跟你已经毫无瓜葛了。今后我若跟你有所交涉，大概只有把三千代交给你的时候了。"

代助像被电流打中似的突然从椅子上跳起来。

"啊！我知道了！你打算只让我看到三千代小姐的尸体！太过分了！你好残忍哪！"代助绕过桌边，走到平冈身边，右手抓着平冈的西装肩部，前后摇晃着嚷道，"过分！太过分了。"

平冈看到代助眼中恐惧得近乎疯狂的目光。他一面被代助摇得肩头乱晃一面站起身来。

"怎么可能？"说着，平冈用手压住代助的手。两人都露出中邪似的表情看着对方。

"你必须冷静。"平冈说。

"我很冷静。"代助答道，但这句话听起来却像从喘息中很吃力地冒出来似的。不一会儿，发作性的情绪终于平静下来。代助好像用尽了支撑全身的力量，重新跌坐在椅子上，双手捂住自己的脸孔。

# 十七

晚上十点多，代助悄悄走出家门。

"现在还要到哪儿去吗？"门野讶异地问。

"出去一下。"代助暧昧地答了一句，向外走到寺町的大路上。天气仍很炎热，所以这个时间的街头看起来跟黄昏没什么分别。代助一路走来，好几个穿浴衣的行人从他前后经过。但是在他眼里，那些路人看起来只是一些移动的物体。道路两边的商店全已灯火通明，那些灯光照得人简直睁不开眼，代助只好转进一条比较昏暗的小巷。走到江户川的河边时，微弱的晚风正在空中吹拂，樱花树叶的黑影随着风儿轻轻摇曳。在一座横跨江户川的桥上，两名路人站在那儿凭栏眺望河水。代助继续登上金刚寺坂，路上却没看到半个人。岩崎家[1]的石砌高墙从左右两侧挡住了狭窄的坡路。

---

1 岩崎家：指创立三菱财阀的岩崎家位于东京都台东区池端的宅邸与庭园。现在是东京市的重要文化财产。

平冈家附近的街道显得更加寂静，几乎没有一户人家的窗里还点着灯。远处迎面来了一辆没有载客的人力车，车轮滚过地面，发出震动心跳的声响。代助来到平冈家墙外停下脚步，探出身子向院内窥探。庭院里黑漆漆的，紧闭的院门上方，一盏门灯孤零零地照耀着门牌，玻璃灯罩上斜斜地映着一只壁虎的身影。代助今天早上已经来过这儿。中午以后，他一直在附近的街头徘徊，一心盼着三千代家的女佣万一出门购物，他就可以趁机打听一下三千代的病情。然而，女佣始终没有出来，平冈也没有露脸。他靠近墙边竖起耳朵倾听，却听不到半点人声。代助也盘算着，万一碰到医生，一定要拦下医生详细询问，但是门外却没看到一辆像给医生乘坐的人力车。代助站在墙外没多久，强烈的阳光就晒得他脑袋发晕，脑中像大海似的翻起巨浪，他只要停下脚步，身体就像随时都会倒下，但若继续迈步向前，又感到地面正在摇来晃去，波涛翻滚。他只好强忍痛苦，像爬行似的返回家门。一进门，他就倒下了，全身一动也不动地躺在那儿，连晚饭都懒得起来吃。恐怖的太阳这时才逐渐西沉。很快，繁星开始在夜空里发出灿烂的光辉。黑暗与凉爽让代助重新恢复了生气，不一会儿，他又顶着露水，跑到三千代的身边来了。

代助在三千代的门前来来回回踱着步子。每次走到门灯下，他便停下脚步，侧耳倾听，一听就是五分或十分。但他完全听不出屋里的情况。天地万物尽是一片死寂。

代助在门灯下驻足暂停时，那只壁虎便把身子紧贴在灯罩的玻璃上，壁虎的黑影一动也不动，始终斜斜地挂在那儿。

　　一看到那只壁虎，代助心里总是升起一种抗拒的感觉。那静止不动的姿态令他心情异常沉重，精神过度敏锐的状态更令他陷入迷信的深渊。代助想象着三千代的病情十分危急，现在正在承受无尽的痛苦；代助又想象着三千代已经命在旦夕，却希望在断气前再见代助一面，所以她正在苟延残喘，不肯咽气……想到这儿，代助不禁握紧拳头，恨不得当场敲破平冈家的大门。但是眨眼工夫，他又想到，自己根本没有资格去碰平冈的东西，连用手指去轻轻点一下都不行。代助心里充满了恐惧，不由自主地向前狂奔起来。寂静的小巷里，只听到自己震耳欲聋的脚步声。代助越跑越怕，待他放慢脚步时，觉得自己几乎无法呼吸。

　　路边有一座石阶。他精神恍惚地一屁股坐下去，双手摁着前额，全身僵硬得无法动弹。半晌，他才睁开双眼，看到面前那扇巨大的黑门。门内有一棵粗壮的松树，枝丫越过黑门上方，伸向树墙的外侧。原来他正坐在一间寺庙的大门外休息。

　　代助从地上站起来，茫然向前走去。走了一会儿，他又重新踏进平冈家的那条小巷，仿佛梦游似的站在门灯前。那只壁虎仍然停在原处。代助深深地叹了口气，从小石川转身朝着南边山下走去。

　　当天晚上，代助的脑袋在炽热如火的红色旋风中不停地旋转。他努力想要逃离那股旋风，可是脑袋一点也不肯听他指挥。整个脑袋就像树叶似的，随着热风哗啦哗啦不断旋转，几乎一刻也不肯停歇。

第二天，又是一个艳阳高照的日子，天气热得简直要把人烤焦了。猛烈的阳光照遍大地，令人感到焦躁难耐。代助忍着这股燠热，直到八点多才起床。刚一下床，立刻感到头昏眼花，但他还是像平日一样，先去冲了冷水澡，然后走进书房，坐在那儿发起呆来。

这时，门野进来报告："有客人来了。"说完，他露出讶异的表情站在门口看着代助。代助根本懒得回答，也没问客人是谁，只把手肘撑住的脸颊稍微转向门野。就在这一刻，回廊上传来了客人的脚步声，哥哥诚吾等不及通报就自己走进来了。

"啊！请坐这儿吧。"代助向哥哥招呼着，态度却很悠闲。诚吾一坐下来，立刻掏出扇子，拉开高级麻料的衬衣领口，不断往衣服里面扇风，呼吸也很急促，好像全身的肥肉都被炽热的天气烤得很苦。

"好热呀！"诚吾说。

"家里没什么事吧？"代助一副疲惫万分的表情问道。接着，兄弟俩随意闲聊了一会儿，代助表现得跟往常不太一样，但哥哥却绝口不问怎么回事。聊了一会儿，两人暂时无话，诚吾这才开口说："不瞒你说，今天其实是……"说着，诚吾伸手从怀里掏出一封信来。

"其实是有事想问你才来的。"诚吾把信封的背面翻过来，递到代助面前。

"这个人，你认识吗？"诚吾问。信封背面写着平冈的地址和姓名，是他的亲笔字迹。

"认识。"代助几乎像机器似的回答。

"他说是你以前的同学，真的吗？"

"是。"

"他老婆，你也认识？"

"认识。"

哥哥又抓起扇子，吧嗒吧嗒扇了两三下，然后把身子探向代助，并且降低了音量。

"他老婆跟你有什么关系吗？"代助原本打算把事情从头到尾全部说出来的，但听到哥哥问得如此简单，心中不免怀疑，这么复杂的经过，怎样才能用一两句话交代清楚呢？想到这儿，他反而无法开口了。哥哥从信封里掏出信纸，卷起前面十几厘米的部分。

"实话跟你说，这个叫平冈的家伙，写了这么一封信寄给父亲……你读一下吧？"说着，哥哥把卷起一部分的信纸交给弟弟。代助默默地接过信纸读了起来。哥哥的眼睛紧盯着代助的前额。

信里的字写得非常小，代助一行一行念下去，念到后来，从他手里垂下的信纸已有足足六十多厘米，但是整封信还没有念完。代助只觉得眼花，整个脑袋就像铁锤一样沉重。但他认为自己必须打起精神，一定要念完这封信才行。他感到全身承受着无法形容的压力，腋下滴着汗水，好不容易念到信尾时，他甚至没有勇气把手里的信纸再卷起来，只好直接摊在桌上。

"他信里写的那些，是真的吗？"哥哥低声问道。

"是真的。"代助只答了一句话。哥哥似乎受到打击，正在摇晃的扇子停了几秒。好一会儿，两人都没说话。

半晌，哥哥才开口说："哎哟！真不知你是怎么想的，竟然做出这种蠢事！"哥哥的语气里充满惊愕。代助依然一句话也不说。

"不管什么样的女人，只要你想，多少都能弄到手的，不是吗？"哥哥接着又说。但是代助还是沉默不语。等到哥哥第三次开口时，只听他说道："你对那些玩乐之事，又不是一点经验也没有，如今竟然闯了这么大的祸，那从前投资下去的钱，岂不都白花了。"

听到这儿，代助已没有勇气再向哥哥解释自己的立场。因为不久之前，他跟哥哥现在的想法完全一样。

"你嫂子都哭了。"哥哥说。

"是吗？"代助像发出呓语似的说。

"父亲非常生气。"代助没有回答，只用凝视远方的目光望着哥哥。

"你这家伙向来迷迷糊糊。但我总以为，你的头脑迟早还是会清醒过来吧，所以一直还跟你维持兄弟之情。但是这次看你做的这件事，才晓得你这家伙一点也不知道天高地厚，我真对你失望透顶。这世界上，再也没有比头脑不清的人更危险了。因为这种人叫人无法安心，摸不清他要做什么，也猜不出他在想什么。或许你认为，不论做什么都是你的自由，可是也请你想想父亲和我的社会地位呀！你脑袋里究竟有没有家族名誉的观念哪？"

哥哥这段话像一阵风似的擦过代助的耳边，飞向空中。他只觉得整个身体都很痛苦。但是在哥哥的面前，他并没惊慌到主动去谴责自己的良心。事到如今，代助并不想用有利的借口解释一切，也不期待能从这位俗气的哥哥那儿获取同情，他从头到尾就不打算演这出戏。代助拥有自信，他相信自己选择了正确的道路，也对自己的选择感到满足。能够理解自己这种满足的人，只有三千代。除了三千代以外，不论是父亲或兄长，甚至整个社会、人类，全都是自己的敌人。大家都想把他和三千代丢进熊熊烈火中活活烧死。而对代助来说，让他静静地拥着三千代，在那火焰中尽快烧死，才是他求之不得的梦想。他没再回答哥哥的问题，只用手撑着沉重的脑袋，宛如石像似的一动也不动。

"代助。"哥哥呼唤道，"今天是父亲派我来的。打从上次以后，你好像一直不肯回来。若是在平日，父亲今天会把你叫回家，当面训斥一顿，但是父亲说他今天不想看到你，叫我过来向你确认。所以呢，如果你有什么说辞，现在可以告诉我，若是你不做任何辩解，也就是说，平冈所说的全都是事实的话……下面是父亲的原话，他说呀……那么，我这辈子都不会再见代助了。不管他上哪儿去，要做什么，都随他。以后我就当没他这个儿子，他也没有我这个父亲了……不能怪父亲。我现在听了你的话才知道，原来平冈信里写的，全是真的，那就没办法了。而且你对这件事，好像既无悔意，也不肯认错，那我回去也很难向父亲交代。现在只好把父亲的话一字不漏地转达给你，之后我就回去了。如何？父亲的意思听懂了吗？"

"听懂了。"代助回答得简单明了。

"你简直是个蠢货。"哥哥高声骂道。代助仍旧低着头，没把脸抬起来。

"一天到晚拖拖拉拉！"哥哥继续说，"平常批评起别人来，一句也不肯吃亏，到了关键时刻，又像个哑巴似的不吭声。背地里竟还干着有损父母名誉的勾当。真不知你从前受的那些教育是做什么用的！"

说完，哥哥抓起桌上那封信，自己动手卷了起来。寂静的房间里，棉纸发出沙沙沙的声响。哥哥把信纸卷成原本的模样，塞回信封，然后收进自己的怀里。

"那我回去了。"哥哥改用平日的语调说。代助很恭敬地向哥哥行个礼。

"我以后也不想看到你了。"哥哥抛下这句话，走出了玄关。哥哥走后，代助仍像刚才那样坐在椅上，直到门野进来收拾茶杯时，代助才突然站起来。

"门野，我出去打听一下，看有没有合适的工作。"说完，代助立刻戴上鸭舌帽，连洋伞也不撑，就冒着大太阳跑出去。

炎热的气温里，代助虽然跑不动，脚步却走得很急。阳光从他头顶直射下来，干燥的尘土像火花似的裹住他的光脚。渐渐地，焦躁开始从他心底升起。

"急人哪。急死人了。"他一面走一面自语着。到了饭田桥之后，代助搭上电车。电车笔直向前奔去。

"哎哟，动了！世界动起来了。"代助在车上说，身边的乘客都能听到他的声音。代助的脑中也随着电车奔驰的速度回转起来。转了半天，只觉得脑袋炽热得像是烧起一把火似的。他想，照这样下去，再继续搭电车跑上半天，恐怕就能把整个脑袋烧掉了吧。

猛然间，一个红色邮筒跃入代助的眼帘，紧接着，邮筒上的红色突然飞进他的脑中，也开始哗啦哗啦旋转起来。这时电车经过路边一家伞店，招牌上高挂着四把叠成一堆的红色蝙蝠伞。伞上的红色也朝向代助的脑中飞来，哗啦哗啦一起旋转起来。电车到了十字路口，有个人正在那儿兜售鲜红的气球。电车在路口猛地转个弯，气球便跟着电车一起追来，忽地紧贴在代助的脑袋上。就在这时，路旁突然有一辆载送邮局小包的红色汽车，紧贴电车错身而过，车上的红色又被代助的脑袋吸了进去。接着，他看到路旁有一间香烟店，店门外的暖帘是红的，招揽顾客的旗子也是红的，路旁的电线杆是红的，还有一块接着一块的红色招牌，一路绵延不已……最后，整个世界都变成了鲜红色，万物吐着火舌，围着代助的脑袋一圈又一圈不断地回旋。代助决定乘着电车一直向前，直到自己的脑袋被烧成灰烬为止。